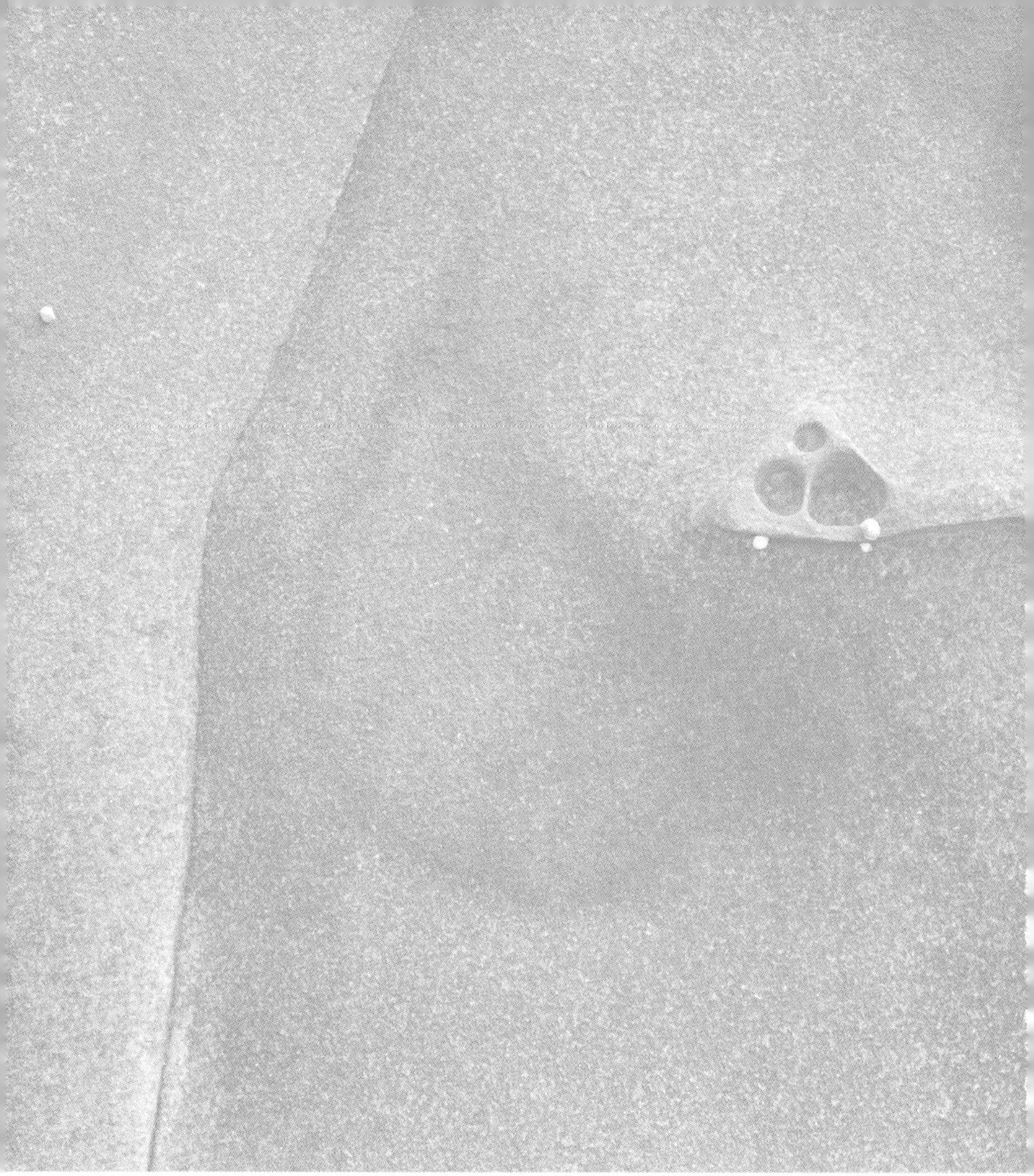

柄谷行人と韓国文学

가라타니 고진과 한국문학

ジョ・ヨンイル　高井修＝訳

조영일

インスクリプト
INSCRIPT Inc.

가라타니 고진과 한국문학

This Japanese editon was published by INSCRIPT Inc. in 2019 by arrangement with B-books
through KCC (Korea Copyright Center Inc.), Seoul
and Japan UNI Agency, Inc., Tokyo

日本語版序文

本書の内容は柄谷行人と韓国文学に関するものである。本書の題名を見た日本の読者は、「夏目漱石と英文学」、「小林秀雄と仏文学」あるいは「村上春樹とアメリカ文学」のようなものを期待するかもしれない。例えば「柄谷行人と英文学」のような。したがって本書の題名だけを見てもいったいどんな内容なのかピンとこない人が多いだろう。

「と」という語の使用において重要なのは、その前後にある語の重みだというとき、たしかに本書の題名は不自然に見えるかもしれない。本書を手に取った読者のなかで韓国文学に関心のある人はおそらくほとんどいないだろう。日本において文学といえば普通西欧圏の文学と日本文学を指すからである。むろん日本には多様な言語圏の文学が翻訳されており、韓国文学も思ったより多く紹介されている。だが依然として韓国文学を読むということは独特な趣味の持ち主だといった程度に思われているのが現実である[1]。

しかし私は日本の読者の態度についてどうこう言いたくはない。韓国も事情は似たりよったりだからである。違いがあるとすれば、韓国ではそれ（西欧文学＋韓国文学）に日本文学が含まれているということくらいだ。いつからか韓国では「世界文学」、「東アジア文学」が語られるようになり、政府の支援により関連イベントも盛大に開かれているが、実際そこに注目する人は多くなく、ときおり紹介される東アジア文学（たとえばベトナム文学やタイ文学）に関心を抱く読者もほとんどいない。

世界文学の空間において個別国家の文学はけっして平等ではない。これは善し悪しの問題ではなく現実であるので、揚棄すべき対象でも、乗り越えるべき対象でもない。私は日本に紹介された『世界文学の構造――韓国から見た日本近代文学の起源』（高井修訳、岩波書店、二〇一六）でこの問題をとりあげ、近代文学とは人類が必ず達成すべき普遍的なものではなく、特殊な歴史的経験を共有する国においてのみ発展してきた芸術形式であると主張した。そしてゲーテが国民文学の登場を目の当たりにしたときに提案した「世界文学」に注目した。

ゲーテの言う「世界文学」とは、日本人の発明品である「世界文学全集」のような西欧中心の文学作品のリストでもなく、世界で生産される文学作品の総称でもない。それよりはネーションーステートにもとづく国民文学（近代文学）を超える超国家的な連帯を意味した。つまり、ある作家が某フランスの作家の影響を受けたとか、ある文芸思潮がしかじかの過程を経て定着したと言うことは「世界文学」と何の関係もない。このような影響関係とは大部分一方的なものであり、その底には基本的に優劣が前提されているからである。

かつてニーチェは「と」という語の無分別な使用を非難し、たとえば「ゲーテとシラー」のような表現を使ってはならないと述べた（『偶像の黄昏』[1]）。ニーチェがそう述べた理由は簡単だ。ゲーテを高く評価しシラーを嫌悪したニーチェとしては二人が並置されるのが不満だったのだ。だがトーマス・マンの立場はこれとは違った。彼はニーチェの考えが優劣の認識にもとづいた独断だと批判し、「と」において重要なのは優劣関係ではなく兄弟のような関係だと主張した（『ゲーテとトルストイ』[2]）。トーマス・マンが言わんとしたのは、現在知られているゲーテはシラーなしには不可能だったかもしれないということだ。

　これは個別国家の間の文学にもそのままあてはまると言える。「と」において重要なのは優劣にもとづく影響関係などではなく、両者の間に存在する本質的な共通性と相互補充性を認識することであるからだ。したがってそれは単に翻訳・紹介によって影響を受けるということを超えた問題である。このような観点から見たとき、韓国文学と日本文学は一度も「と」でつなげられたことがなかったと言っても過言ではない。日本の小説が韓国に毎年千点近く翻訳され、東アジア文学についての言説がいくら活性化されても事情は変わらない。そこに存在するのはせいぜい自国の文学の宣伝や出版ビジネスだけだ。

　ここで次のような問いを投げかける人がいるかもしれない。それはそうだとしても柄谷行人が韓国文学といったいどんな関係があるのか、と。柄谷が韓国文学を日本に紹介したわけでもなく、韓国文学について書いたものもほとんどないし、また、小林秀雄のように仏文学を専攻しランボーやアランを翻訳したわけでもないからだ。明らかに柄谷行人はそのような仕事をほとんどしなかった。したがって柄谷行人と韓国文学を「と」でつなげるのはやりすぎに見えるかもしれない。

よく韓国と日本は近くて遠い国だと言われる。かなり長期にわたって影響を与えあってきたが、じっさい互いを理解するにあたっては非常に消極的で、どちらも相手に真剣な態度で接してこなかった。当然関連文献もとても少ない。むしろ西欧側の文献のほうが豊富なくらいだ。そして相手をとりあげてもつねに「優劣」という陥穽に陥りがちだった。すなわち相手を無視したり敵対視するのに忙しかった。このような雰囲気はいまだに続いている。

近代文学に領域を絞っても、日韓の交流は意外にもほとんど見いだせない。日本への留学を通して近代文学を学んだ植民地時代の韓国の作家たちも、当時日本の作家とこれといって交流はなかった。したがって日韓の文学の関連様相を論じるたびに言及されるものが中野重治の詩「雨の降る品川駅」をめぐるエピソードくらいしかないのだが、それさえもお互いの間に何かが行き来したわけではなく、その詩に対して植民地朝鮮の詩人が応答詩[3]を書いたのがすべてである。そしてそれについての議論はつねに次のような結論に至る。「プロレタリア文学を主張した中野重治さえ植民地主義から完全には自由でなかった」。当時日本文学は朝鮮文学に関心がなく、朝鮮文学も努めて日本文学と距離を置いた。

戦後になっても事情はあまり変わらなかった。詩人金芝河《キムジハ》が監獄に入っていたとき、彼の釈放を嘆願した日本の文学者たちがいたが、あくまで軍事政権下で弾圧されている隣国の文学者に対する関心以上のものではなかった。日本の知識人にとって韓国はたびたび関心の対象になりはしたが、文学や思想の領域で真剣に論議するまでの対象ではなかった。西欧が日本を美学的に消費してきたとするなら、日本は韓国を政治的に消費してきたと言っても過言ではないと言えるのは、以上のような理由による。

太平洋戦争末期に学徒兵として植民地朝鮮を身をもって経験した丸山眞男もこれと大差はない。江戸時代に日本に影響を与えたとされる中国の朱子学が、実は朝鮮の性理学だったということに丸山は気づくが、それについての研究を別途に行ないはしなかった。なぜだろうか。もしかしたら一種の偏見と差別が働いていたのではないだろうか。人的物的にもっとも多くのものが行き来する隣国どうしではあるが、その間に大きな壁のようなものがあることをたびたび感じる。そしてそれは互いに憎み合うように煽りもする。

戦後アジアを前面に押し出して論難を引き起こしたことのある竹内好は、晩年に次のように書いたことがある。

被支配者は支配者のことは細部までわかるが、支配者は被支配者のありのままの姿を見ることはできない。これは階級と民族とを問わず、あらゆる人倫関係を貫く法則であり、かつ偏見と差別の発生源である。したがってわれわれ日本人は、韓国人が日本を見るのとちがって、みずから積極的に努力することなくして韓国人の生活感情と思想とを窺うことはできぬ歴史的宿命を負っており、残念なことにその宿命は、今日なお十分には自覚されていない。このままでは隣国との対等の友好を打ち樹てることがはなはだ困難である。(2)

支配者だった日本人は被支配者だった韓国人をありのままに見ることができないという事実、

そしてまさにここから無意識な偏見と差別が発生するという指摘はひじょうに正確である。だがある意味でその逆も似たりよったりだと言える。韓国は日本語ができる人口がもっとも多い国であるだけでなく、日本文化をもっとも積極的に受け入れている国のひとつだ。しかしだからといって韓国人が日本をよく理解しているのかといえば、必ずしもそうとは言えない。

したがって竹内の言う「歴史的宿命」は、実は両国が負っていると言える。ただ、その必要性を感じた人はいるが、実際にそれを負った人はほとんどいなかった。朝鮮を知らなければならないと言って朝鮮語を学ぶことを勧めまでした竹内自身さえ、それを実践しなかった。[3] 彼のアジア論で重要なのは中国であって、韓国は付随的なものにすぎなかった。ところが七〇年代後半に竹内の提案を自ら実践した者が登場する。その人物こそ当時『岬』（一九七六）と『枯木灘』（一九七七）の成功により文壇で注目されていた中上健次だった。

中上の韓国への関心は、当時としてはあまりにも型破りだったので、[4] 韓国の作家たちの中には彼をKCIAのスパイではないかと疑ったり、[4] 新帝国主義的な文化侵略の尖兵と誤解する者もいた。[5] だが彼はそんな疑いを意にも介さず韓国のあちこちを訪ね、人に会った。そして『枯木灘』の続編にあたる『地の果て 至上の時』（一九八三）を韓国で執筆し、韓国を舞台にした韓国人を主人公とする『物語ソウル』（一九八四）も刊行した。[5]

ここで注目すべき点は、中上が自らの韓国での体験を単に「個人的な経験」ではなく「共通の経験」にする計画を立てていたということだ。その計画とは、韓国文学と日本文学の本格的な出会いのことを指すのだが、これは約百年の日韓の近代文学史において誰も夢見ることのできなかった計画だった。だがそれが実を結ぶ頃、惜しくも病死してしまう。それにより彼の計画が水泡に帰すこともありえたのだが、このとき友人であった柄谷行人が中上の遺志を引き継ぐことにより、ついに一九九二年に歴史的な第一回日韓文学シンポジウムが開催され、柄谷はそれに出席する。

国際文学者大会や国際学術会議の場合、どの国もご多分に漏れずホスト側は自分たちが聞きたい話を外国人参加者がしてくれることを望む。たとえば韓国で主催されるそのような催しにおいて主催者が日本の文学者や日本の学者の口からもっとも聞きたい話は、植民地支配に対する反省と謝罪、そして日本批判である。またそうするときいわゆる「日本の良心的知識人」ないし「知韓派」として高く評価される。これこそが韓国が日本の知識人を消費するやり方だ。

韓国はノーベル文学賞受賞者を二人も輩出した日本文学に対して、「小説については」ある程度認めるところがあるが、評論や思想領域では日本のものを無視する傾向が強い。西欧思想をまとめるのが上手いが（だから参考にする価値があるが）、そうしてみたところでそれは西欧思想の猿真似にすぎないという立場である。したがってこれまで少なからぬ日本の思想書が紹介されはしたが、肯定的な意味でも否定的な意味でも長きにわたってずっと読まれているのは柄谷行人がほとんどただ一人である。ではなぜ韓国で柄谷が広く読まれているのだろうか。

理由はいろいろあるだろうが、もっとも重要なのは柄谷が単に「政治的に正しい《ポリティカルコレクト》」態度をとる代わりに両国の間の暗黙のルール（一種の礼儀）を疑い、それに異議を唱えることをためらわなかったからである。柄谷は自分が韓国でこれまでのやり方で消費されることに強く抵抗した。その点でこれまで出会ってきた礼儀正しい日本人とは違っていたのだ。だがまさにそのせいで、逆に韓国の文学者は柄谷の話に注目した。当然一方では反発もあり、他方ではどうにかして欧米思想に合わせて活用しようとする向きもあった。その過程で柄谷は韓国の文学界を代表する三大グループ[6]をすべて経験するようになる。

ところがこのような好む－好まない的な受容に決定的にくさびを打ち込む事件が発生したのだが、それこそが［文芸誌『文学トンネ』二〇〇四年冬号に掲載された］「近代文学の終り」という講演であった。同講演が大きな注目を浴びたのは〈近代文学の終焉〉の根拠として韓国文学が言及されていたせいである。韓国の文学者——そのほとんどが文学を教える職業についている——はそれに大きく反発した。これまで友好的な立場をとってきた人までも背を向けた。「日本文学は終ったかもしれないが、韓国文学は依然として元気だ」と主張し、柄谷に旧支配国出身の批評家の傲慢さを見出しもした。

本書に収録した文章は、柄谷に対するそのような非難が沸騰していた時期に書かれた。そのような状況において「近代文学の終り」というテーゼが日本よりも韓国で大きな影響力を発揮したことの背景を知るためにも、柄谷行人と韓国文学の長きにわたる関係を吟味するに如くはないと考えたのだ。私は原点に戻ってみることにした。柄谷がいかにして韓国に関心を抱くようになり、韓国文学とどのように関係を結んできたのかを。

本書でとりあげている範囲は約二五年間である。したがって「柄谷行人の［韓国への］受容二五年史」と呼ぶこともできる。私がこのように過去を復元したのは、「柄谷行人と韓国文学」の出会いが両国の文学史にとって重要な価値を有するものであったからだ。したがって日韓の真の文学交流を望む人がいるなら、韓国人であれ日本人であれ柄谷が残したものを引き継ぐことから始める必要がある。

日本の批評家である柄谷行人が韓国文学に及ぼした影響は、日本で漠然と想像するよりも大きく、それは客観的なデータでも証明されている。(6) だがそれとともに強調したいのは、柄谷行人もまた韓国(文学)から多くの影響を受けたという事実である。日本的な脈絡においてはそれが見えにくくなっているが、『探究』以後のいわゆる思想的「転回」は単に頭の中でなされた思考の転換のようなものではなかった。それは韓国と日本を行き来する移動によってなされたものだった。

最後に『世界文学の構造』につづいて今回も翻訳を引き受けてくれた高井修氏に感謝の意を伝えたい。おかげで新たな読者に出会える機会を得ることができた。そして快く刊行を決めてくれたインスクリプトの丸山哲郎氏にもお礼を申しあげる。ただ累が及ばないことを望むのみである。

二〇一九年一〇月一四日

ソウルにて

ジョ・ヨンイル

柄谷行人と韓国文学　目次

傍註の（　）は原註、［　］は訳註を、文中の［　］は訳者補足を示す。
＊を付けた作家名等は、巻末に簡略な紹介を付した。

序文

本書は二〇〇六年から二〇〇七年のあいだに発表したものの中から、柄谷行人と直接関係があるものだけを集め、加筆修正したものである。だが、厳密に言えば本書は柄谷行人についての本だとは言えない。柄谷行人よりは韓国文学を主たる分析対象としているからだ。しかしはっきりしているのは、もし柄谷行人がいなかったなら本書は執筆されなかっただろうし、書かれたとしてもまったく別の内容になっていただろうという点である。その意味で本書は柄谷行人についての本だと言ってもよい。本書の題が「柄谷行人と韓国文学」となっているのはそのためである。

文芸評論集の題に外国の批評家の名前が入っているのが気にいらない人がいないとも限らない。実際もう少し無難な題をつけるべきだったかもしれない。しかし、慣例に従わなかったのは、本書に収録されたものの性格と関係がある。最近［韓国］文壇では「韓国文学の危機」論争と併せて「批評の自由」、「批評の使命」、「批評の義務」といった重々しい話題がしばらくのあいだ行き交った。たしかに批評の根本的性格（本質）を明らかにするのはとても重要である。しかしそれより重要なのは、世俗的な意味での「批評の存立根拠」ではないだろうか。つまり、批評が「どのように」書かれているかについてである。

批評に過大で高尚な意味を思う存分与えるのは自由だが、批評家に批評を書かせるのはただひとつ、すなわち「〔原稿〕依頼」だということを否定する批評家はおそらくほとんどいないだろう。言い換えれば、批評家は批評すべき「ネタ」があるとき集中するのではなく、「依頼」が来てはじめて与えられた主題や対象を手探りするのだ。少し大げさに言えば「依頼」がなければ「批評」もない。実際、依頼のない批評家は文壇では事実上批評家生命が終った者という扱いをされる。具体的な証拠が欲しいなら、既存の評論集を最初から最後まで見てみるだけで充分だ。大部分が文芸誌や作品解説の依頼に応じて書かれたものだけからなっている。したがってこのような批評の「受動性」に目を背けたままなされる「批評に対する高尚な意味づけ」に見いだせるものといっては、「批評の慣習」が関の山である。

むろん本書に収められたものもこのような「批評の慣習」から完全に抜け出しているわけではない。しかしはっきり言えるのは、その大部分が〔原稿〕依頼とは関係なく書かれたという点である。具体的に言えば、すべて〈批評高原〉というオンラインコミュニティに自由に書いたものであるる。雑誌に掲載されたものの大部分はそのサイトに書いた文章に加筆修正したものにすぎない。本書がある程度一貫性をそなえているのもまさにそのせいである。「何を」「どのように」書くべきかは筆者である私がすべて判断した。「依頼」を通した文芸誌への発表はそのような自由に与える「最小限の形式」にすぎない。

「批評の自由」を語るためには何よりも「［原稿］依頼」から自由になるべきだと思う。なぜならここでの自由はあくまでも自発性を意味するからだ。私が「自家発電」が不可能な批評を「死んだ批評（または文壇批評）」とみなすのはそのせいである。批評精神とは依頼があったとき心を決めて机の前に座りキーボードを叩くことをいうのではなく、批評に値する対象があらわれればどんな利害関係にもとらわれることなく問題の核心を突くことを言う。この意味で本書『柄谷行人と韓国文学』はこれまでの韓国の批評集（文芸評論集）とは生まれからして根本的に異なる。むろん、この誕生が祝福の対象となるかどうかは純粋に一般読者の判断にかかっている。

＊

ちょうど今［二〇〇八年九月三〇～一〇月一日］、ソウルでは〈東アジア文学フォーラム〉という行事が盛大に開かれている。韓国はもちろんのこと日本と中国の有名な作家たちが大挙参加している。フォーラムの趣旨は《アジア人が直面している危機を分析し、各国の文学者たちが直面している困難を理解し、希望に耳を傾けることでアジア人の文学を、そしてアジア市民のポジティブな未来をあらたに照明しなおすこと》だという。趣旨だけは充分に共感できるものである。

だが私はここで既視感のようなものを抱く。すでにこれと似たような行事が行なわれたことがあったからだ。〈日韓文学シンポジウム（または日韓作家会議）〉という名前で。具体的に確認はしなかったが、そのときの趣旨も右のものに劣らずご立派なものだったろう。しかし周知のように、

〈日韓文学シンポジウム〉はうやむやに終ってしまった。なぜだろうか。この問いが重要なのは、この点についての確認と反省がなければ、〈東アジア文学フォーラム〉は、結局〈日韓文学シンポジウム〉の二の舞になるおそれがあるからだ（実際今回の〈東アジア文学フォーラム〉の日本側の参加者の大部分は〈日韓文学シンポジウム〉に参加した作家たちである）。

柄谷行人は〈日韓文学シンポジウム〉を通して韓国に知られるようになった人物である。しかし彼は〈日韓文学シンポジウム〉に事実上「終焉」を告げた張本人でもある（むろん、その後も彼の不参加とは関係なく二回開かれたが）。ではなぜ彼は、自身も熱心に参加した〈日韓文学シンポジウム〉を否定したのだろうか。これに対する答えがまさに本書の核心をなしている。結論だけ言えば、実際のところ柄谷ほど韓国文学との疎通を試みた外国文学者はいままでいなかった。しかし努力した分、失望せざるをえなかったのだろう。逆に言えば、そのような努力をせずにいれば、彼も他の者たちと同様に〈東アジア文学フォーラム〉に参加してそれなりに日本の文学者を「代表して」その一席を占めていたであろう。

文学の交流とは作家の交流というよりは作品の交流である。つまり、それはネーションという区分による公式行事を通じてなされうる問題ではない。〈東アジア文学フォーラム〉は日本、中国を巡回したのちに北朝鮮、台湾、モンゴル、ベトナムなど他の東アジア国家を包括する真の意味での東アジアフォーラムに拡大・発展させる計画だという。悲観的な話になるが、その計画が実現される可能性はほとんどゼロだと思う。理由は簡単だ。韓国の文学者は北朝鮮、台湾、モンゴル、ベトナムで刊行された文学作品にとくに関心がないからである。別の言い方をすると、韓国の作家や読者は日本文学や中国文学に大いに関心をもっているが、日本人作家や中国人作家は韓国文学に対してそのような関心をもっておらず、ただ中国文学と日本文学の「代表」として参加しているだけだという意味でもある。

「そのような場での」発表や討論が作家や作品に対するものでなく、「文学論」や「時事論」にとどまるのはまさにそのせいである。結局残るのはともかくも自分がネーションを代表したという自負心と、行事を通じて親交が深まった何名かの外国の友人たちだけだ。事実それで充分なのだ。どっちみち理想と現実はつねに食い違うものではないか。しかし柄谷行人のように空気を読まず、儀礼的で利害関係に重きを置いた公式行事を越えて、日韓関係についてきちんと真剣に話をしようという態度をとられると――実際彼は韓国側の文学者にそのような提案をした――逆に誰もが気まずい表情を浮かべて困惑するだけである。行事で話されることは「適当に」理解し「適当に」受け取らねばならないのであって、野暮にそのまま受け取ると疲れ果ててしまう。

日本の文学者が日本を代表して〈東アジア文学フォーラム〉に参加するのは簡単だが――飛行機で来ればそれほど時間がかからず、自分で費用を出すのでもない――、そのためにひと月ほど韓国文学――思ったより多く日本語に翻訳されている――を読んで具体的な話を交わす程度の知識をそなえることはきわめて面倒だ。ただ出かけて行って原論的な話をするだけでも充分だからである。したがって、相手方と会話をし、互いを理解するためにその国の言葉を学ぶということはもっとありえないことだ。ところがそのありえないことをしている者こそが柄谷行人なのである。

七〇歳になろうとする彼は少し前から韓国語を学びはじめたという。盛大な行事に日本代表として参加する「栄光」を享受するかわりに、このような「愚直さ」を選んだ柄谷行人を心底笑えるものだろうか。本書はまさにそのような愚直さについての記録である。

二〇〇八年九月三〇日

ジョ・ヨンイル

第一章　文学の終焉と若干の躊躇い

一　文芸創作科の躍進と文学をやめた者たち

「近代文学の終焉」という柄谷行人のテーゼは、文学を志す者や文学研究者にはまさに青天の霹靂だった。なぜなら、ここで柄谷が言う「近代文学」とは、ディコンストラクション批評とポストモダン文学までも含むものであるため、「新たな潮流」を期待することもあらかじめ封じられているからだ。では、いつ、なぜそのような状況になってしまったのだろうか。これについて柄谷は、文学において「終焉」という事態は、日本の場合一九八〇年代に登場したが、アメリカではもっと前にあらわれたと述べ、その背景に関して次のように付け加えている。

アメリカでは、それがもっと早かった。その証拠に、日本では近年大学に「創作科」が増え、作家がそこで教授になっていますが、この現象はアメリカでは五〇年代から進行していました。フォークナーは作家になりたいなら売春宿を経営してみろといったことがありますが、もうそれどころではない、現実には、作家が大学の創作コースから出てくるようになっていたのです。しかし、現在のアメリカでは、文学部はまったく人気がありません。映画をいっしょにやらないとやっていけないぐらいです。日本でも、文学部は無くなりつつありますが。[1]

見方によっては、「文芸創作科」はかなり奇怪な存在で、アメリカから渡ってきた学制であるのはたしかだと言える。[2] ここで柄谷は最近増えつつある日本の文芸創作科を問題にしていると言えるのだが、その実情を見てみると、それほど心配すべき状況ではない。日本の場合、文芸創作科はごく少数の大学にのみ存在し（四年制大学にはほとんどない）、また、いままでのところ、そこを卒業したのち大成した作家を探すほうが難しいと言っても過言ではないからだ。[3] では、韓国の場合はどうだろうか。最近活躍している作家についての統計を見てみると、文芸創作科出身の比重が驚くべき速度で増していることがすぐにわかる。しかも、そのなかには、アメリカのようにすでに中堅作家になっている者たちもかなり存在する。[4] しかし、文学の終焉を迎えた原因が、単にこのような創作の制度化（アカデミー化）にのみあるのではないだろう。より根本的な理由はおそらく別のところにある。興味深いのは、柄谷行人がこれについて論じつつ、まさに韓国の例をあげている点だ。

しかし、私が近代文学の終りを本当に実感したのは、韓国で文学が急激にその影響力を失ったということですね。それはショックでした。一九九〇年代に、私は日韓作家会議に参加したり、韓国の文学者とつきあう機会が多かった。それで、日本ではこうなっても、韓国ではそうならないだろうという気がしていたのです。[…]

しかし、実際はそうではなかった。確かに学生運動は衰えましたが、労働運動はきわめて盛んです。二〇〇三年秋の労働者の集会では火炎瓶がとびかっている。韓国で、学生運動が盛んであったのは、それが、労働運動が不可能な時代、一般的に、政治運動が不可能な時代の、代理的表現だったからです。だから、普通に政治運動・労働運動ができるようになれば、学生運動が衰退するに決まっている。文学もそれに似ています。実際、韓国において、文学は学生運動と同じ位置にあった。現実には不可能であるがゆえに、文学がすべてを引き受けていた。[5]

ここで「韓国において、文学は学生運動と同じ位置にあった」という表現そのものに敏感に反応する必要はない（むろん、ここにはある程度の真実が存在する）。大事なのはそのような情熱が今は消滅したということだ。柄谷は『緑色評論』*の編集者、金鍾哲《キムジョンチョル》*の言葉を間接的に引用しつつ、この状況を次のように要約している。《彼は、自分が文学をやったのは、文学は政治から個人の問題までありとあらゆるものを引き受ける、そして、現実に解決できないような矛盾さえも引き受けると思ったからだが、いつの間にか文学は狭い範囲に限定されてしまった、そういうものなら自分にとって必要でない、だから、やめたのだ(6)》。

ある意味、これは柄谷の自己解説と見ることもできる。柄谷はいま、文芸評論家というよりは自ら哲学者と称している。戦後屈指の批評家と目されている柄谷の批評活動というものが、実際のところせいぜい一〇年間程度にすぎないということを考えると、もしかすると哲学への転身は当然の帰結であるかもしれない。一九八〇年代以後、今日にいたるまで、柄谷は文学的な仕事のかわりに、主として哲学的な仕事に没頭している。では、柄谷はなぜ文芸批評をやめて、哲学や社会運動に向かったのだろうか。おそらくその理由は金鍾哲《キムジョンチョル》と同じようなものであるだろう。

二　近代文学の起源と近代文学以後の文学

柄谷行人は近代文学の特徴が、それ以前の文学と区別して、「近代的内面性」にあるとする。そして西欧の場合、それがプロテスタンティズムに代表される「欲望の遅延」（世俗的禁欲＝マックス・ヴェーバー）としてあらわれたとするなら、日本の場合、立身出世主義としてあらわれたとみる。

もう少し具体的に言えば、明治二〇～三〇年代に学力により階級が決まるシステムが定着すると、日本人の多くが立身出世のために必死に働き、勉学に励んだのだが、それとともに立身出世に失敗したり、それ自体にむなしさを感じる者たちもあらわれ、まさにそのような者たちによって日本の近代文学が始められたというのである。実際、日本近代文学の嚆矢とも言える森鷗外の『舞姫』や二葉亭四迷の『浮雲』に登場する主人公はまさにそのような人物である。しかし、これは単に狭い意味での文学に限られたことではない。たとえば、日本近代思想の代表的人物である禅の哲学者、鈴木大拙や近代哲学の父とされる西田幾多郎も大差はなく、(7)「恋愛」という語を作り出した北村透谷も同様であった。

柄谷行人は、日本近代文学が北村透谷の「恋愛」とともに始まったと主張する。このときの恋愛はエロス的なものというよりはプラトニックなもの、言い換えれば禁欲的なものを意味し、これはそのまま『金色夜叉』で有名な尾崎紅葉に対する批判と結びつけられる。北村透谷は尾崎紅葉の小説に、「恋愛」を無化させる（封建社会の遊郭に生まれた）平民的なニヒリズムを見出したのだ。しかし、彼は理想と現実の間隙を埋められずに二五歳で自殺してしまう。ここで関心を引くのは柄谷の次のような発言である。

先ほど、今の読者が『金色夜叉』を読むと、驚くだろうといいました。しかし、実は私は、今の若い人は、もし読んだとしたら、まるで驚かないのではないか、かえって北村透谷などを読んだほうがあきれてしまうのではないか、と思っているのです。(8)

簡単に言うと、『金色夜叉』が示す世界はいまとそれほど変わらないということだ。(9)ここで柄谷は、当時記録的なベストセラーだった同作品を注意深く読むように注文をつける。そして、人々が思い違いをしている部分を強調する。女性主人公のお宮は女学校を出た新女性で、すでに主人公の貫一と五年以上同棲状態にある。にもかかわらず洋行から帰ってきた富山《とみやま》はお宮を誘惑し、お宮は「自分をもっと高く売るために」富山の誘惑にのる。当然、北村透谷の「恋愛」はこれを否定するものだった(「禁欲的」とは、まさにこのようなものを言う)。しかし、まさしくそのせいで、今の若い人たちが北村透谷は大時代的だと思ってしまうのである。

柄谷が見るところでは、近代文学は現実において発生する個人的・社会的矛盾に対抗する方式のひとつであった。サルトルの言葉を借りれば、《一言でいえば、文学は、永久革命の状態にある社会の主観性である》[1]。だが、いまはこのような観念が崩壊してしまったのだ。では、文学はどうなるのか。単に市場の商品として、またはアカデミーの目録としてのみ存在するようになるのである。「恋愛」は死に(平民的なニヒリズムにもとづいた)『金色夜叉』流の「愛」だけが生き残る。かつて(一九九〇年)アルヴィン・カーナンは「文学は死んだ」と宣言し、シニカルに次のように付け加えた。

文学は死んでも、衰えもせず文学活動は続く。とはいえ、興隆とはほど遠く、その活動は従来にも増して大学という枠の中に限定される。物語や詩は読まれ、かつ書かれる。戯曲は上演され、優れた作品を書こうと倦むことなく努力は続く。出版社は小説に多大の資金を投じ、文学賞はさらに増設され、受賞者も大量に出現する。そうして文芸書は、その質はどうあれ増える一方である。文芸評論家と研究者はアカデミーを根城に有用な批評の過剰生産に勤しむことになる。[10]

私はこのような状況を、文学の「文学トンネ化」と呼びたい。老婆心から言っておくが、これは決して文芸誌『文学トンネ』*を貶しめるための表現ではない。逆にこの先、文芸誌は『文学トンネ』のようにならねばならないという意味である。以前のようなやり方で文芸雑誌を作れば、自然淘汰されるだろうということだ。事実、多くの文芸誌が、淘汰を免れるために、人気作家であれば作家の傾向性などは問わずに互いに共有しあうなど、変化を目論んでいる。[11] では、『文学トンネ』のようになるということは何を意味するのか。それは一言で言えば、この先、批評家に「内面性」などいらないということだ。

三　批評の躊躇い――予感することと宣言すること

徐栄彩《ソヨンチェ》*は自身が編集委員を務めている[2]『文学トンネ』に「近代文学の終り」が掲載されたとき、次のように述べている。

柄谷の主張は我々とは考えがかなり違うが一読の価値があるだろうと判断し、若干の躊躇いはあったが掲載することにした。[12]

推測するに、編集会議で「近代文学の終り」を載せるか否かそれなりに悩んだのではないか。しかし、その過程がどうあれ世間の反応だけを見ると、彼らの決定は結局正しかったと言える。批評の本分が既存の通念を覆すことにあるならば、翻訳された一篇の批評が新聞紙面を何度か賑わすほど話題になったということは、効果という面で見るとかなりの成功であったことを意味するからだ。おそらく掲載を決めた者たちでさえ、これほど人口に膾炙するとは想像もしなかったであろう。このような事態は、ある者が言っているような「終焉」という単語がもっているセンセーションのせいでは決してなかった。そこには韓国文学市場の全般的な沈滞という、無視できない現実があったのだ。それゆえ、一方で「近代文学の終り」は他の者たちに『文学トンネ』批判のきっかけを与えもした。『文学手帖』*の編集委員の権晟右《クォンソンウ》*が、まさに「近代文学の終り」を根拠にして『文学トンネ』の文学主義を批判したのもそのせいである。ここでどちらの側につくか悩む必要はない[13]。大事なのは、それよりも「近代文学の終り」が韓国の文学者に与える「若干の躊躇い」または「居心地の悪さ」そのものである。

実のところ、芸術の終焉や文学の危機は決して新しいものではない。かつてドストエフスキーは次のように言ったことがある。

わたしはもうかれこれ三十年も書きつづけているが、この三十年間にしじゅう幾度となくあるおかしな感想が頭に浮かんでくるのだ。わが国の批評家たちは、だれもかれも（わたしはほとんど四十年近くも文学に目をさらしている人間だが）故人となったのも現存しているのも、一口にいえば、わたしの記憶しているかぎりの批評家は、今のことにせよ昔の話にせよ、現代ロシヤ文学に関して、多少でも晴れの舞台で何か総評でも始めると、〔…〕必ずきまって、「文学がかかる衰退を示せる現代において」とか、「ロシヤ文学がかかる停滞にある現代において」とか、「文学の不振時代たる現在において」とか、「ロシヤ文学の沙漠をさまよいつつ」等々と同じようなきまり文句を、いくらか程度の相違はあるにしても、実に喜んで使いたがるのである。調子は種々まちまちに変わっているが、内容は一つことだ。ところが、事実において、この四十年間には、プーシキンの晩年の作が現われ、ゴーゴリの芸術が始まって終り、レールモントフが活躍し、オストローフスキイ、ツルゲーネフ、ゴンチャロフ、その他少なく見つもっても十指を屈するにたる、きわめて才能高き文学者が出現したのである。それも美文学の分野だけである！　ほとんどいかなる時代、いかなる文学を取って見ても、わが国のごとくかような短い期間に、かように多くの才能のある作家たちが、かように連続して、間断なく出現したというような例はまたとない。と断乎として明言することができる。にもかかわらず、わたしは今でも、現につい先月あたりにも、またぞろロシヤ文学の停滞とか、「ロシヤ文学の沙漠」とかいう言葉に出くわしたのだ。もっとも、これはわたし一個のおかしな感想にすぎない。それに、事柄はまったく無邪気な、なんの意味も持たないことである。ただちょっと苦笑を誘われる程度のものだ。（一八七七年一月(14)　第2章）

要するに、プーシキン、ゴーゴリ、レールモントフ、ドストエフスキー、トルストイが活躍していた時代にも文学の危機が語られていたのだ。しかし、その当時はドストエフスキーのように、そのような主張を苦笑を浮かべて一蹴できた。では、いまの韓国はどうであろうか。

ドストエフスキーが言うように、「文学の危機」とか「文学の終焉」とかいうのは批評家ならつねに口にする言葉である。贔屓目に見ればこれは批評がそのような「危機」や「終焉」に対する感覚を生まれもっているということであろう。しかし、そのような口癖がたとえ批評家の存在理由だとしても、それ自体が文学の危機を証明するものではない。逆にそれは自らの存在を正当化する批評のナルシシズムであるかもしれない。したがって、韓国の文学者はずっと彼らを狼が来たぞと叫ぶ少年とみなしてきたのだ。柄谷行人の主張もまたそのようにみなせば、問題は簡単に整理できるだろう。

だが問題はそれができないというところにある。終焉がすでに知らないうちに訪れているからだ。すでに到来しているのを批評家たちが気づかないか、または気づかないふりをしていたのに、突然それが外部から宣言されたのだ。しかし、『近代文学の終り』を読んだ大部分の韓国の批評家たちが居心地の悪さ(躊躇い)を感じたのは、単に先を越されたところにあるというより、むしろそのように宣言できなかった自分自身の位置を突然認識したからである。危機や終焉に対する認識はたしかに批評家の特権である。しかし、そのようなものを単に予感するというのと、宣言するのとはまったく別の問題である。危機(終焉)を予感するのは指導的身振りをするための老練な(しかし一方で陳腐な)布石であるのに反して、終焉を宣言するのは自ら自分自身を放棄するという意味であるからだ。すなわち、批評家が批評家であることを放棄することである。したがって、ジャーナリズムでは『近代文学の終り』を大きく問題視したのに反して、批評家たちは事前に示し合わせでもしたかのように沈黙を守ったのだ。

四　近代批評の特質とその存在様式

『近代文学の終り』の論旨は比較的明確である。柄谷が見るところでは、小説中心の文学が近代に主導権を握ることができたのは、社会的責任を想像力で引き受けたからだ。したがってその責任を放棄した瞬間、文学が主導権を失ったのは当然過ぎるほど当然の話である。だが、問題はこれほど当然の話がいまそれほど説得力をもちえないというところにある。つまり、我々は文学の危機を社会的想像力を放棄したことよりも、新しい芸術ジャンルの登場に帰したがるのである。このとき、立派なアリバイとして登場するのが、むろん映画である。最近の小説に映画的技法が目立って使われ、優秀な人材の大半が映画界に流れているという愚痴も、暗黙のうちに映画を小説の敵と設定することから出てくるものだ。

しかし、文学の終焉をこのような芸術ジャンルの進化論的交代に見出すのは、事態の核心を隠蔽するものである。西欧の場合と違い、韓国では、近代文学の受容と映画の受容がほとんど同時に起こったということにあえて知らないふりをしているのだ（これは近代演劇との関係でも同じである）。ならば、次のような事実を認めなければならない。もし近代文学が終焉を迎えているのなら、映画もまた同じであるということを。

以上のようなことを念頭において、『近代文学の終り』を読みなおす必要がある。そうすれば、次のような疑問を抱くのは確実であろう。柄谷行人は近代文学が終焉を告げても小説は創作されつづけ、売れ続けるだろうと言っている。むろん、そのときの小説は社会的想像力が不在の、娯楽や癒しを与えてくれるものにすぎない。だが果してそうだろうか。いくら私的なものであろうと、いくら娯楽的なものであろうと、その根底には社会的想像力が働いているのではないか。たとえば、リュシアン・ゴールドマンがヌーヴォーロマンを擁護したやり方で[3]、我々もいまの小説を擁護できるだろう。したがって、あらためて軽はずみな振る舞いをする必要はないのかもしれない。実際、終焉の当事者である小説家が柄谷行人の主張に特に動揺していないのもおそらくそのせいであろう。

だとすれば、薬の苦さは患者にしかわからないように、「近代文学の終焉」は厳密に言えば、「近代批評の終焉」と読まなければならない。批評家たちの不快感は近代文学（小説）が終ったということにあるというよりは、自分たちの役割が終焉を告げたというところにあるからである。かつて江藤淳は柄谷に次のように言ったという。《批評家というのは、背が高く、ハンサムで、金がなければいけない[15]》。これは文壇が小説家中心に回っているため、批評家がそのなかで自分の存在感を維持するためには、他の何かに頼るほかないという意味だった。むろん、それ以前に、たとえば評論集が小説より売れるならば問題は簡単に解決されるのだが。

したがって小説家であるということ、批評家であるということを一種の運命と受け入れるならば、それらの関係を将校と下士官の関係になぞらえることができるだろう。将校が作戦を遂行し、下士官がそれを支援するように[4]、作家は創作という作戦を遂行し、批評家がそれを事後的に助ける。問題は、どれほど努力しようと下士官は決して将校より階級が上にならないという点である。軍生活が三〇年以上の主任元士[5]も、任官したての新米少尉に敬礼しなければならない。このような不合理な事態は二〇代初めに死んだ作家を白髪になるまで研究する文学研究家を連想させもする。では、批評家と下士官はどのように自らを正当化しているのだろうか。不利な階級的役割分担さえ運命と受け入れているのであろうか。もしそうでないなら、少なくとも彼らは自分たちの存在様式に作家や将校より有利な何かを見出しているのは明らかだ。

　それにはいくつかあるだろうが、もっとも重要なのは、誰が何と言っても昇進の制限である。表面的には不利な条件のように見えるけれども、見方によっては（進級のためにつねに緊張して生活するほかない将校に比べ）相対的にストレスを受けにくい安定した生活を送れるというのは下士官だけの特権であるのは明らかだ。将校や作家がピラミッド型存在様式を受け入れなければならない存在であるため、時間がたてばたつほど生存率も低くなる。しかし、批評家と下士官はそうではない。少なくとも当該領域で長いあいだ生存することができる。批評家の場合、ひとたび批評家になれば、批評家としてそれなりに世渡りができる。少なくとも元手を失うことはない。

　しかし、批評家の生存率が高いのは理由がふたつあるからだ。第一に賭けをしないからであり、第二に外部をもたないからである。批評家は二次的な存在であるので、有り金を全部賭けなくてもよい。柄谷風に言えば、絶対的危機である「売る立場」に立たなくてもよい。言い換えれば、「買う立場」にいる読者との正面対決を避けることができるのだ。小説家を評価するのは読者と批評家であるが、批評家を評価するのは批評家だけである。しかし、このような「危機」に対する経験を経ずして得るようになった高い生存率は、批評家にとって必ずしも誇るべきものではない。特に賭けに成功した作家たちと比較したとき、なおさらそうである。したがって彼らは逆に淘汰される作家たちを見守るときにのみ、本当に自分の運命を愛することができるのである。むろん、そうするには条件がひとつ必要である。安定した収入と地位を保証する教授職についていなければならないのだ。したがって、江藤淳の忠告を次のように変えなければならない。「批評家というのは、背が高く、ハンサムである必要はないが、教授でなければならない」。いま、批評家の寿命は危険との距離に比例するというのは、否定できない真実である。

今日の大学でも、またふつうの学校でも、英米文学の研究にますます注意を払うようになったから、多数の批評家が教師になり、多数の教師が批評家になるという状態になってきた。私はこの状態を悲しむのではない。今日、本当に興味のある批評は、たいてい大学へかよったことのある文学者や教室で批評活動をはじめた学者たちの書いたものである。今日では、ほんの少数の人は別としてたいていの場合、まじめな文学的ジャーナリズムが安定しない、しかも不充分な生活手段になっているのだから、これは当然のことだ。ただ今日の批評家は、世間と接触するしかたが前とはいくらかちがってきて以前の批評家たちとはいくらかちがった人々を相手に書くということになる。現在、まじめな批評は、十九世紀にくらべて

必ずしも読者が減ったわけではないが、前とちがった狭い範囲の読者のために書かれているのだ、と私は見ている。(16)

右の引用は、T・S・エリオットが一九五六年に行なった講演「批評の限界」の一部である。彼は「批評家＝教授」すなわち講壇批評家が大勢を占めつつある現象を指摘し、それを嘆き非難するよりは、そのような変化をしかたがないものとして受け入れている。批評で生活が不可能なら、大学に行ったとしても、それをとやかく言うことはできないというわけだ。また、そのような傾向が必ずしもマイナスに働くわけでもない。文学研究（教育）と結びついた批評は、それ以前の批評とは違い、ずっと精巧になり論理的になった。しかし、一方で、それによって既存の読者を失ってしまったのも事実である。もはや、彼らは、もっぱら同僚や専攻学生のために書くようになったのである。

むろん、必ずしもそれだけではない。韓国では作品集の末尾に決まって解説がついているが、たしかにそれは「小説の世界に」読者を近づける面がある。(17) しかし、それはあくまでも解説にすぎず、批評とは言えない。いつからそのような慣例が定着したのかわからないが、筆者が知る限り、新作小説にそれを褒める解説をつけて出版する国は韓国しかない。作品解説を書く批評家とは、読者と作品の間に入って鑑賞行為の邪魔をしながら日銭を稼ぐ存在なのだ。しかし、いつからかそれ自体が当たり前のものと思われるようになり、もし解説がついていない小説に出会いでもすると、なぜか信頼できない作品だという先入観――解説もないなんて！――まで抱くようになった。(18)

このように作品と読者のあいだの不信を解決してくれるのが批評家の役割だと言うのなら、それなりに立派な仕事をしていると言える。しかし、真実は正反対ではないか。つまり、解説はむしろ作品と読者のあいだの不信(直接鑑賞の不可能性)を助長し、それにより逆説的に媒介者としての自分の存在を正当化しているのではないか。

五　制度と批評——批評家の必須条件

現在韓国で刊行されている批評集(や評論集)を見てみよう。すると大部分の批評集が新作小説に向けて書かれた解説からなっていることがわかる(ほとんどが半分以上、多い場合は八、九割まで)。これが意味するのは何だろうか。それは、もし新作小説に解説をつける慣例がなくなれば、(下世話な考えかもしれないが)批評家の仕事は半分以上減ってしまうだろうし、当然のことながら、批評集の刊行も目について減るであろうということだ。このような話をするのは、むろん批評家が不必要な仕事を作って利益を得ている事態を告発するためではない。事実、現在活動している若手批評家たちにこのような慣例に対する責任を直接問うことはできず(彼らが作ったのではないから)、また、このような慣例を作った人たちもまたそれなりに正当な理由があったのだろう。では、その正当な理由とは何なのか。それは、まさに読者に対する啓蒙——政治的覚醒であれ美的覚醒であれ——ないし教育(消費者養成)である。当たり前の話だが、これは批評家が大学に行くこと(講壇批評化)と密接な関係がある。

第二次大戦後に登場した新進批評家たち――今は元老批評家として遇されている――の大部分が、大学で文学を教える教授でもあったのは自明な事実である。彼らは文学を教えながら文学批評をしたのだ。（今日ではあまりにも自然なことだが）少なくとも当時にはまったく未経験の、新しい事態だった。それは単に文学を教育するようになったということだけを指すのではなかった。それよりも創作と批評の分離が起ったということを意味した。植民地時代の批評家は幾人かの例外を除いて大部分、自身も小説家であった（李光洙《イグァンス》*、金東仁《キムドンイン》*、金南天《キムナムチョン》*、林和《イムファ》*など）。そして彼らの批評には今日の作品解説には見いだせない緊張感が存在した。それはおそらく他人の作品に対する評価と自分の創作のあいだに生じたであろう緊張感から来ていると思われる。

ところが、大戦後、講壇批評の登場によりこのような緊張感が完全に消え去ってしまった。そして、その代わりに創作を除いた文学教育という新しい場が形成された。創作から教育へ。もはや批評家たちは「創作行為」ではなく「教育行為」から批評的緊張感を引き出してくるようになったのだ。つまり、もう自分の批評的立場をあえて「創作」で証明する必要がなくなったのだ。批評の任務は読者（厳密に言えば学生）に文学の価値を理解させ、それを通じて「文学」を自然化することとなった。飛躍しすぎであるかもしれないが、「作品解説」というものもその過程で生じたのではないか。いずれにせよ、これによって生じた変化は、今や批評家に重要なのは厳密に言えば作家ではなく読者になったということだ。だとすれば、このことこそ、エリオットの「世間と接触するしかた」が変わり、「狭い範囲の読者」に向けて書かれるようになったという言葉が意味することではないか。

しかし、初期の講壇批評の場合、それは内在的であるというより外在的であった。これは当該の批評家たちの面々を見てみてもすぐにわかる。かなりの数が外国文学専攻であり、韓国文学専攻は一部にすぎなかった。したがって、自ずと各国の個別文学（国文学と仏文学、独文学と英文学）のあいだに緊張が存在した。すなわち、世界文学の観点から韓国文学を見るとか、韓国文学の観点から世界文学を見ていた。しかし、いまはこのような観点を喪失したようである。最近活動している若手批評家の場合、ほとんど大部分が国文科、すなわち韓国文学専攻である。多様な専攻どころか、あれだけ多かった外国文学専攻者はもはや見出すのが難しい。どこへ行ってしまったのだろうか。あえて原因を探せば、外国文学を専攻した者たちがなんらかの理由で韓国文学に対する関心をなくしたと見ることができる。しかし、この説明にさほど説得力がないことは誰もが認めることだ。したがって、次のように言う方が正直だろう。いつからか批評というジャンルが韓国文学を専攻した者に有利に（適合するように）変質していったのであると。

したがって、次のように韓国の批評家の特徴を並べ立てることができるだろう。①大学院で韓国文学を専攻した（またはしている）者。②大学の教授であるか、それを目標にしている者。③文学教育（国語教育）で生活費を稼いでいる者（予備校であれ家庭教師であれ学振研究費であれ）[6]。したがって、批評はあくまでも副業扱いされざるをえず、そのような者たちの離合集散の空間である文壇とは、国文学を専攻した者たちの「第二の社交場」以上ではありえない。柄谷行人は文芸創作科の増加と作家の教授化を「近代文学の終焉」の証拠のひとつとして提示しているが、批評にはすでにもっと深刻な変化が生じていたというわけである。単刀直入に言って、批評家を作り出したものは文学ではなく、国文学という制度だったのだ。究極まで狭くなったこのような批評空間に何か新しいものがあらわれると信じる者がいたとしたら、あまりにもナイーヴであると言わざるをえない。

韓国文学史を見ると、同人誌または文芸誌の歴史がそのまま文学史をなしているということがわかる。これはアヴァンギャルドとしての文学がつねに存在したということでもある。新しい世代はつねに自分たちだけの雑誌を持ち、それを通じて旧世代に対抗してきた。したがって、個々の文芸誌はその誕生と消滅を通じて文学史に貢献してきた。しかし、いまのように文学雑誌が長生きする時代（文芸誌の高齢化）においては、幸か不幸かいまの若手批評家たちはあえてそうする必要がなくなった。単に既存の文芸誌の執筆者になり、与えられた仕事——最初は主に作品解説を書く——をしながら徐々に知名度を獲得していく過程を経るだけでよい。柄谷行人が「最近の批評家たちは自意識はあるが内面性がないと批判」したことはこれと無縁ではない。彼らは「世の中の道理」に明るいが、その道理を自分の努力によって獲得したものだと錯覚しているのだ。

六　反復としての文学——純粋批評の誕生

いつだったか、夜遅くにテレビで「韓国文学の世界との遭遇」[7]という番組を視た。先日閉幕したフランクフルト・ブックフェアを中心にした、韓国文学の世界化についてのドキュメンタリーであった。同ブックフェアは思ったよりかなり大きな行事であり、著名な韓国の文学者の大部分がそこに足を運んでいた。記憶しているままに書けば――正確ではない――、黄晳暎《ファンソギョン*》、李文烈《イムニョル*》、白楽晴《ペクナクチョン*》、金禹昌《キムウチャン*》、黄芝雨《ファンジウ*》、高銀《コウン*》、千雲寧《チョンウニョン*》、金英夏《キムヨンハ*》、成碩済《ソンソクジェ*》、金琸桓《キムタククァン*》、殷熙耕《ウンヒギョン*》、裵琇亞《ペスア*》、呉貞姫《オジョンヒ*》、金衍洙《キムヨンス*》、河成蘭《ハソンナン*》など。言い換えれば、呼ばれなかった作家は二流扱いされても文句は言えないくらいの顔ぶれであった。そのときふと気づいたのは、行事に携わる関係者たちを除いて、すべて小説家だという点だった。驚くべきことに批評家はひとりもいなかった（どれだけ行きたかっただろうか！）そういえばノーベル文学賞の受賞者をみても詩人、小説家、劇作家はいても批評家はひとりもいない。これが意味するのは何だろうか。認めたくないがおそらく批評は文学ではないということなのだろう。薬ではなくサプリメントというわけだ。したがって、批評家より教授という肩書きのほうが価値があると考える世間の観点もあながち間違いではないのであろう。

ベネディクト・アンダーソンがネーションの形成に重要な役割を果たしたと言うときの文学には批評も含まれている。いや、ある意味で彼が主張しようとする「想像の共同体」は、文学の中でも批評によって形成されるものであるかもしれない。なぜなら少なくとも文学作品はどれほど特殊なものであろうと、自らの特殊性を破壊する何らかの普遍性をもっているからだ。かつて柄谷行人は『言葉と悲劇』（一九八九）で広告の問題をとりあげ、広告とは、基本的に「ネーション」と関連があると主張した。ある国家では通じる広告が、他の国では通じないということだ。私はこれを、「広告はモノの普遍性ではなく、消費者の特殊性に依存して消費者を説得する」という言葉として理解する。広告は（商品）紹介ではなく、説得であるとき、もっとも純粋な領域に侵入するのである。事実、いまの韓国の批評もこれと大差ないという意味で、「純粋批評[8]」と呼ぶことができる。

『パリス・レビュー〔9〕』でのインタビューでウィリアム・フォークナーは「批評の機能」について次のように語っている。

> 芸術家は、批評家に耳を藉す余裕がない。作家になりたい人たちは評論を読む。ただ書きたいと思う人たちは、評論を読む暇がない。[…]芸術家は批評家よりも一枚うわてなんだ。批評家は芸術家以外のすべての人を感動させるものを書いている。[19]

批評家にはみじめな話であるだろう。作家を動かせないのが批評家の宿命なら、その役割とはただ読者を動かすことであるはずであるが、まさにこの観点で批評は自らの批評性を放棄しなければならない。どれほど立派な理念をもっていようと、「ある具体性」が担保されなければ、説得不可能であるからだ。それゆえ、逆に見れば、批評は自分の意志であれ他人の意志であれ、「ネーション」または「共同体」を強化する役割を果しているのである。閉じられた空間のなかで意味や理解の統一に向かおうとする意志を生産しているのだ。これは右に述べた「創作」と「批評」の分離と「教育」と「批評」の結合とも関係がある。教育の効果と広告の効果は類似する。したがって、次のような古い問いを見過ごすことができない。

> 文学の世界に詩人が棲み、小説家が棲んでいる様に、文芸批評家というものが棲んでいる。

詩人にとっては詩を創ることが希いであり、小説家にとっては小説を創ることが希いである。では、文芸批評家にとっては文芸批評を書く事が希いであるか[20]？

今日の批評家は小説家が小説を書くように切迫して批評を書くことを望むだろうか。この問いに自信をもって口を開けない批評家は近代文学の終焉を語るに先立って、近代批評の終焉について語らなければならない。言い換えれば、「若干の躊躇い」が意味するものが何かを答えなければならない。暗黙の「批評的合意」に依拠してなんとなくためらってしまうと、それは批評の無力さを自認するはめになり、そのような状態からたどり着く「価値=甲斐《ボラム》[10]」は、ただ文学を反復する「純粋批評」にすぎないであろう。

第二章　「文学の終焉」をいかにして耐えるか

一　危機か、それともチャンスか

「文学の危機」や「文学の終焉」というテーゼは近代文学が自らを自覚的に認識した時期からつきまとうものである。最近のものだけを見ても、英語圏では一九九〇年にアルヴィン・カーナンの『文学の死』（*The Death of Literature*）が刊行され、ドイツ語圏では一九九五年にラインハルト・バウムガルトの『文学との離別』[1]（*Addio: Abschied von der Literatur*）が、そしてフランス語圏では二〇〇五年にウィリアム・マルクスの『文学への告別』（*L'Adieu à la littérature*）が出た。しかし彼らの主張と柄谷のそれのあいだには大きな違いがある。実際、誰も柄谷のように「〔文学が終ったということは〕端的な事実なので、わざわざ言ってまわる必要などない」とまでは言わなかった。論点は違うが、三人とも「危機」のなかで何らかの可能性をつかむのに奔走している。おそらくこのようなアプローチこそ、「文学関係者」が「近代文学の終焉」に対してとることのできるもっとも「文学的な対応」であるだろう。たしかに、このような態度のほうが「危機」を批評家の口癖とみなして完全に無視するより生産的である。「文学の終焉」を文学がいっそう健康になるための「熱病」とみなすこと、おそらくこれが文学をやめずに「終焉」を耐えるほとんど唯一のやり方のように見える。

> ウィリアム・マルクス　にもかかわらず現在われわれの時代は、どの時代よりも興味深い。なぜなら、我々の世代の作家たちのなかでもっともすぐれた人たちは、ありとあらゆる方法を使って自分自身がどんな存在であるかを理解するにいたったからです。このようなことはもっと気楽で良き時代には不足していたものです。このような観点から見ると、不幸のなかにも良いものがあります。(1)

李章旭《イジャンウク》*もまた、基本的にこのような立場に立っている。彼は柄谷行人が言おうとすることを「三つの真面目な反応」とうまく要約してから、次のように続ける。

> 柄谷の終焉論を突破するもっとも強力な武器は、やはり「文学そのもの」であるだろうと私は考える。著者は「終焉」を確信させたきっかけを韓国文学の事例にもとめているが、「終焉」という刺激的な断定で韓国文学が完全に規定されるわけではもちろんない。今日の文学はあ

の不可避であった啓蒙と独白の時代を越えて、いや、その時代に背を向けて、依然として前進中である。〔…〕『トランスクリティーク』での柄谷の表現を借りれば、韓国文学は依然として終ることなく「移動」しており「転回」中なのだ。
このような信頼と愛情は文学をやめることができない者が自己を慰める手段にすぎないのだろうか。そうかもしれない。だとすれば、われわれは柄谷の表現を変容させてわれわれ自身に次のように言うことにしよう。文学をやめて考えろ。そして、それとともに、文学に戻れ。[2]

李章旭が柄谷行人の議論を正面突破する方法は、文学そのものに「もう一度」大きな意味を与えることである。そして、このときの根拠になるのが、韓国文学が示す歩みである。一言で言えば、韓国文学は「まだ」、そして「充分に」健康だと言うのだ。ところで、もし、それが事実なら（あるいはそう信じるなら）、彼はあえて最後の段落を付け加える必要はなかっただろう。しかし、彼はあらかじめ自分の発言が「文学をやめることができない者が自己を慰める手段」であるかもしれないという自己反省（躊躇い）をする。そして文学の外に出てふたたび文学に帰れと叫ぶ。むろん、このとき前の「文学」と後の「文学」は異なる文学であるだろう。これとは若干違うが、似たような論法を白楽晴《ペクナクチョン》にも見出すことができる。

私は韓国文学があらゆる問題点と不完全さにもかかわらず、「朝鮮半島式」統一過程の独特さと無関係ではない活力を維持していることが、たとえ散発的な読書を通じてであれ確認できると信じる。むろん、「文学の危機」または「国内作品の危機」についての多くの論議が、すべて商業マスコミの戯言だと主張するのではない。ただ、この問題は「危機なのか否か」という単純な論理で接近するものではなく、一方ですべての真なる芸術、特に文学らしい文学を脅かす世界的な大勢が厳然としており、厳しい状況であることを意識しつつ、一方でこの大勢のなかで東（北）アジア地域がどのような状態にあり、そのなかでも独特な統一過程を踏んでいる朝鮮半島と韓国の文学にはどんな機会が与えられているのかを具体的に点検するやり方で解決していくべき問題である。[3]

「文学の危機」、「文学の終焉」の時期に文学を救う方法として、両者とも正攻法をとっている。しかし、厳密に言えば、それは正攻法というより「囮攻撃」に近い。たとえば、彼らは「文学そのもの」（文学という語を反復することで生じる「悪い分身」を捨てたあとに残る何か）、「文学らしい文学」という表現を使用しているのだが、それが意味するのは、いわゆる「文学の終焉」は「文学らしくない文学」にのみ当てはまるということだ。もしそれで片がつくならば、皮肉にも「近代文学の終焉」はそれ自体ですでに充分に意味があるものになる。なぜなら、「文学らしくない文学」に終焉を告げることにより、それなりに「文学らしい文学」を作るのに一役買うことになるからである。[4] 言い換えれば、狼が来ないのに狼が来るぞと叫んだ少年の嘘が、その意図とは関係なく、本当に狼があらわれたときにとる行動に対する一種の訓練として機能しているのである。だが、果してそうだろうか。

しかし、他方では、「文学らしい文学か、文学らしくない文学か」ということも、「危機か否か」くらい単純な論理だと批判することもできるだろう。しかし、柄谷行人の「文学の終焉」が「危機か否か」風の単純な論理でないように、「文学そのもの」、「文学らしい文学」という主張もまた思ったほど単純な論理ではないだろう。そこにはある自負（信念）と、それにもとづいた展望（パースペクティヴ）が入っている。では、このときの自負はいったいどこから来るのだろうか。そればまさに「いまの韓国文学」に存在する何らかの可能性からである。では、そのような可能性の具体的証拠は何か。李章旭《イジャンウク》の論文では具体的な例が示されていないが――むろん、まったく類推できないというわけではない――、白楽晴《ペクナクチョン》の場合――最近のインタビューを読んでみれば――朴玟奎《パクミンギュ》*、金愛蘭《キムエラン》*、金衍洙《キムヨンス》など［の作家の名］が提示されている。

ここではこれらの作家たちに本当にその程度の可能性があるのかは問題にしない。代わりに、あらためて二人の批評家にあらわれている「文学」に対する今更な擁護を見てみたい。特に白楽晴は「文学らしい文学を脅かす世界的な大勢」から「文学を擁護しなければならない！」と主張するのだが、社会ではなく文学を擁護しなければならない理由は、次のような発言に見出すことができる。

白楽晴　個人的に私は実はとても頑固な文学主義者なんです（笑）。「文学主義者」という言葉が必ずしも適当な表現かは分かりません。文学と、それからいわゆる文学以外のものとの間に明らかな境界線があって、その境界線のこちら側の文学だけをやるという意味での文学主義者ではなく、文学をきちんとやっていると文学以外のものへとおのずからつながっていくのですが、そのためにも文学を文学自体としてきちんとやるべきという信念を持っているという点で、文学主義者だと言えるんです(5)。

ここで白楽晴《ペクナクチョン》が使用する「文学」という語は先ほどの推測とは違い、正確に柄谷行人が「終焉」したと主張するまさにその「近代文学」——想像力で社会的責任を引き受ける——である。言い換えれば、彼はいまの韓国文学は依然として「永久革命の状態にある主観性（主体性）」であると主張しているのだ。だがそれがあくまでも「信念」だという点に注目する必要がある。したがって、「きちんと」という語はどこまでも拡張可能である。これは「民族」という語にも当てはまる。実のところ「民族批判」という時代的潮流のなかで彼が力の及ぶ限り「民族」という概念を固守することと、「文学の終焉」という論議のなかで「文学」を固守することは形式上大差はない。そして、ここで本当に重要なのは「きちんと」のような単語だと言うとき、白楽晴の論文にたびたび見いだせる「柔軟さ」がどこから由来するのかを容易に推測できる。

彼は「民族」や「文学」という意識（概念）を通じて世界を経験するという方法で批評を行なってきたのだが、そのような意識がたどり着いた到達点（絶対知）がまさに「（韓国文学の）価値＝甲斐《ボラム》」というわけだ。ちなみに、「絶対知」は人間学的に見れば「老年」を意味する。ヘーゲルによれば、老人とは一連の経験を通じて何らかの普遍性を獲得したので、これから出会う未知のものもまたすでに知っているだろうと「信じている」者たちを指す。白楽晴に見出せる「信念」もおそらくこれと無縁ではないだろう。しかし、彼が老年をあるがままに受け入れているようには思えない。『創作と批評』の寿命に関して「背負ってゆくことこそが使命」だと言っているからである。しかし、若さとは、時間を巻き戻すことで得ることができるものではなく、もっぱら老人が去ることによってのみ獲得されるものだというとき、彼の青春礼賛はアポリアが消滅したとき（絶対知に到達したとき）発生する逆転現象（回顧）にすぎない。

二　韓国文学の生存法

第一章で述べたように、「近代文学の終焉」に対して敏感なのは、創作者よりは批評家のほうである。小説家はそのような宣言そのものを大体無視している。しかし、金衍洙《キムヨンス》はある対談で自らの見解を積極的に披瀝しているので、少し見てみることにしよう。

金衍洙　最後に話したいのは、「文学は終わった」という診断に関するものです。少し前に韓国でも日本の評論家である柄谷行人の「近代文学の終わり」が話題になりました。あなたも私も文学が終ったという言葉が話題になる時期に文壇に登場しました。それでもあなたはとても古典的であり、真面目なやり方で書いています。韓国でよく売れている日本の現代文学とも違うやり方で。売る気がないのですか（笑）。私の考えでは、死んだのは「近代」文学で、す。そのように言う学者や評論家は近代文学を勉強した人たちです。私はひとつの国のなかで、自国語だけでなされる文学が終ったという意味でその言葉を受け入れます。ヨーロッパの作家を見ると、自国語だけでなく、翻訳を通じて読者を確保し生き残っているようです。文学作品は依然として活発に書かれています。あなたはどう思いますか。

平野啓一郎　全く同感です。同じ問題意識をもっている作家が韓国にいるという点が嬉しく、勇気をもらえます。ボルヘスが二〇世紀の初めに行なった講演でも、「小説が死んだと昔誰かが言ったけれども」というのが出てきます。[2] どの時代にもそのような言葉があるものです。近代文学が死んだということと小説が死んだということは違います。後者は小説ジャンルそのものの無効を宣言するものであり、前者は近代は終ったかもしれないがそれ以後に何かがありうるというニュアンスがあります。「小説が死んだ」という言葉はこれからもありえません。たとえば紙を十回落とすとき、その様子は毎回違います。それが現代社会のなかの微妙な違いを指し示すのです。人間のなかの揺れと雑音などが本当に重要であり、それこそが現実です。それをきちんと描き出すことは小説でのみ可能だと信じて書いています。[6]

まず、金衍洙《キムヨンス》の発言を少し詳しく見てみれば、その主張が矛盾していることがわかる。彼は他の創作者たちのように、「近代文学の終焉」を云々する人々は学者や批評家だけだと冷たく批判しながら、一方で本が売れてこそ（読者を確保してこそ）文学が生きると言っている。そして、それに対する実践的な方策として翻訳を通じた海外市場開拓の必要性を強調する。要約すれば、「文学の終焉とは、近代文学とは自国語でのみ消費される文学」にすぎないというものだ。ここでそれもまた柄谷の主張をきちんと理解できていないと批判することも可能だ。しかし、それよりも創作者の立場で問題そのものを意図的に変容させたと見るほうが正しいだろう。ところで、興味深いのは、彼が「近代文学の終焉」を克服する方法を探し出すのに少しのためらいも見せないということである。

金衍洙が言うように、いまの「文学の危機」を克服するため海外市場を開拓しなければならないとすれば、結局それは「韓国の村上春樹」——村上春樹ほど海外市場開拓に成功したアジアの作家がほかにいるだろうか——になるということを意味する。だが、ここで注目すべきなのは柄谷が「近代文学の終焉」を宣言するようになったきっかけが、まさに世界的な日本人作家である村上春樹のせいだということである。

三　村上春樹という問題

村上春樹のアジアの作家としての影響力はたいへんなものがある。知名度と影響力を鑑みるなら、おそらく現在世界的な作家として語られうるほとんど唯一無二の東アジアの作家であるだろう。特に彼が韓国に及ぼした影響の大きさはとうてい言い表せないほどである。彼の小説は今も着実に記録を更新しつつ売れており、九〇年代以後登場した韓国小説の大部分は彼の影響から決して自由ではない。しかし、にもかかわらず韓国の文壇は彼の小説が外国小説であるという理由で、また大衆小説に近いという理由だけでこれまで議論の対象から除いてきた。だが、もし韓国の若手小説家たちの夢がみな第二の村上春樹になることならばどうだろうか。たしかにこれまでの観点から見たとき、村上春樹の文学は「文学らしい文学」でなかったかもしれない。しかし、彼を最近の若手作家たち（例えば朴玟奎《パクミンギュ》、金衍洙《キムヨンス》、金愛蘭《キムエラン》）と並べて見るとどうなのか。依然として彼を「文学らしくない文学」、「大衆文学」の作家として批判できるだろうか。もしできないなら、いまの若手作家たちを韓国文学の希望の星として擁護する前に村上春樹をまず世界文学の希望の星として擁護しなければならない。つまり、柄谷行人は村上春樹に「日本文学の価値＝甲斐《ボラム》」を見出さねばならなかったはずだ(7)。

だが、どうしたことか柄谷は村上春樹に「近代文学の終り」を見ている。そして、彼とともに村上春樹批判の先鋒となっている蓮實重彦は、柄谷との対談で次のように言っている。

> 僕は、同時代の批評家の義務は、時代を先導しつつある作家を殺すことにあると思う。つまりその物語を解体するということですね。［…］こうした批評家の機能というものはもっと重視されてよい。文壇が緊張感を欠いて面白くなくなったのは、［…］同時代作家を言葉で殺したり生かしたりすることが批評家の義務とは思わないし、また思ったにしてもとうていそんな力もない人たちだったからでしょう(8)。

多少過激に聞こえるこの発言の背景には、落ちぶれつつある批評家の位相に対する警告が込められている。文学界がきちんと機能していくためには、創作者たちが批評家の判断能力を恐れなければならないというのだ。むろん、これは批判ばかりして創作意欲を殺げということではない。個別の作品や個別の作家が現在の歴史のなかで占めている位置を正確に摑まねばならないということだ。しかしいま、批評家を恐れる作家はなかなかいない。(9) また、時々なされる批判にも、それを謙虚に受け入れるより感情的に反応しがちである。これは単に感情を制御できない幾人かの作家の問題というより、批評家に対する深い不信に由来する。しかもいまの若手創作者たちは批評家より知的意欲が強く、どうかすると批評家より文学理論に明るかったりする。そのせいか、最近では若手小説家のあいだで大学院進学——今や文芸創作科の問題ではなく大学院の問題である——が一種の流行であり、そのなかでも何名かはすでに卒業後に教授になってもいる。これはたしかに新しい風潮なのだが、ポジティヴに眺めるならこれからは創作者が批評もする時代を期待してもいいということだ。しかし、その逆であればどうすればよいのだろうか。

柄谷行人はこれに応ずるかのように同対談の後まもなくして「村上春樹の風景」(一九八九)を発表する。柄谷がそこで主張するのは次のようなことである。転倒により発見された「風景」(『日本近代文学の起源』)が、村上春樹によってもう一度転倒された形で再発見されたということである。

私が「根本的倒錯」とか「悪意」と呼んだのは、このイロニーの意識のことである。それは、経験的な自己を冷ややかに眺める超越論的自己(意識)である。
この自己意識はけっして傷つかないし敗北しない。それは経験的な自己や対象を軽蔑しているからである。むろん、こうした「内面」の勝利は、「闘争」の回避でしかない。夏目漱石はこうした回避を認めなかったがゆえに、「近代文学」に異和感をもちつづけたのである。漱石が固執したような明治十年代の敗北と被限定は、国木田独歩のようなイロニーにおいて超越されてしまう。一切の限定性が「内面」において越えられるからである。注意すべきことは、独歩においてそうした固有名をもった「歴史」が越えられてしまうということだ。そこに、「風景」があらわれる(10)。

柄谷は村上春樹の影響力の秘密を風景の自明化に見出している。わかりやすく言えば、村上春樹の小説の語り手は歴史的な記憶には空々しく知らぬふりをしながら、ほとんど目録に近い歌の題名や商品名は過度にふりまくのだが(私的趣味の濫発)、柄谷が見るに、それはポストモダニズム的性格をあらわす要素ではなく、《無意味なものに根拠なく熱中してみせることによって、意味や目的をもって何かに熱中している他人を見下すという態度に存する超越的な自己の意識[3]》である。したがって、村上春樹が示す「新しさ」は全く新しいものではなく、もしそれを新しいと考えたり、いまの現実的状況を少なくともよく表現しているなどと考えるならば、それは村上春樹が「転倒を通じて作り出した」風景を自然なものとして受け入れているせいだと主張するのである。事実、この立場に立って今日の韓国文学を見てみると、これと似たものを見出すのはそれほど難しくない[4]。特に「空々しさ」を装った語り口や、それにもとづいた迂回的(アレゴリー的)想像力は疑ってみる必要がある。

四　批評という両刃の刀

むろん、批評は両刃の刀である。「両刃の刀」、これは、ドストエフスキーの『カラマーゾフの兄弟』で、問題の裁判の場面に出てくる言葉である。[5] つまり、同じ状況（作品）に対して互いに異なる判断を下すことができるだけでなく、また、その異なる判断についてそれぞれ適切な論理を賦課することができるということである。創作者としてドストエフスキーは、そのような判断がもっている不可能性（犯人は誰か）を、法を超越した水準まで引き上げて新しい（倫理的）地平へと進むのであるが、批評家はどのみちまさにここで当該作品についての「価値判断」をくださなければならない。では、批評はいかにしてこの「両刃の刀」を克服することができるであろうか。つまり、村上春樹を高く評価する者の論理とそれを批判する者の論理のあいだに与えられた「論理学的均衡」をどのように破ることができるだろうか。この問いの狙いは比較的明白である。一言で言えばそれは批評の内在的論理だけではどんな「客観的」価値判断も不可能だということである。

少し前にあった、裵琇亞《ペスア》の小説をめぐる短い論争を例にとれば、[6] 創批的読解法を批判する金永《キムヨン》贊《チャン》*の批評のなかに、すでに創批的読解法が内在していると白楽晴《ペクナクチョン》が批判するとき、そのような読みを果して「創批的読解法」と呼べるだろうか。相手のテクストに存在するアポリアをつかんで脱構築する方法をあえて創批的読解法と名付けることができないのなら、結局残るのは「創批的読解法」という穴をめぐる（または生産する）ウロボロス的論理循環だけである。したがって、この論争が論争らしい論争という結末に至らなかったのは、もしかすると当然なことであるかもしれない。同等な自己認識という修辞はけっして形式論理を超えることはできないのだ。

事実、これは柄谷が「終焉」という言葉をもってきたことと無関係ではない。具体的に柄谷は村上春樹の小説に「歴史」を引き入れる。柄谷が「終焉」を通じて主張しようとするのは、すべてが終ってもはやその後には何もないということではなく、何らかの新しさ（断絶）も歴史に登場する「反復」のひとつの形式にすぎないということである。柄谷は中上健次の死によって日本近代文学（近代小説）は終り、それ以後登場する小説は小説ではなくロマンスだと言うのだが、これは、カタログに近い江戸時代の小説への後退を意味する。もはや小説は歴史に執着するより、そこから抜け出したり、特定の対象や語法（語り口）に執着するようになるのである。

実際、このような物神崇拝主義《フェティシズム》はいま、韓国の文学研究でも支配的な影響力を発揮している。いわゆる文化研究《カルチュラル・スタディーズ》や風俗史研究と呼ばれるものは、どれもこれも昔のモノ（事件）に対する物神崇拝《フェティッシュ》的執着を通じて歴史を限りなく軽く（しかし、不透明に）するのに一役買っている。つまり、彼らは最悪の自然主義を「文化研究《カルチュラル・スタディーズ》」という形で反復しているのである。

先に引用した対談で、平野啓一郎は「近代文学」と「小説」を区別して、前者は死んだかもしれないが、小説はそうではないと言い、これからも死なないであろうと主張する。したがって、彼は他の領域では捉えられない微細な人間の現実はもっぱら「きちんとした」小説によってのみ表現可能だという「信念」を披瀝する。しかし、これは右で見た李章旭《イジャンウク》と白楽晴《ペクナクチョン》が「終焉の時代」

に「文学」を救う方法と大差はない。文学に対する意味付けの反復、「文学らしい文学」に対する擁護は、「可能性」を確認することだけでは不可能である。言い換えれば、「潜在的可能性」に期待しすぎると、絶対的城砦としての「文学」という観念に陥る危険もある。実際、平野啓一郎は自ら、自分は芸術至上主義者であり、ロマン主義者であると主張している。むろん、このとき彼が言おうとするのは「きちんとした」芸術至上主義者、「きちんとした」ロマン主義者ではあるが。

したがって、「(韓国)文学の貧しさ」を認めねばならないという主張(崔元植《チェウォンシク》*)をじっくり考える必要がある。なぜなら、おそらくそうすることにより「きちんと」という言葉に何らかの客観性を与えることができるようになるであろうからだ。そして、その後ではじめて、我々は「〈終焉〉か〈価値=甲斐《ボラム》〉か」という問いを選択的スキャンダル以上のものとして受け入れることができるようになるだろう。

第三章　批評の運命——柄谷行人と黄鍾淵

一　「柄谷行人」という亡霊

韓国文学に「柄谷行人」という亡霊が徘徊している。村上春樹を日本人作家としてほとんど唯一韓国上陸に成功した作家と評価する者もいるが[1]、見方によっては、これは柄谷行人にも当てはまる。なぜなら、日本の綺羅星のような批評家と思想家のなかで韓国上陸に成功した者は柄谷行人一人だけだと言っても過言ではないからだ。村上春樹と柄谷行人は決して和解できない日本文学界の二大巨頭であるが、二人とも韓国進出（そして世界進出）に成功したという点では双璧をなす存在である。韓国ではこの二人の著作が平均して（または圧倒的に）韓国の小説や批評集より売れているという事実は、二人に対する韓国側の関心が単に外来的なものに対する好奇心からくるというより、現在韓国人が必要とする感受性や思考の磁場を、二人の著作が充たしていることを傍証している。

昨年［二〇〇六年］四月に柄谷行人の『近代文学の終り』が翻訳出版されると、数多くの新聞と文芸誌に書評が掲載されたのも、実はこれと無縁ではない。興味深いのは、それが単発的に消耗されなかったことだ。直近の文芸誌（二〇〇六年冬号）を見てみても、韓国文壇はまだ『近代文学の終り』が与えた衝撃から自由でないように思える。大部分の文芸誌が「文学の終焉」を特集タイトルの一部とするか、「文学」に対する根源的問いに関する企画を掲載しているのがその証拠だ。昨年の春に出た日本の批評家の一冊の本が未だに人口に膾炙し続けているのは、よくあることだと言ってやり過ごすことができないのは明白である。

事実、『近代文学の終り』の核心だと言える同名の講演はすでに『文学トンネ』（二〇〇四年冬号）で紹介されたことがある。そのときも今ほどではないが小さくない波紋を呼び起こした。すると、柄谷行人が投げかけた「近代文学の終焉」という話題は、足かけ四年の間も韓国文学界を悩ませているということになる。しかし、正直に言って、柄谷のテーゼそのものだけを見るならば、特別に新しいものはない。それゆえ問題は「にもかかわらず」韓国の文学者がその主張から容易に抜け出せないことにある。はたしてその理由は何か。それはもしかするとそれまであえて抑えてきた何かを白日のもとに晒し、目を潰さないかぎり、これ以上避けることができなくなったためではあるまいか。(2) ならば、我々に与えられた道は、（一）柄谷の主張を全面的に肯定するか（もしそうすれば、我々はみな文学をやめなければならない！）、でなければ、（二）適当な線で妥協するか（危機がチャンスだ。いまふたたび文学に戻って生産的な仕事に没頭しよう！）、そのふたつがだめなら、（二）まったく別の第三の道を模索するほかない。

どの道を選ぶのが最善だろうか。これに対する確実な答えを探すのはとても難しい。しかし、はっきりしているのはこれまでその後ろに隠れて過ごしてきた自足的な掩蔽物から出て、いまの状況と裸で向き合うことが必要だということである。そして、そのような対決を通して柄谷がまったく認知しないものまでを我々自身から読み出さねばならない。この点で黄鍾淵《ファンジョンヨン》*の「文学の黙示録以後」[3]は注目に値する。事実黄鍾淵は柄谷によって韓国人の弟子として紹介される唯一の人物であり、単行本『近代文学の終り』で柄谷と「文学の危機」に関して共感を分かち合う韓国の批評家として取り上げられる人物である[4]。また、見方によっては、三年前［二〇〇四年］、『文学トンネ』に問題の論文（正確には講演）を掲載させた張本人でもある。ところで、その彼が柄谷のテーゼを正面から批判する論文を発表したということは、さまざまに示唆するところ大である。

ここでもしかするとその間にあったかもしれない黄鍾淵の立場変更を、あえて追跡する必要はない。仮にそのような変更があったとしても、単なる心境の変化というより、もう少し現実的で本質的な問題と関連があることが明らかであるからだ。韓国で柄谷をもっともよく理解しているひとりである彼が、柄谷に反旗を翻すということは何を意味するのだろうか。柄谷によれば、黄鍾淵ははっきりと「近代文学の終焉」に同意している。しかし、それはあくまでも原論的なレベルでの同意であったかもしれない。柄谷行人のように文芸批評をやめても新たな住みかとなる空間（哲学／思想）をまだ備えておらず、そして事情がどうあれ今も現場で活動しており、また、これから活動しなければならない大部分の韓国の批評家たちの立場を考慮したならば、その複雑な心境が理解できぬものでもない。したがって、黄鍾淵の論文に読みとらねばならないのは、彼がどのように柄谷を批判（理解）している（あるいは、しそこなっている）のかではなく、「行き詰まりの時代の韓国の批評」がもつ、ある複雑さである。では、これから具体的に彼の議論を見てみることにしよう。

二　近代文学以後の文学

黄鍾淵はひとまず「近代文学の終焉」というテーゼについて肯定するという態度をとる。そして、《近代文学が終ったという考えは、そのように言われなかっただけで、実は過去一〇年間頻繁に現れた、韓国文学の危機についての発言の中に潜んでいた》（黄鍾淵、一九四頁）と言い、その一例として金禹昌《キムウチャン》の「文学と世界市場」[1]という論文を挙げる。一言で言うなら、一定の歴史的条件下で形成された近代文学が時代の変化によって衰退するということについては、彼には異議はない。実際、彼が問題にするのは「文学の衰退（終焉）」以後についてである。

> 柄谷の議論のなかで興味深いのは、近代文学の終焉の脅威と症状についての論評ではなく、近代文学の役割が尽きた今日の文学は娯楽にすぎないという主張である。近代文学が終ったからと言って文学的に書くことに意味と価値を与えるすべての理由まで消え去るのではない。
> （同、一九六頁。傍点は引用者）

事実、「近代文学の終焉」というテーゼが韓国の文学者に衝撃として受け取られたのは、文学が終ったということ自体から来るのではなく、文学の終焉以後の文学（すなわち、今日の文学）が娯楽にすぎないということ、つまり、文化生産様式において文学がもっていた最低限の理念的優越性まで消え去ったというところから来ている。したがって、黄鍾淵《ファンジョンヨン》の右のような主張は「文学の終焉」というテーゼについてかなりの数の韓国の批評家におこったアレルギー反応の元がどこにあるのかを正確につかんでいるといっても過言ではない。彼らは柄谷行人の主張を認めるにせよ、誰もが同じように「だからといって今日の文学に希望がないというわけではない」という論理で突破口を準備しようとする。つまり、「近代文学」は終ったかもしれないが、その後の文学は厳然と存在し、それらの「普遍的価値」が完全に否定されるのではないというのである。若干の違いはあるが、この論理は柄谷の主張を批評的推進力とする一部の批判的批評家たちにさえも見いだせる。

しかし、これは結局、柄谷が言う「近代文学」を「普遍文学」という上位概念に対する歴史的下位概念に置き換えることで「現代の文学（今日の文学）」を救い出そうとする曲芸にすぎないということもありえる。なぜなら、「文学」という概念そのものが、近代に定立された歴史的産物だということを認めるなら、柄谷が言う「近代文学」がそのまま「文学」であることはあまりにも明白であるので、「近代文学」を超えた「（普遍）文学」という語そのものが全く成り立たないからである。むろん、だからと言って、今日の文学が「娯楽以上」だということ、つまり「意味と価値を与えるに値する理由」があるという希望的自救策が心情的に理解できないものではない。しかし、あくまでもそれが「文学という歴史的芸術様式」という大前提と正面から衝突するということはやはり忘れてはならない。したがって、黄鍾淵の《近代文学の終焉以後の文学はつまらないという柄谷の主張は、今日の日本文学に対する彼の絶望の深さを感じさせる一方で、個人的・局地的経験の無理な一般化ではないかという印象をあたえる》（同、一九七頁）という主張は結局、柄谷に対する選択的受容ではなく、全面的批判の形をとっていると見ることができる。ある瞬間から、柄谷の絶望は「性急な一般化の誤謬」ないし「主観的欠陥」に格下げされるわけである。

　そして彼は《韓国では文学はまだつまらないものではないと考えるならば、望ましいのは、（一）近代文学の理想に固執して文学集団の無能と堕落を告発するか、（二）近代文学の何らかの資質が韓国文学に生きているという証拠を探し出そうと腐心する、のではなく、（三）近代文学以後にも文学が存在する理由を考えることである》（同、一九七－一九八頁。番号と傍点は引用者）と言い、以後批評家が進むことができる三つの道のうちもっとものぞましいのは（三）だと主張する。これはむろん彼自身は三番目の道を行くという意志の表現でもある。ところが、問題は実際に彼が擁護しようとする文学的意義と価値が何であるかについては語っていないという点である。その代わりスーザン・ソンタグと金禹昌《キムウチャン》に依拠して、まだ文学の意義は有効であるという主張を繰り返す。しかし問題は思ったより複雑である。例えば、このときソンタグと金禹昌の言う文学が「近代文学」なのかどうかについてはもう少し詰める必要があり、たとえそうだとしてもそれが「近代文学」との間にどんな弁別性を備えているのか問い続けなければならないからだ。

むろん、彼が提示する問題設定そのものは充分に頷ける。だが、妙なのは、実際には彼は自分が提示した道を行くかわりに、それとは正反対と言える柄谷の主張の根源（終焉論）をたどる道を進んでいるという点だ。しかし、それはひょっとすると必然的な手順であるかもしれない。柄谷の「終焉」的立場とは、ある旅程が終結したという仮定のもとでなされるものであるので、近代文学がどんな役割を果してきたか、どんな価値をもっているか、それなりに明白に言明することができたのに反して、過去ではなく未来を擁護しようとする黄鍾淵《ファンジョンヨン》の立場から見るとき、彼が提示することのできるものとは、あくまでも「仮定」ないし「信念」にもとづいたものたらざるをえないからだ。しかし、仮定と信念は批評という領土に住みにくいもっとも非論理的（反批評的）移民である。したがって、彼が柄谷と違って「近代文学以後の文学」を擁護しようとするとき、結局ネガティブな形をとらざるをえないのかもしれない。

つまり、彼が柄谷に向かって投げかけた批判的な問いを黄鍾淵にそのまま投げ返すこともできる。「なぜ文学は必ず娯楽以上でなければならないのか?」「なぜ文学はつまらないものであってはいけないのか?」柄谷をどれほど批判しようと、柄谷から受け継いだ（娯楽以上の）文学と娯楽の対比が依然として反復され、その反復がほかならぬ文学に内在する、何らかの価値を暗黙裡に認める形を帯びているなら、それは結局、柄谷が作った土俵の中でなされた生理的反省にとどまる公算が高い。したがって、そこにはどんな根本的な展望も見出しにくい。このジレンマに突き当たったのは黄鍾淵だけではない。批評家の多くがそのようなパラドクスと出会ったであろう。しかし、問題は黄鍾淵を除いて、批評家の多くが「にもかかわらず、どちらにせよ、文学の有用性は永遠になくならないだろう」という原論的な態度をとることで満足しているという点だ。つまり、「信念」を「論理」として受け取っているわけだが、ここに「自意識」はあるかもしれないが、「内面」はありえない。そして、まもなく、彼らはこのように叫ぶだろう。「近代文学の終焉？あきあきだ！　その話はもうやめて、「文学」に帰ろう！」

では、このような「信念」はいったいいかにして存立可能なのだろうか。いまの韓国の文学界が深刻な危機に逢着しており、現在、決定的な転換点を迎えているということに共感するならば、にもかかわらず依然として根深く残っている「ナイーヴな希望」ないし「ナイーヴな信念」をいかにして受け入れなければならないのか。それはおそらく既に「装置による」風景として現れた文学を依然として「自然による」風景として受け入れているからではないだろうか？　言い換えれば、たとえ文学界で何らかの変化が感知されているのは事実にせよ、その変化に鈍感にならざるを得ないようにさせる装置（文学教育／文学出版／国家的文学育成政策）もまたますます強化される趨勢であるので、その亀裂そのものが実感できず、亀裂によって発生した脱‐隠蔽作用もまた風景の一部とみなされるものであるかもしれない。依然として作品が生産され、その一部は文学賞をもらっており、それとともにそれに関する批評が書かれ、またそのうちの一部も賞をもらっているいま、本当に「文学の終焉」を実感する者は思ったほど多くないだろう。

柄谷が言う「自意識」だけしかない批評家とは、事実、この現実的装置（制度）を離れて考えることを拒否する（恐れるまたはうっとうしがる）者（信念的／慣習的人間）を意味する。であるなら、「内面」が存在する批評家が誰のことかは自明である。それは、解釈の対象である「文学」が存在するということに対して少しの疑いも抱かず、ひたすら作品に対する「解釈学的賭け」をすることで満足する者のことではない。「文学」の最終局面と正対する省察の過程で「批評家という肩書き」まで賭けることができる者（信念／慣習を捨てられる人間）を意味するのである。なぜなら、「批評家」もまた「芸術家」、「文学者」と同じく、制度（装置）的風景のひとつであり、彼らの生産物である「批評」もまたそこから抜け出せない偶然的な（歴史的な）ものにすぎないからである。しかし、一方では、このような事実にあえて知らぬふりをするとか、適当に受け流すのが、近代文学者のもっとも重要な特徴でもある。これに関して蓮實重彦は次のように述べている。

特権的な才能の持主たちが文学を支えているのではなく、凡庸な資質しか所有していないものが、その凡庸さにもかかわらず、なお自分が他の凡庸さから識別されうるものと信じてしまう薄められた独創性の錯覚こそが、今日における文学の基盤ともいうべきものだからである。文学と文学ならざるものとは異質のいとなみだという正当な理由もない確信、しかもその文学的な環境にあって、自分は他人と同じようには読まず、かつまた同じように書きもしないとする確信、この二重の確信が希薄に共有された領域が存在しなければ、文学は自分を支えることなどできないはずだ。例外的な存在としての自分を確信するというこの典型的な非凡さへの意志、この意志に恵まれた凡庸な芸術家が不断に捏造され始めた一時期、つまりは詩人として生まれたわけではない非凡さの確信者たちがいたるところに生産されることで始まった文学の時代に、文学史を、特権的な才能がかたちづくる星座群のごときものとして思い描くことは、現実を抽象化しながらみずからの凡庸さを忘れようとする歴史回避の試みにほかなるまい。(5)

しかし少なくとも、黄鍾淵《ファンジョンヨン》は柄谷のテーゼにつき当たったとき生じる多くの混乱を単に「確信(信念)」の水準に退行させるとか、適当に回避していないという点で「自意識」と「内面」をともにもっている、数少ない批評家のひとりである(むろん、これに対するより正確な結論はこの章の最後に明らかにされるだろう)。彼の論文にはネガティブな形ではあれ柄谷のテーゼを「正面突破」するのだという意志を充分に読み取れる。それは見方によっては、右に言及した第三の道ではないかもしれないが、その道への入口となりうる。彼の議論をもう少し精密に見てみようとするのも、そのためである。

三　芸術の終焉または芸術の解放

黄鍾淵が「終焉論」そのものを問題にするのは、「終焉そのもの」よりは究極的に「終焉以後」のためである。つまり、終焉以後は動物的な世界になるだろうというヘーゲル的発想を確実に批判するためだ。ひとまず彼は『日本近代文学の起源』と『近代文学の終り』がかなり異なる方法で書かれた著作であることを強調する。前者がフーコー的な「言説分析」を行なったものであるなら、後者はコジェーヴ的な「歴史哲学的な人間学」だというわけだ。そして、彼は後者の元祖であるヘーゲルにさかのぼって「芸術終焉論」を見てみた後で、次のような結論を導き出す。「ヘーゲルが言う「芸術の終焉」は黙示録的ビジョンとは関係がない。ヘーゲルが言う「芸術の終焉」とは、「芸術の自己解放」である」。彼がこれに関して依拠するヘーゲルの一節は次のようなものである。

> 特定の内容や、その素材だけにふさわしい表現様式にとらわれるのは、現代の芸術家にとっては、過去の話であって、今日の芸術は、芸術家が自分の主観的な技巧を基準にして、どのような内容にも同じように適用できる自由な道具となっています。こうして、芸術家は、神聖なものとされる特定の形式や形態にとらわれることなく、神聖で永遠なる存在を意識にもたらす内容やものの見かたから自由になって、世界を思いのままに動きまわる。

たしかにこの部分だけ見れば、ヘーゲルは「芸術の終焉」を肯定的に把握しているように見えもする。しかし、強調されていない部分に重点を置いてもう少し注意深く読んでみれば、必ずしもそうではないということがわかる。問題をより明確にするために問題の右の部分が含まれている箇所の前後をすべて見てみることにしよう。

一定の国と時代に生きる芸術家が、共同体を支配する一定の世界観と、それにもとづく内容と表現形式にしたがって芸術を制作するような時代と打って変わって、現代に大きく広がりを見せている重要な芸術的立場は、まさにそれとは正反対の所にある。現代では、ほとんどすべての国において、反省的教養や批判が——ドイツでは、加えて思考の自由が——芸術家をとらえ、ロマン的芸術形式の必要不可欠な各段階が経過したあとでは、芸術家は、その素材にかんしても、制作の形態にかんしても、いわば白紙の状態で仕事にとりかかることができます。

特定の内容や、その素材だけにふさわしい表現様式にとらわれるのは、現代の芸術家にとっては、過去の話であって、今日の芸術は、芸術家が自分の主観的な技巧を基準にして、どのような内容にも同じように適用できる自由な道具となっています。こうして、芸術家は、神聖なものとされる特定の形式や形態にとらわれることなく、神聖で永遠なる存在を意識にもたらす内容やものの見かたから自由になって、世界を思いのままに動きまわる。どんな内容も、どんな形式も、芸術家の内面、肉体、無意識の共同観念と直接に一体化していることはなく、芸術的にとりあつかいうる美しいもの、という形式的規則に矛盾さえしなければ、どんな素材でも相手とすることができる。(6)

これを通してわかるように、ヘーゲルが言う「芸術の自己解放」とはとてつもない代価を要求する。つまり、それは社会的‐歴史的世界観と完全に遊離し、素材や形式を取りあつかうにあたってどんな必然性も存在しなくなり、芸術家の内面と無関係に個別形式／内容に矛盾さえしなければどんな作品でも作ることができるようになるという意味での「自己解放」である。歴史や内面とは関係なく存在する芸術、ヘーゲルはこれこそが芸術の最終局面、すなわち、「芸術の終焉」と見ているのに反して、黄鍾淵《ファンジョンヨン》は反対にまさにこれこそが芸術の主権獲得（すなわち、芸術の本当の出発）だと見ているわけだ。

> だとすれば、芸術の終焉とは、芸術の自己解放でもある。実際に、一九世紀以来、芸術にあらわれた発展は、芸術が主権を獲得できなかったら、可能ではなかったであろう大胆で多彩な探究と実験の結果だ。芸術や文学が歴史的に規定されたある目的を達成したからと言って、それが必ずしも娯楽としてみすぼらしい余生だけが残ることはないのである。
>
> （黄鍾淵、二〇三頁）

「芸術の終焉」に関してヘーゲルに浴びせられるもっとも一般的な批判の根拠は、彼がその命題を出したあとでも芸術は発展し続けたという事実である。実のところ、黄鍾淵の批判的解釈もこれと大差ない。むろん、彼はアーサー・ダントーに言及し、そのような自由がもっている「不安」に言及することを忘れない[2]。しかし、それは基本的に現代文学（モダニズム）を推進する原動力であるので、彼としては何よりも積極的に擁護せねばならない（なくなってはいけない）ものでもあるという点で、苦境を意味するというより、とてもポジティブな要素である。もし、彼が擁護しようとする「文学」が「娯楽を超えたもの」を自称するのなら、おそらくそれは芸術の段階的発展におけるよりも、「自律的芸術のアイロニー」が存在するところでのほうが光を放つだろう。なぜなら、娯楽には「アイロニー（不安）」がないからだ。したがって、積極的な意味で（娯楽以上のものでなければならない）《近代文学以後の文学は自らの自由を認識する一方で、その自由を自ら犠牲にすることに甘んじてもいいくらいの何かを見出さねばならない》（同、二〇四頁。傍点は引用者）のである。

しかし、どれほど多忙であろうとしばし歩みを遅くする必要がある。なぜなら、詳しく見てみると、ここで「芸術の終焉以後の自己解放的芸術」（モダニズム）が「近代文学以後の文学」とひそかに重なっているという感じがするからだ。後者が柄谷的な意味での近代文学以後の文学――ポストモダニズム文学までを含む――を意味するならば――柄谷行人はその意味で使用し続けてきた――つまり、柄谷の「近代文学の終焉」がそのような「自律的芸術のアイロニー」の消滅まで含むものであるなら、「近代文学以後の文学は……」と云々することはお門違いでありうる。これは柄谷の「近代文学の終焉」とヘーゲルの「芸術の終焉」を同一線上に置いているから発生する問題である。むろん、そのような同一視そのものが全的に間違っていると見ることはできない。しかし、そのためには、事前に多くのことを前提しなければならない。ここでそれらをすべて見てみることはできない。しかし、必要だと思われるいくつかの部分と関連して、この問題のふたりの「終焉論」をもう少し見てみるのも悪くないだろう。

四　「文学の終焉」と「芸術の終焉」

柄谷の「近代文学の終焉」というテーゼは反射的にヘーゲルの「芸術の終焉」を思い浮かべさせる。しかし、このテーゼをいっしょに論じるためには、ふたりの間にある二百年近い時間を飛び越えて考慮することはできない。のみならず、ヘーゲルの場合、彼が言う「芸術の終焉」とは、彼の哲学体系の構造上自然な結論だとすると、柄谷の場合はむしろその体系とは無関係な経験的自覚の性格が濃い。したがって、柄谷は彼が今まで（そして今も）批判的な観点を固守していたヘーゲル的認識を積極的に受容する身振りをするようになるのだが、この過程で「目的論的思考方式」にとらわれていると批判されてもいるようだ。[7] しかし、重要なのは、彼がヘーゲル的な態度を示すか否かではない。なぜなら、たとえ似たような結果が導き出されても、その出どころはまったく異なるからである。[8] したがって、「ヘーゲル的」（または「カント的」）のような修飾語でその差異を最小化するよりは、強調すべきところは強調しつつ、相違点を見出す必要がある。

ヘーゲルは芸術様式を大まかに象徴的（古代東方的）芸術、古典的（ギリシア的）芸術、ロマン的（中世、ルネサンス、バロック、古典主義、ロマン主義）芸術に分ける。そして、これを歴史的発展過程と結びつけながら（『美学講義』第一、二部）、これらの様式にもっともよく符合する個別の芸術ジャンルである建築（象徴的）、彫刻（古典的）、絵画／音楽／詩文学（ロマン的）という展開を精密にたどる（第三部）。ここで関心を引くのは、体系のなかでヘーゲルが芸術の最後の形式であるロマン的芸術の最終形態としてあげるのが「小説」だという点である。なぜなら、見方によっては、これは柄谷が言う近代文学（＝小説）と正確に一致するように思われるからである。したがって、論理的にはヘーゲルが言う「芸術の終焉」と柄谷が言う「近代文学の終焉」は一致すると見ることができる。だとすれば、［二百年近い］時間的隔たりはどのように理解すればよいのか。これについてはペーター・ソンディの次のような主張がかなり有用な示唆を与えてくれる。

ヘーゲルの「ロマン的芸術形式」を構成する中世、ルネサンス、バロック、古典主義、ロマン主義を思いきって要約するなら、このロマン的芸術形式が一八三〇年代頃に終ってしまったという考えは拒否しなければならない。つまり、ヘーゲルが予見できなかった、普通近代芸術と呼ばれるヘーゲル時代以後の文学（芸術）を四つ目の芸術形式として把握することができないということだ。というのも、それはたとえ質の上ではないにせよ、その特性上現在を過大評価することを意味し、そのような過大評価はヘーゲルの概念から完全に自由であることはできないように見えるからである。(9)

ヘーゲルの批判者たちは基本的にヘーゲル以後の芸術を、それ以前の芸術と異なる（新しい）四つ目の芸術形式として扱う。しかし、ソンディはそれは間違いだと断言し、我々はまだロマン的芸術理念から一歩も抜け出せていないと言う。もし、この見解を受け入れるなら、ヘーゲルと柄谷の間に存在する時間的隔たりを埋めることができる。柄谷は「起源が見え始めるのは、それが完結したとき」と語るのだが、ひょっとするとその逆も真であるかもしれない。「起源」が見えればどのように「完結」するかは推測可能である。むろん、ここで「起源が見える」ということは現象的にあらわれる「始まり」そのものよりは、出発を構成する可能性の全般的な表出を意味する。つまり、ヘーゲルは近代文学(小説)の発展を体験できなかった。それどころか近代文学が始まる時点で死んだ。しかし、彼はロマン的芸術形式を叙述しながらその究極的形態は詩文学(特に小説)であるほかないという結論にいたったのであり、それが「芸術の終焉」として表現されたのだ。

では、ここでヘーゲルがロマン的芸術の最終形態である「小説」をどう見ていたかを見てみよう。

　従来の形のロマン芸術が解体していく状況のなかで、第三に、近代的な意味での小説が、騎士道小説や牧人小説の後をつぐものとしてあらわれてきます。——小説とは、騎士道物語に、もう一度まじめな、現実味のある内容を盛りこんだものです。偶然に左右される外界に、市民社会や国家の確固たる安定した秩序が確立され、騎士のめざす妄想まがいの目的にかわって、警察や裁判所や軍隊や政府が登場します。[…]

　ここに新しい騎士として登場するのは、とくに青年たちで、かれらは、自分たちの理想とは似ても似つかぬ世間の波のなかを生きぬかねばならず、[…]一般に、家族や、市民社会や、国家や、法律や、職業が存在することを不幸だと感じてしまう。現存の秩序に穴をあけ、世界を変革し、改造し、世界にさからって少なくとも地上に一つの別天地を切りひらくのは意味のあることだ［…］しかし、こうしたたたかいは、近代世界にあっては、現実のただなかでの個人の教育、という修業ふうの意味しかもたない［…］世の中とはげしくけんかし、あちこちで衝突をくりかえしたものでも、最終的には、自分に合った女性と結婚し、一定の地位を得、世間なみの俗物になるのが普通です。[10]

右の引用は実は近代小説全般に関するよりも、「教養小説」に適合する説明である。[11]しかし、バフチンが指摘しているように、ゲーテの教養小説が厳密な意味で最初の近代小説であるなら、話は少し違ってくる。よく近代小説の始祖と言われるセルバンテスの『ドン・キホーテ』ではまだ「時間」が自分の居場所を見いだせないのに反して、ゲーテの小説では《自然環境（Lokalität）ならびに人間の創造になるさまざまな物体（それらは自然環境と本質的にむすびついている）の総和と不可分な、歴史的時間の眼にみえる運動》[12]が探索され見出されたからである。これに関してヘーゲルは次のように言っている。《すでにふれたロマン芸術の崩壊は、そうした［偶然の事物の織りなす］世界の内部で明確な形をとります。一方で、わたしたちの生きる現実が、理想形の立場からするといかにも散文的な客観世界としてあらわれる。日常生活の平凡な内容が、道徳性や神々しさをふくむ共同性を備えたものとはとらえられず、移ろいやすく、やがて消えさるものととらえられます》[13]。

これは近代文学が可能になったのは倫理的で神聖なものを内包する実体性によるというよりは、

偶然性を可能にする「移ろいやすく、やがて消えさる」時間性を通じてだということだ。この状況では最高の領域や本当に重要な関心事はもちろんのこと、何の意味もない附随的なものがともに場所を占めることができる。すなわち、生のもっとも偉大なものともっともちっぽけなものが共存するようになる。むろん、このときそのような時間を可能にするのは内面であり、ここでの「偶然性」とはあくまでも主観的な偶然性を言う。では、外部の（客観的な）偶然性はどうなのか。右に引用したように、近代小説においては外部の偶然性は市民社会と国家秩序へと転換されるようになる。したがって、内面はそのような社会システムと衝突するしかない（これは後にサルトルが言う「永久革命の状態にある社会の主観性（主体性）」と結びつきもする）。ところが、ゲーテの小説で、この主観性は「教育過程」を通じて放棄される。

むろん、当時の「教育システム」はひじょうに不完全な状態なので、主観的な内面を圧倒するくらい強力ではない。ゲーテの小説が理想的に（または非現実的に）感じられるのはまさにそのせいだ。しかし、この小説〔『ヴィルヘルム・マイスターの修業時代』〕が単に当時の現実にもとづく作品ではないのみならず、特定の形式が新たに開花するとき、ともに発生する一種の「終焉的幻想」を含んでいるとすればどうだろうか。つまり、『ヴィルヘルム・マイスターの修業時代』という小説が近代小説の始まりはもちろんのこと、その完結（終焉）の姿さえも知らず知らずのうちに描いているとすればどうだろうか。ゲーテ以後に展開された近代小説で、主観的内面は容易に社会システムと妥協をしない。それは別の言葉で言えば、教育制度が個人の内面（少なくとも芸術家の内面）を完全に制圧するくらいに強力ではなくて、社会との対立を通して自分たちの主観的な所望と要求を崇高なものとして高揚させることができるということでもある。

では、教育システムが完全に定着してこれを通してでなくては芸術家になれない状況になるのなら（つまり、文芸創作科を出ていなければ作家になれず、国文科を出ていなければ批評家になれないならば）、または教養と批判が一般化されどんなものを書こうと社会が寛大に黙認してくれるなら（すなわち、完全な思想の自由が与えられれば）、どうなるだろうか。このとき芸術家はどんな抑圧も障害もなしにそれこそ「白紙状態」で自由に創作できるだろう。すなわち、芸術らしいもの（美しいもの）であれば、芸術家の内面とは無関係にどんな素材も形式も自由に扱うことができるようになる。我々はこのような状況をモダニズムがもつ「自律的芸術のアイロニー」という観点から見てみた。しかし、この説明はひょっとするといまの状況のほうが当てはまるのではないか。

これに関してフレドリック・ジェイムスンはヘーゲルのテーゼの問題を点検しながら、間違っているのは「ヘーゲル」ではなく「歴史」だと言う。彼はヘーゲルが言う「芸術の終焉」はあくまでもカントの観点からすると、「美」と同一視することができるものの終焉を意味し、したがって、まさにその意味で芸術に取って代わるのは哲学ではなく新しい芸術形式、すなわち「崇高」と同一視することのできるモダニズム（フィリップ・ラクー＝ラバルト）、つまり超《トランス》－美学だと主張する。だとすれば、哲学が芸術に取って代わるというヘーゲルの芸術終焉論は明らかに間違っているのだ。だが、問題は崇高なものの終焉、すなわち絶対者にたどり着くという芸術の使命が消滅したときである。

ヘーゲル以後、「芸術の終焉」がふたたび俎上に乗ったのが一九六〇年代であり、「ハプニング」の出現を通してである。[14] しかし、ジェイムスンはこれを狭い意味での芸術問題としてのみ見てはいけないと言う。当時展開されていた「芸術の終焉」論は、文化的制度、正典群、美術館、大学機関、そして国家によってなされた高級芸術の特権化が西洋的価値観の擁護としてのベトナム戦争と共犯関係にあるということを提起する政治的な論理であったというのだ。そして、これをフランシス・フクヤマの「歴史の終わり」論と対比させつつ、後者が右翼的なのに反して、前者が左翼的だったと主張する。彼の言葉にどこまで同意するのかは重要ではない。それより重要なのはジェイムスンが一九六〇年代を起点に偉大なモダニズムの時代が終ったと同時に、「理論」が登場して芸術にとって代わったと言及する部分である。

〈崇高〉すなわち近代《モダン》の機能、つまり芸術の半分の機能は〈理論〉によってのっとられてしまう。しかしそれでも芸術のもう半分、すなわち〈美〉が生き残る余地はのこされ、〈美〉は近代の生産がしだいに枯渇する時にあって文化的領域をおおってしまうのである。これこそがポストモダンのもうひとつの顔なのである。それは、かつて近代的〈崇高〉があった場所に〈美〉と装飾が回帰することであり、芸術が絶対的なるものへの探求を、また真実に対する資格の主張を放棄し、芸術がまったき快楽と欲求充足の源［…］として再定義されることなのである。[15]

つまり、ジェイムスンはこのようなポストモダンにとって「美の回帰」こそヘーゲルが言った「芸術の終焉」であると主張するのだ。ところで、これはふたたび柄谷が言うことと正確に一致すると見ることができる。ふたりとも「芸術の終焉」という命題は黙示録的な立場表明というよりはいまの社会的歴史的状況をもっとも明確にあらわすテーゼとして受け取っているのだ。ならば、「近代文学以後の文学」に対する構想は、単に柄谷の主張を「目的論的」または「黙示録的」であるとみなす／批判することにより得られるものではない。重要なのはテーゼそのものではなく、それを支えるいまの社会的／芸術的状況である。

五　動物化する人間——コジェーヴの「終焉論」分析

黄鍾淵《ファンジョンヨン》がヘーゲルを論じた後でコジェーヴに移る理由はただひとつ、「歴史の終焉」以後に来る「人間の動物化」という主張のためである。むろん、この迂回の究極的な目的はこれを通じて「歴史哲学的人間学」の立場に立つ柄谷を批判するためである。黄鍾淵の主張を要約すれば、次のようになる。リースマンが言った「他人指向型」人間はコジェーヴが言うアメリカ的生活様式という「人間の動物化」とは結びつけることができるけれども、日本のスノビズムとは結びつけられない。コジェーヴはそれを明確に区分しているのだが、柄谷はこれを混同しているのだ、と。

柄谷は日本の経済的繁栄が江戸時代のスノビズムを復活させたと言う中で、それをアメリカ化した世界の動物的状況のひとつの結末のように取り扱って、日本大衆社会の没主体的な風俗と同じ種類のものにしている。これはコジェーヴの意図と大きく食い違う解釈である。

（黄鍾淵、二〇七頁）

たしかにコジェーヴは問題の第二版の注[16]でアメリカ的生活様式と日本的スノビズムを区別している。彼はアメリカ的生活様式について「人間が動物性に戻る」と表現するが、日本については逆に「「動物的」な所与を否定する規律を創り出している」と主張する。したがって、「西洋が「日本化する」」ということは「「自然的」或いは「動物的」なもの」を否定する「「人間的」なもの」になるということを意味する。したがって、黄鍾淵《ファンジョンヨン》の批判はそれなりに正当だと言える。たしかに「動物的」、「人間的」という表現に敏感に反応する場合、このような批判は充分に出てきうる。しかし、厳密に言えば、そのふたつの間に根源的な違いは存在しないと見なければならない。

たとえば、コジェーヴがアメリカ的生活様式について語りつつ使った「動物的」という表現は「動物的状況（自然）」とは関係がない。むしろそれは他人の欲望しかない「人間的状況」を指す[17]。そのとき、アメリカ的生活様式を説明するときに使用した「動物」と、日本のスノビズムを説明するときに使った「動物」という表現は含意が異なる。これは約三百年の間平和な時代に住んだ《日本人の武士の現存在は、彼らが自己の生命を危険に晒すことを（決闘においてすら）やめながら、だからといって労働を始めたわけでもない、それでいてまったく動物的ではなかった》[3]という日本的状況を説明する部分を見ただけでわかる。だとすれば、「ポストヒストリカル」な時代を早くに経験した日本文明とマルクス主義的「共産主義」の最終段階である「アメリカ的生活様式」は、相異なるものだというより、一方（アメリカ的生活様式）の極端化した形態がもう一方（日本のスノビズム）だと言うほうがいいだろう。

これは黄鍾淵が脚注で引用したフレドリック・ジェイムスンの批判的見解とも大きく食い違わない。《今、日本について言及せざるをえないということは、大きな〈他者〉へのこだわりの徴かもしれない。その〈他者〉とは、もしかすると我々〔原註・西洋〕の過去ではなく未来、次の戦いで勝ちをおさめると言われている者かもしれない[4]》。黄鍾淵のコジェーヴ分析はこれにとどまらず、ヘーゲル、コジェーヴ、そしてフランシス・フクヤマが主張する「歴史の終わり」そのものを問題にするにいたる。まず、彼は彼らの主張を簡略に要約したあとで、次のような問いを投げかける。

しかし、二〇世紀後半以後の時代はアメリカ的生活様式のグローバル化が見られたが、それと同時にすべての国家的・社会的関係において覇権を目指す戦いの終りが見られなかったというあまりにも明白な事実を無視しないかぎり、コジェーヴの歴史観に同意するのは不可能だ。さらに二〇世紀後半以後起った多くの反へゲモニー的政治闘争ならびに文化闘争を鑑みるに、それはその哲学的土台から疑わしく見える。（同、二〇八頁）

しかし、ジェイムスンはこのような非常に模範的で一般的な反論が出てくることを予想してでもいたのか、次のように述べている。《唯物的、弁証法的歴史解釈に知悉している者ならばつぎのような素朴なフクヤマへの反論はしないように思われる。すなわち、なんだかんだといっても歴史は実際先に進んでいる。出来事、とくに戦争が起こり続けているし、なにも止まってしまったようにはみえない、あらゆるものは悪くなりつつあるように思える、などなどという反論である》[18]。ジェイムスンは「模範的な」反論で議論の可能性そのものを廃棄するかわりに、彼らが提起する問題そのものを思考しようとする[19]。たとえば、彼はフクヤマの「歴史の終わり」を約百年前のもうひとつの影響力ある終焉論である［F・J・］ターナーの『アメリカ史における辺境』と比較しつつ、「歴史の終わり」は「時間」についてのものではなく、「空間」についてのものだと主張する。つまり、約百年前「西部」というアメリカ－内－外部の終焉が告げられたように、今、地球－内－外部の終焉が告げられているというのである。外部を想像できない状態、もしかするとこれこそ「終焉論」が主張する核心であるかもしれない[20]。

しかし、黄鍾淵《ファンジョンヨン》は「終焉論」がもつ、より複雑な問題は比較的簡単に処理したのち、「欲望」の問題をとりあげる。《欲望が充足可能なものだという前提を受け入れないなら、そのような人間実存と文化での同時的退行は成立しない》（二〇九頁）。これはある特定の歴史的状況が終了したからといって必ずしも「退行」が起こるだけではないという意味であり、すべての「終焉論」に向けた言葉である。なぜなら、欲望は絶対的に充足不可能なものであるからだ。彼は「ラカン以後」の精神分析学的立場からヘーゲル／コジェーヴを批判しているのだが、逆に見るとラカンの「欲望」概念（「欲望は大文字の他者の欲望である」）こそヘーゲル／コジェーヴを離れては決して理解できないものだ。おそらく、彼は「歴史の終焉」を「欲望の消滅」として理解し、このような批判をしているようだ。しかし、ヘーゲル／コジェーヴ／フクヤマは欲望が完全に消滅するだろうとはどこにも主張していない。のみならず、かえって「歴史の終焉」は欲望が消滅できないことを証明している。むろん、これは柄谷の終焉論にもあてはまる。

では、なぜ黄鍾淵は、にもかかわらずあらためて「欲望の充足不可能性」を強調するのだろうか。それはそのような充足不可能性を「否定性」とみなしてその否定性が存在するかぎり文学は依然として「娯楽以上のもの」として存在可能であるとの結論を引き出すためである。むろん、彼はコジェーヴが「欲望の充足不可能性」について言っていないわけではないと付け加えながら、まさにそのような認識が、コジェーヴに日本訪問後に展開された反動物的人間の可能性について語らせたと見る。一言で言えば黄鍾淵は、コジェーヴが言う日本のスノビズムに一抹の「人間的可能性」を再発見しているというわけだ。しかし、右で見たとおり、それは貧弱な読解でありうる。次のような結論がこれを証明している。

> 人間の動物化が大勢とはいえ、与えられた自然と文化を否定しようとする、それらによって規定された自身を否定しようとする衝動は人間に残っている。その否定性がたとえそれ自体で「歴史的行為」をなしえないとしても、その活動は、人間的尊厳性という観念を放棄しないならば、見出され促進されねばならない。これは文学を含めた文化形式が政治的に衰退するとか社会的に孤立する徴候をあらわしていようとも、そのことに対する未練を容易に捨てられない理由でもある。
>
> （同、二一〇頁。傍点は引用者）

ヘーゲルまで遡って柄谷を完全に撃破しようとしたが、実際彼がたどり着いた結論とは、貧しさの極致である。それでも幸いなのは、彼が自分の直面した論理的困窮をとても率直に直視しているという点である。しかし依然として「文学的価値」というものを放棄できないからか、文学に歴史的行為を遂行できるだけの力が残っていないとしても、そして政治的社会的に孤立しているとしても、「人間的尊厳性」という観念を放棄しないのならば、文学もまた放棄できないのではないかと、声高に言う。しかし、残念ながら柄谷が韓国文学に与えた「否定性」をこのような「当為的ヒューマニズム」で超えることはできない。このような状況で人間の尊厳と美的近代性という抽象的信念にもとづいて自身だけの純粋な領域に固執しようとする芸術（文学）精神があるなら、それは破壊と死を恐れる軟弱で美しい魂にすぎない[21]。

ヘーゲルが言うように、《力なき美意識が知性を憎むのは、自分にできないことを知性が要求するからだが、死を避け、荒廃から身を清く保つ生命ではなく、死に耐え、死のなかでおのれを維持する生命こそが精神の生命である。精神は絶対の分裂に身を置くからこそ真理を獲得するのだ。精神は否定的なものに目をそむけ、肯定のかたまりとなることで力を発揮するのではない[22]》。

六　批評の終焉または批評の転回

黄鍾淵《ファンジョンヨン》は最終節に「文学の制度と反制度」という副題を掲げている。ここで彼は韓国の文学界には柄谷のように文学に対して懐疑や絶望を抱いている者が多いが、そのような絶望や懐疑は主に「古き良き時代」に対する記憶から出ていると言う。しかし、彼は過去に文学がもっていた影響力は「文学本来の権能にみあう報賞であるというよりは、韓国社会の発展の低さがもたらした幸運」――これは金禹昌《キムウチャン》が注意深く提起した問題でもある――であると主張する。

大学の学問と教育の全般的な不実さ、大衆媒体の文化的低劣性と旧態依然の文化的形式、権威主義的政権の厳しい言論統制、書くことに長けた者たちにエリートの特権を与えた儒教文化の古い遺産、高学歴エリート層が立身出世を独占する社会体制――このような要因をはなれて過去の韓国文学がもっていた影響力を説明するのは不可能である。そのように発展度の低い社会の風土において育った文学が果してそんなに立派なものだったのかも疑問だ。[…]過去の作家と作品に対する尊敬が政治的とか道徳的理由から剔抉されずにいる時代錯誤かもしれないと考えてみることは、無駄にはならない。

(同、二一一頁)

事実、同論文でもっとも注目を要する部分はまさにここである。なぜなら、彼は同時代の文学を救うために以前の文学に対する大虐殺を敢行しているようにみえるからである。表現上では崔《チェ》元植《ウォンシク》が主張した(そして白楽晴《ペクナクチョン》も肯定した)「韓国文学の貧しさ」と関係があるようにも見えるが、黄鍾淵はそれよりもっと積極的どころか過激だという感じまで与える。《貧しく劣悪な時代にも記憶に値する作品を書き残した作家たちの業績は賞賛するのが当たり前だが、同時代の文学をまるで大破局を前にした退廃の蠢動のように考えるという錯覚は捨てねばならない。文学より差し迫って重大な何かがあると信じるなら。柄谷や金鍾哲《キムジョンチョル》のように文学をやめるのが理にかなっている。もし、そうでないなら（そうだと信じないなら——引用者）、黙示録のフィクションから抜け出て文学を考えねばならない。文学がもともと時価のない世界なので自身を政治的無能と社会的孤立に陥らせることになったとしても、である。》（同、二一一－二一二頁。傍点は引用者）

たしかにここで黄鍾淵《ファンジョンヨン》は「近代文学の終焉」という問題を信念の問題にすり換えている。各自の信念にしたがって行動しろと叫んでいるという点で。つまり、文学より重要なものがあると考えるなら文学をやめ、そうでないなら文学を死守しろと言うのだ。このような二者択一の強要は当該の問題が内包する「選択」という物差しを通して擬似二律背反そのものを実体化するのだが、このような実践的飛躍は、彼が同時代文学を救うために打った最後の無理筋であるようにみえる。なぜなら、文学が終焉を告げたということが「黙示録のフィクション」であるなら、それが政治的無能と社会的孤立に陥っても人間の尊厳性を備えている、娯楽以上のものだという主張もまたもうひとつのフィクションでありうるからである。しかし、ここまで見てきたことによれば、柄谷のテーゼは黙示録とは何の関連もなかった。これは黄鍾淵自身もある程度認めている部分だ。問題は「にもかかわらず」それを「黙示録的フィクション」と断定している点だ。したがって、これを、厳密に分析を通じて到達した結論というよりは、ある信念（福音のフィクション）を正当化するためあらかじめ設定した構図から導き出されたものと見なければならない。

興味深いのは、このような「黙示録対福音」の構図下で突然批判の矛先を「文学制度批判」に向ける点である。彼は柄谷の『日本近代文学の起源』が示す文学制度がもつ偶然性についての暴露とそれに対する批判の成果を一方で認めながら、一方で《それが近代批判言説の流行に乗って広く参照され応用されているなかで俗流イデオロギー批判を誘発した責任があることは否認しにくい事実》（同、二一二頁）であると言う。つまり、柄谷がしばしば使用する「制度」という概念が結局、自由、解放、否定、真理などのような用語に執着する批評を理論的に素朴で政治的に愚鈍な風習のように見えるようにした責任があるというのだ。

しかし、見方によっては、そのような通俗的な理解にもっとも敏感に抵抗したのは柄谷自身である。日本でいわゆるポストモダニズムを本格的に批判したのも彼だったし、「人間」のような古い用語を流行に逆らって擁護したのも彼だった。[23] しかも、彼は『日本近代文学の起源』に対する世間の無理解に対抗するために全面改稿し、『定本柄谷行人集』に収録しもした。[24] このような事情を知らなくはなかったであろう黄鍾淵が、あえて「通俗的理解」の責任を著者自身に着せる理由は何か。それは「文学がもつ不確定性」を強調するためである。

黄鍾淵が言う文学の不確定性とは、わかりやすく言えば、文学は制度の規制をうけがちであるが、つねにそして全面的にそうだったわけではないということだ。彼はデリダを引用しながら、文学は歴史的制度でもあるが、その規則性を崩す虚構的制度でもあると主張する。つまり、たしかに近代文学がネーションの成立に貢献したのは事実であるが、それを強化する役割だけを果したのではなく、たえまなく否定もしてきたというわけだ。そうでありながら漱石を、近代文学を超える可能性として認識した柄谷もまたそれを知らなかったはずはないと言う。《そのように文学はその制度化に抵抗する要素を含んでいるということを洞察しているにもかかわらず、彼はそのような要素が近代文学においてどのように存在したのか、そしてそれらが予告した近代文学以後の様相がどのようなものであるのかは論題としなかった》（同、二一四－二一五頁）。

事実、柄谷の曖昧さはここにあるのかもしれない。彼は『日本近代文学の起源』を通じて近代文学全般を批判しながらも、そのような近代文学がもつ自明性を疑った漱石の小説を本物の近代文学として擁護する。少なくとも漱石だけは例外だというのだ。では、この「抵抗の文学」はその後どうなったのだろうか。これに対して彼ははっきりと語っておらず、したがって黄鍾淵《ファンジョンヨン》が批判するのも正当である。しかし、必ずしもそうとは限らない。柄谷が今まで発表したものを全体的に見てみると、価値の転倒によって発見された風景をたえず疑ってきた文学はあり続けた。たとえば、森鷗外、埴谷雄高、三島由紀夫、坂口安吾、大江健三郎、村上龍。ただ、彼はその流れを「近代文学」を批判するときのような「文学史的な観点から」詳細に展開しなかっただけだ。したがって、文学の隠れた可能性を無視して文学から去ってゆく柄谷を、その「黙示録的フィクション」のせいに帰し、《柄谷の文学との決別は日本文学のためにも、彼の批評から自己認識と自己批判の新たなモデルを得た韓国文学のためにも残念なことだ》（同、二一五頁）と結論づけるのは多少性急過ぎる感がないではない。

柄谷はネーションの問題はステート、資本とともに考えなければならないと言う。これを批評と関連づけて語るならば、いまの批評は国文学（ネーション）、大学（制度）、出版（資本）というボロメオの環に閉じ込められている。このボロメオの環が完成される以前の批評はたしかに強い内面をもっており、そのうちの一部は良い小説と同じくらい売れた。しかし、今はまったく売れない。出版社側からみると、批評集を出すのはそのまま赤字を意味する。これは現在売れっ子の批評家たちや、昔売れっ子だった大物批評家[25]も例外ではない。いま、批評を読む者は批評家仲間と彼らによって名を挙げられた小説家たちだけであり、いまでは批評家自身もそれを当たり前だと思っている[26]。ではなぜ、出版社は損をしてまで批評集を出すのだろうか。それはいま見たばかりのボロメオの環が説明してくれる。

「近代文学の終焉」というテーゼが我々に呼び起こした当惑はまさにこの環から派生する、ある不快感の無意識的産物である。むろん、この環のなかで自足して暮らせば問題は簡単だ。そのような者たちに柄谷のテーゼは季節の変わり目にひく軽い風邪にすぎないだろう。事実、彼らの安楽さを妨害できるものは、今は何もない[27]。ただ、その症状が今まで特に問題なく行なってきた仕事を不可能にするくらいの重病と感じられるなら、そして今度だけは薬を服用するかわりに苦痛を甘受して免疫力をもつようになることを望むなら、「文学の終焉」に対する徹底した反省は必須である。

ここではその貴重な反省の結果のひとつである黄鍾淵の論文を比較的詳しく見てみた。彼はとても広い視野で柄谷のテーゼがもつ問題点をひとつひとつ取り上げていく。しかし、これまで見たように惜しいところもある。それは、肯定と批判が曖昧に重なり合っている点だが、おそらくこれは黄鍾淵らしさをもたらす、彼独特のバランス感覚であるようだ。例えば、彼はある箇所では柄谷やコジェーヴを容赦なく批判しながらも、別の箇所ではその勢いをしばらくゆるめてもっとも優れた理解者の立場に立ったりする。何であれ長短所があるのでそれをはっきり分けるのが批評の任務であるかもしれない。しかし、このバランス感覚は一方で批判的洞察をせき止める障害物になりうる。なぜなら、彼のように批判と賛同の役割を一人で担うことは結局どちらかひとつに収斂するほかないからである。たとえば、強力なバランス感覚によっても実際該博な人文学的素養が韓国的文学の状況と接点を見いだせず、別個に戯れながら（飛躍に依存する）衒学的な介入だという批判を耳にしうるということだ。(28) このような問題点は、柄谷テーゼに対する彼の結論的立場にもよくあらわれている。

「信念」という一般性にとどまる黄鍾淵《ファンジョンヨン》の「近代文学以後の文学」に対する擁護は、彼の意図とは関係なく、「近代批評以後の批評」の姿をよくあらわしている。それは、明らかに反批評的なものではない。しかし、あくまでもそれは「形式化された価値」（コジェーヴ）に対する執着でありえ、また、その最終的な到達点はスノビズム的批評であるほかないかもしれない。むろん、そうだとしても、このような批評を――彼が描写した「近代文学以後の文学」におけるように――「歴史的行為を行なうに値する力が残っておらず、政治的社会的に孤立するとしても」人間的尊厳性という観念のために擁護しうる。

第一章「文学の終焉と若干の躊躇い」で、私はこれからの韓国文学は「文学トンネ化」するだろうと述べた。そう述べた当時は、黄鍾淵をまだ充分に「文学トンネ的」ではない批評家として評価していた。しかし、柄谷を強く批判する問題の論文を詳しく検討した今、「文学トンネ」のアイデンティティに対して投げかけられた根本的な問いにもっとも敏感に反応しているという点で、ひょっとすると黄鍾淵という存在はこれまで――雑誌『文学トンネ』というより――「文学トンネ化」しつつある韓国文学界のイデオロギー的中核として機能しているのかもしれないという印象を抱くようになった。そしてそのとき、彼に期待できることは、韓国の批評家として彼が行なった柄谷批判――近代文学以後の文学が具体的にどんな存在様式をもっているのかについて論じなかった――に対する、実践的自己応答であるだろう。

つまり、「近代文学の終焉」以後の文学、すなわちいまの韓国文学が、どうやって近代文学とは異なるやり方で「形式化された価値」を超えて人間の尊厳性を擁護しているのか、黄鍾淵は明らかにしなければならない[29]。そうして、柄谷の主張を、一人の優れた日本の批評家の「老年の失言」とみなすことができなければならない。しかし、もし、それぐらい説得力がある仕事をできなければ、逆にそれは――柄谷が直接言及しなかったが、彼の肯定的主張でもある――「批評の終焉」についての立派な証拠と受け取られるほかないだろう。

七　賭けとしての批評とその運命

黄鍾淵は自身の評論集の序文で「批評」を賭けになぞらえた。新しい作品に対してなされる評価にはつねに「祝福」と「呪い」がつきまとうというのである。ここで「祝福」とは、新しいものに最初に名前をつける特権を享受するという点で「先取り」を意味するなら、「呪い」は虚しい流行に終わりうるという点で「誤断」を意味する[30]。この表現は昨年〔二〇〇六年〕の秋に行なわれたとても興味深い座談会[31]で似たような表現（ベッティング、冒険）として繰り返された。事実、批評が不信を招く原因である「過大評価」問題は、まさにここから生じうるのだが、これは単に昨日今日のことではないだろう。批評が賭けのような形でなされるほかないということは「批評は決して文学作品に先立つことはできないが、すでに追い越している」というパラドクスを意味する。

　つまり、批評は可能ならば作品の中ですべてを解決しようと努力するが、一方でその可能性を極大化し、作品内にはまだ存在しない限界を指し示すことを決してためらわないということである。だとすれば、批評には基本的に「目的論的な態度」が存在すると見ることができる。もちろん、すべての解釈や判断は当該テクストに対するいかなる過剰もなしには不可能であるという点で、この認識そのものを非難はできない。問題はこれらの賭けがつねに勝利する場合にのみ行なわれているという点にある。すなわち、「失敗する可能性」がまったくない「過剰解釈」にのみとどまる場合である。そのような場合、それらは「挑戦としての批判」よりは「過大評価としての批評」だという嫌疑をかけられるのは当然であり、このときの盲目は洞察とはまったく無関係である。

　ヘーゲルは一七九八年に書いた小品で、賭けを好むのは近代人の主要な特質であると言いながら、深い理性の持主は賭けが下手だと主張する。[5] なぜなら、賭博者（遊び人）は勝つことより天国と地獄を行き来する情熱の交替（不安）に関心があるのだが、[32] これは理性の目標である平静な情緒とは両立できないからだ。もし、批評が賭けであるという比喩を受け入れるなら、創作者は賭けが下手な者であり（すなわち、賭けが呼び起こす情熱の動揺に耐えられない者であり）、批評家は賭けに夢中になって抜け出せない者である。だとすれば、不安がまったく存在しない「礼儀正しい」批評はすでに死んだ批評――またはトンデモ批評――とみなさざるをえない。

　賭けに関してひとつだけ付け加えるなら、本物の賭博者は金（成果）には関心がない。かと言って金を無価値だと考えているわけではない。なぜなら、賭け続けるためには負けてばかりではいけないからだ。問題は、つねに勝つ、何らかの客観的法則や規則が賭けには存在しないということだ。では、賭けの場は完全に偶然性の空間なのだろうか。そうではない。現実的にもだいたいつねに勝つ者が勝つからだ。では、偶然を必然に変える規則はどこからくるのだろうか。これに対する答えを見出すために、ルーレット盤をひたすら見つめても何も得られない。なぜなら、ひょっとするともっとも根源的な規則はベッティングする者自身に存在するのかもしれないからである。つまり、本物の賭博者は、ルーレットの数字を確率的に組み合わせたなら、盤そのものを統制できる規則を手に入れられるかもしれないという幻想を抱くというよりは、逆にベッティングそのものと、ベッティングする自分を統制《コントロール》することにより、その時その時の賭博場を掌握する規則を自分で生産していくのだ。そして、まさにそうするとき、賭博者の盲目は勝気に対する「過大評価」でない「洞察」に昇華されうる。

　これを文学トンネに適応するなら、批評家はすでに与えられている（それゆえ自明だと考える）文学の場だけをもって、それらの地形図（星座群）を描くことにのみ邁進するのではなく、何よりも先に自分自身（批評家という存在）と自分の批評行為そのものを深く反省しなければならず、もし、そのような過程を省略する場合、批評は結局「装飾的美の帰還」を歓迎するパーティにすぎなくなるだろう。[33]であるなら、今、問題は目の前にしつらえられた新たな賭博の場（「近代文学の終焉」または「近代文学以後の文学」）にどのように臨むのかだ。そして、その結果にしたがって「近代批評以後の批評」の運命もまた決定されるだろう。もちろん、本章はそのような賭博の場に飛びこんだ一人の批評家の、苦心惨憺たる足跡を辿ることによってもたらされたものにすぎない。

第四章　批評の老年——柄谷行人と白楽晴

「党派に加わることのできない者は、沈黙せねばならない」[1]

——ヴァルター・ベンヤミン

一　終焉か、価値《ボラ》＝甲斐《ム》か

崔元植《チェウォンシク》は以前、ある文学賞の審査評で、評論部門の当選作について次のように述べた。《もちろん、柄谷行人の韓国現代文学に対する診断から話を始めるのは陳腐だが、その脳死宣言に対して朴玫奎《パクミンギュ》の仕事を例に挙げて反証しようという態度は新人らしく、挑戦的である》[1]。実際、そのとおりである。我々が出くわした問題は大部分、「解決への意志」を通してではなく、「陳腐化（常套化）への抵抗」によって消え去る。しかも、生活がさし迫っているときはなおさらである。制度化された様々な現実的条件のせいで、目の前の危機が無視されることもありうる。したがって、いつでもそうであるように、「危機的状況」は現実原理の前で棚上げにされがちだ。見方によっては、危機とは、今ここに存在するのではなく、最終的にはやって来ざるをえないものを表象するものにすぎないからである。それゆえ、我々はその気にさえなれば「韓国文学の終焉」（柄谷）のかわりに「韓国文学の価値＝甲斐《ボラム》」（白楽晴《ペクナクチョン》）を選ぶこともできる。

しかし、「韓国文学の価値＝甲斐《ボラム》」を、幾人かの評者たちが指摘するように、必ずしも「進歩的商業主義」とみなす必要はないように思える。見方によっては「終焉」と「価値＝甲斐《ボラム》」は似ているように見えるからである。たとえば「終焉」が、ある事態が終結したときにはじめて言明できるものならば、「価値＝甲斐《ボラム》」もまたある視点からそれ以上進むのをやめて振り返ったときにのみ可能な認識であるからだ。しかし、一方でそれはいまの文学をとりあげて「韓国文学の価値＝甲斐《ボラム》」を云々することに語弊があるということでもある。なぜなら、まだ終結していない現代の文学に「価値＝甲斐《ボラム》」を感じることは、不可能であるからだ。したがって、白楽晴が金愛蘭《キムエラン》、朴玟奎《パクミンギュ》、金衍洙《キムヨンス》を過大評価したということを問題にするのではなく――そんなふうに批判するのは比較的容易である――なぜ彼らの名前を「価値＝甲斐《ボラム》」という個人的所懐のなかであげたのかにあるだろう。

「価値＝甲斐《ボラム》」は韓国文学史にその由来を見出すことはできない単語である。これは、韓国近代文学史の不幸でもあるのだが――どれほど多くの者たちが若い姿のままで記憶されていることか――それは別の言葉で言うと、韓国近代文学がきちんと「年をとること」を体験できないところからくるのだろうと言える。むろん、天壽をまっとうした者たちがまったくいなかったわけではないが、彼らの大部分が次の世代によって容赦なく否定されたせいで、正しい意味で「元老文学者」――文学的力量や、影響力によって――と呼ばれる人がほとんど残らなくなったと言っても過言ではない。その意味で今こそ「年をとった文学」と出会っているというわけだ。つまり、「大家」というタイトルをつけてもおかしくない、尊敬と崇拝の対象となる老人たちが文学界の一角を形成するようになったということである。

事実、「終焉」であれ「価値＝甲斐《ボラム》」であれ、全て「老年の位置」に立ったときにのみ可能な認識である。では、「老年の位置」に立つということは何を意味するのか。

> 老人は、年来の理想を実現できるのだという希望がなくなり、未来がなにも新しいものを約束してはくれないように思い、これから出会うもののすべてについて、その一般的な本質をすでに知っていると考えるから、生活が明確な関心を欠いたものになります。老人の感覚は、一般的な事柄へと、自分が一般的な認識を得てきた過去へとむかうばかりです。が、過去と実体的なものへの追憶に生きるようになると、現在ある個別的なものや恣意的なもの、たとえば人や物の名前が記憶から失われ、とともに自分の精神のうちにある賢明な経験則を堅持し、それを若者に教えるのが義務だと考えるようになります。が、この知恵は、主観的活動と世界の脚並みが完全にそろった生命なきものであって、その意味で対立なき幼年時代への回帰だといえるし、他方、過程なき習慣と化した肉体組織の活動は、生きた個の抽象的な否

定――死――へとむかいます[2]。

絶対知の人間学的表現である「老人」は、これから出会うもののすべてについて一般的な本質をすでに知っていると考える。すなわち、個別的経験を超越する（人や物の名前を失った）ある普遍性（知恵）を獲得したと考えるのだ。それゆえ老人には「未経験（到来するもの）」に対する不安感がほとんどない。したがって、当然すべての対象に対して寛大であり、若者たちにそのような自分の知恵を教えることを義務とみなすようになる。事実、「価値=甲斐《ボラム》」はこのあたりから生じるのだ。しかし、ヘーゲルが指摘しているように、知恵を獲得することによって一方では対象に対する「明確な関心を欠く」ことになり「生命なきもの」になってしまうこともありうる。
一般的に「過去」に関して語られる「終焉」や「価値=甲斐《ボラム》」という表現は、しかし、逆に見れば「来たるべき」未来とも関係がある。事実柄谷行人の「終焉」と白楽晴《ペクナクチョン》の「価値=甲斐《ボラム》」が多くの者の口にのぼるのは、そのような言明が未来を現在として生きてゆくべき者たちに未経験の時間を無事に渡ってゆくことのできる方向舵の役割をしてくれるかもしれないと考えられるからだ。だが問題は「老年の眼」とは未来を放棄する（括弧に入れる）ときにのみ獲得されるものだというところにある。最近民族文学作家会議で「民族」という単語をめぐって論争があり、そのとき白楽晴は名称変更――「民族」という単語の削除――を前向きに受け入れたと報道された。詳しい事情はよく知らないが、ともかく「民族」という概念が孤独な旅をすべて終えて（成長しきった後）、言ってみれば解消段階に入ったということだけははっきりしている。

すなわち、「韓国文学の価値＝甲斐《ボラム》」は「民族文学」の解消と軌を一にするというわけだ。そしてそのとき、「価値＝甲斐《ボラム》」とは事実上「終焉」の別の表現と見ることもできる。むろん、だからと言って白楽晴が「近代文学の終焉」というテーゼを肯定するというわけではない。逆に彼はそれを強く拒否している。では彼はなぜ自然な論理的結論である「終焉」を拒否するのか。いや、質問が間違っていた。どのようにして彼は「終焉」を「価値＝甲斐《ボラム》」に変える魔術を使えたのか。単刀直入に言えば、この魔術のトリックはまさに老年の「知恵」にある。まず、ウォーラーステインとの対談における彼の発言を見てみよう。

> 私の三つ目の論点、すなわちもう少し均等な世の中にするという企画を実行するためにも、一種の「知恵のヒエラルキー」(hierarchy of wisdom)とでも言いましょうか、ある知恵のヒエラルキーが必要かもしれないという提案は、実際にこの「道」概念の論理的延長でもあります。なぜなら、このような「道」を想定するとき、この道に近づくとか、この道を歩いていく人たちの間に程度あるいは等級の差異を認めないわけにはいかないのですよ。その道でいくら進んだかということでしょう。そして、この差異を個人が自由に認めて、その道で後ろを歩む人たちが前にいる人たちに自発的に服従しないならば、まったくの混乱が生じて道が行なわれなくなったりするので、非民主的な統制と強圧が依然として必要になります。[3]

ウォーラーステインを当惑させたこの興味深い発言をどのように理解すべきだろうか。むろん、これは創批という集団がもつ強いヒエラルキーを批判する根拠としても利用できる。[4] しかし、それよりここで関心を引くのは、このような発言が出てくる背景である。彼はこの対談の冒頭で自分が提起した三つの論点について、ウォーラーステインの高見を聞きたいと言っているのだが、ここで彼が提起した三つの論点とは、(一) 民族的国民的次元の課題をもつことの重要性について、(二)「道」という概念の解釈に関して、そして (三) 我々が今見た「知恵のヒエラルキー」に関してである。(一) の場合は全地球的な (global) ものと局地的 (local) なものを仲裁する民族的／国民的プロジェクト (national project) を遂行しなければならないという主張なのだが、これはすぐに新しく創意的な国家構造 (国家権力) の創出と直結される。(二) の場合は「真理」でありつつ「実践」であり「訓練」である「道」の概念をヨーロッパの合理的真理 (Truth) 概念との関連のもとに新たに解釈することを意味する。

(一) を通じてわかることは彼が「国家組織 (国家権力)」そのものを問題とするよりは、その「運営」に関心があるということであり、(二) を通じて強調されているのはそのような (真理) 実践は「訓練」を通じてのみなされるというものだ。そしてそのとき、(三) は独立的な論点というより (二) の補充的性格が濃い。そのような訓練が必然的に「知恵のヒエラルキー」を作り出すと主張しているからである。同格ではない多様な個人の差異を、ありのままに認めるなら (国家) 組織運営にはひどい混乱を招くだろうし、結局非民主的な統制と強圧を呼び起こすことが火を見るより明らかであるので、それを避けるために訓練のレベルによるヒエラルキーへの自発的な服従が要求されるというのだ。むろん、ここで核心となるのは「ヒエラルキー」という概念よりは「知恵」という概念であり、事実ウォーラーステインが半信半疑なのもそれと関連している。

ウォーラーステイン　それは主観的で質的なもので、客観的で定量的なものではないでしょう。「賢者の知恵」ですよ。宗教者たちの知恵でもあります。科学者のことを知恵があるとは言いません。[…]

白楽晴　ところで、わたしが言おうとしたのは「道」で先を行く人……

ウォーラーステイン　もちろんです。その点は全的に理解できます。その点に反対するつもりはありません。しかし、我々がみなこの道にしたがって動いている、これは非常に東アジア的な概念でしょう。我々のうち誰かがより先んじているという……輪廻とか、涅槃や穏健な真理とか道にもっと近づくためのたゆまぬ努力とか、そのような考えと結びついたものではないですか？　人類の生はひとつの過程だというのでしょう。真理と善に向かって進むときにそのふたつはひとつに溶け合うでしょう。もちろん元々ひとつだから(5)。

ウォーラーステインが問題としているのはヒエラルキーを生みだす「知恵」、いや、それよりはそのような知恵を可能にする「道」であり、彼が見るにそれは決して客観化（数量化）されえないものだ。しかし、にもかかわらずそれが可能ならば、それは宗教的（東アジア的な意味で）な意味においてであろうと述べる。むろん、この地点で白楽晴《ペクナクチョン》の批評の根源に存在する禅仏教的特徴を論じることもできるだろう。しかし、この特徴は厳密に言って宗教的なものであるというよりは先立つ者が顧みることから出てくるものと見なければならない。言い換えれば、老いを通じて獲得した、ある「知恵」から出てきた強迫観念（その知恵を若者に教えなければ！）が彼をして「ヒエラルキー」や「服従」という単語を思い浮かべさせたのだ。

　民族文学作家会議〔現「韓国作家会議」〕の事務総長である金炯洙《キムヒョンス》*は、二〇〇七年現在同会議の会員数は一三〇〇名程度であり（韓国文壇の規模から見たときかなりの数だ）、現在活発に活動している文学者のうち九〇パーセント以上が同会議の会員だと、誇らしげに語っている。彼がこのように具体的な数字まであえて挙げる理由は、同会議が外からは、少数の政治志向型の作家たちだけが集まった集団のように見えるが、実はそうではなく、とても多様な性向の個人が集まった団体だということを証明するためだ。それゆえ、そのような「外からの誤解」を避けるためにも名称改訂が必要だと主張する[6]。ここで浮かぶ疑問は圧倒的な数の会員を確保した同会議のアイデンティティを誤解する「外」というものが一体どこかというものだ。まさか残りの一〇パーセントというのだろうか。または文壇事情をよく知らない一般読者たちだろうか。もしそうでないなら、その「外」とは、突き詰めて見れば外部ではなく内部に存在するのではないか。つまり、組織の肥大化にともないもう「民族文学」という服が似合わなくなったのではないか。

　もしこのような推測に一片の真実が存在するなら、これは明白に「名称改訂」ですませられる問題ではない。なぜならば組織は文学の発展になんの助けにもならないからである。いわゆる売れっ子作家ほどだいたいこのような集団と距離を保つのが普通なのだ（保険の形で名前くらいは残しておくことはできる）。これは文学という芸術がもつ「個人主義的な性格[7]」を思い浮かべるだけでもすぐにわかることだ。軍事独裁下で文学運動を続けるには何らかの組織が必要だったかもしれない。しかし、そのような抑圧的状況が消えた今日、飽和状態に達した民族文学作家会議に「消え去ったものは文学であり、残ったのは組織」であるかもしれない。それはいま、創批側で推している看板作家たちが大部分民族文学とはほとんど無縁な作家であるのを見てもわかる（むろん、彼らが形式上会員として加入しているということはありうる）。そして金炯洙の言うようにいま韓国文学史を率いている文学者たちのうち九〇パーセントが民族文学作家会議の会員ならば、いま韓国文学が直面している危機のもっとも大きな責任は同会議にあると言っても間違いではないだろう。

しかし、今、ここで言いたいのは一文学団体に対する批判というよりは、白楽晴《ペクナクチョン》が言う「知恵のヒエラルキー」というものの由来である。しかし、このふたつはまったく無関係ではない。「民族文学作家会議」という組織がこれ以上新たな空間を確保できないくらい飽和状態に至ったのは、組織そのものが老年期に入ったということを意味するからだ。したがって、老化した組織が今できることといえば、自らの経験（過去）で得た普遍性に依拠してすべてを寛大に見るか、若者たちを「訓練」させることだけである。切実な共通の理念を喪失した組織が倒れずに持ちこたえる道は内部的ヒエラルキーによるしかないと言うとき、白楽晴の「国家組織（権力）運営」と「知恵のヒエラルキー」をめぐる発言はまったく唐突なものではないことは明らかである。

それゆえ「韓国文学の価値＝甲斐《ボラム》」とは、「国家組織（権力）」や「文学組織（権力）」についての問いのかわりにそれらの「運営」が、数多くの差異の分散のかわりに「知恵のヒエラルキー」

が強調される位置から眺めた「老人の感慨」だと結論できるはずなのだが、事実これこそが、柄谷が言う「文学の終焉」だという点で、白楽晴《ペクナクチョン》の「文学の価値＝甲斐《ボラム》」は、柄谷の「文学の終焉」が逆立ちした姿、言いかえれば「文学の終焉」のもっとも強力な証拠だと言える。今、文学団体（組織）は文学運動をするために動くのではなく、庶民（民衆？）の懐からでた宝くじ販売基金をより多く分配してもらうために動いているのだ。[2]

二　柄谷行人と韓国文学との出会い

「柄谷行人」という名前がはじめて韓国に知られるようになったのは、日韓文学シンポジウム（または日韓作家会議）を通じてである。柄谷は一九九二年の第一回シンポジウムからたゆまず参加したのだが、[3] これはかなりの意志を要するものだった。韓国側の参加者たちの場合、充分な外部の財政支援を受けたのに反して、日本側の参加者たちはほとんどが手弁当であった。日本側の話を直接聞いてみよう。《文芸家が世間から物心両面で気遣われている感のある韓国とは正反対の状況の日本では、たとえ日韓文化交流基金にいくらかの援助をあおいだとしても、大半は作家たちの自弁にならざるを得ない。事実上のボランティアである。(8)》

柄谷もまた事実上このボランティアの一人であったのだが、彼が同シンポジウムに出席するようになったきっかけは、生前このシンポジウムを構想した中上健次の遺志を果すためであった。第一回シンポジウムではお互いの腹を探り合うための公式的な発言がなされたのみであり、これといって記憶すべきことはなかったようだ。始まったということそのものに意義があるというべきか[9]。当然、柄谷もまた特に注目されなかったのだが、事実当時は柄谷がどんな人物であるか知っている者はほとんどいなかったと言っても過言ではない。第二回(一九九三年)時に柄谷と論戦[10]を繰り広げた韓国側の参加者の言葉を借りるとそうだったらしい。柄谷がいまでは文学研究の古典となった『日本近代文学の起源』の著者だということを誰も知らなかったのだ。そのときは柄谷の著作はまだ韓国で一冊も翻訳されていなかったから、当然と言えば当然であるが[11]。

ここで、柄谷行人と韓国文学の本格的な出会いがなされた日韓文学シンポジウムを見てみることにしよう。むろん、同シンポジウムで扱われた問題を全部取り上げる余裕はない(これに関しては、韓国/日本両国の参加記録や報告書を参照すればいいだろう[12])。したがって、ここでは柄谷と関連したいくつかの事項だけに注目することにする。第一に、柄谷が同シンポジウムで果した役割である。普通の文学関連の国際会議のように、日韓文学シンポジウムも、相互友好的な雰囲気のなか、進行していた。しかし、柄谷はつねにこの雰囲気に冷水を浴びせる存在として登場した。彼はいつでも礼儀上括弧に入れて曖昧にやりすごすことのできる問題を果敢に議論の中心に引きいれたのだ。当然、会議はそれによって論争に包まれた。そのせいか、柄谷が出席しなくなった第五回からは気が抜けたように作家たちの社交場みたいになってしまった。韓国側だけを見れば、偶然なのか柄谷が出席した第二回から第四回はすべて批評家が参加記録を作成しており、一様にある種の緊張感があるのに反して、第五、六回は双方とも小説家が書いており、前回までのような緊張感はまったくない。

第二に、いま、韓国文壇で論争の的になっている「文学の終焉」というテーゼが、すでに第二回（一九九三年）で提出されているという点である。これを確認するのは、我々にとって非常に意味深長である。なぜなら、もしそれが事実なら、「文学の終焉」という亡霊は一四年もの間我々の周辺を徘徊しているということになるからである。したがって、問題の発言がなされた第二回シンポジウムにおける講演（「韓国と日本の文学」）を詳しく見てみる必要がある。[13]まず、柄谷は同講演を評論集に収録するときに、次のようなコメントを付け加えている。

日本側の出席者は、多少の援助はあったものの、基本的に自費参加であり、また一つのグループとして共通の立場に立っていたわけではない。韓国側は、「文学と知性」というグループが中心になっていたけれども、彼らも国家や民族を代表しているわけではまったくない。[14]

ここで関心を引くのは、当時日韓文学シンポジウムの韓国側の出席者が大会の名称とは違い特定の陣営（文知［＝『文学と知性』］系列の人脈）で形成されていたということであり、そのことに柄谷がかなり自覚的だったという点である。そして、その意味で全体的な雰囲気を見たとき、その場にそれほど似つかわしくない人物であったということだ（後に柄谷が創批［『創作と批評』］陣営との接触をはかったのもこれと無縁ではないだろう）。これは柄谷が同シンポジウムで提出した論文や、そこで行なった講演を見ただけでもわかる。第二回のときには「内面の発見」という『日本近代文学の起源』の第二章の抜粋（そして、「韓国と日本の文学」という講演）を、第三回のときは「歴史における反復の問題」[15]（基調講演は「責任とは何か」[16]）を、第四回のときには「文字論」[17]を提出した。これを見ただけでもすぐにわかるように、柄谷が同シンポジウムで一貫して行なっていたのは両国の作家の親睦をはかることや出版産業の交流ではなく、近代文学批判とネーション批判であった。

「韓国と日本の文学」で、柄谷は最初に『日本近代文学の起源』での自分の仕事は自明な文学を疑い、「近代文学」もまた歴史的制度のひとつにすぎないということを明らかにすることであったと述べる。そして、『創作と批評』と『文学と知性』という二大雑誌が四・一九世代[4]だということに注目しつつ、自分と同じ世代である四・一九世代に共感を表したあとで、自分の世代は小説や詩が哲学や社会科学より強い影響力をもっていた時期を経験したと言う。しかし、日本の場合、一九七〇年代中盤に「近代文学」が事実上終ったと主張する。つまり、そのときまで「文学」がもっていた意味や権威を失っていったというのだ。

一般的に、人は「文学」に対して無関心なのです。それは、作家の才能が不足しているとか、作家が情熱を失っているとか、現実との格闘を避けているとかいうことでもありません。また、それが「文学の死」を意味するのでもありません。たんに、「文学」は、それまでそこに付与されていた過剰な意味を失ったのです。

この「無関心」ということに注意してほしい。それは弾圧とか排除ではありません。もし文学が危険なものとして排斥されるなら、いわば「呪われた詩人」として復活することができるでしょう。しかし、文学はそれ自体無力だとしても、想像力によって逆転するという論理はもう通用しません。人は今や文学にたんに無関心なのです。「無関心」indifferentというのは、差異がないということです。文学者にとっては、おそらくこの無関心ほどにこたえるものはありません。何をどうしようと、差異がないのですから。(18)（傍点、引用者）

柄谷によれば、「文学の終焉」は、今まで文学がもっていた過剰な意味を失ったことであるので、厳密に言って作家のせいではない。だとすれば、これを克服するために使われる飴（国家的支援）と鞭（啓蒙的批評）は事実上「過剰な意味」を取り戻そうという無意味な試みにほかならないというわけだ。事実、批評的立場がどうあれ、韓国の批評家の誰も現実的に文学が終ったとは思っていない。これは、観点は少しずつ違うかもしれないが、誰も、文学に何らかの意味（または差異）を付与することを諦めていないという意味である。したがって、「意味」という観点から見るとき、韓国文学は依然として健在なように見えるのかもしれない。

柄谷はつづけて《これ（引用者注—文学に無関心なこと）は異常な事態なのだろうか。たしかに、近代文学以後においては異常な事態です。しかし、「文学」がこれほどに力を帯びた時期のほうが、歴史的にはむしろ異常な事態ではなかったでしょうか[5]》と言うのだが、このような認識は事実黄《ファン》鍾淵《ジョンヨン》にも若干ねじれたかたちで繰り返されている。

文学の勢力低下は避けられない事態だ。少し深く考えれば、文学の過去の影響力は文学本来の権能にみあう補償というより、韓国社会の発展の低さがもたらした幸運である。大学の学問と教育の全般的な不実さ、大衆媒体の文化的低劣性と旧態依然の文化的形式、権威主義的政権の厳しい言論統制、書くことに長けた者たちにエリートの特権を与えた儒教文化の古い遺産、高学歴エリート層が立身出世を独占する社会体制――このような要因をはなれて過去の韓国文学がもっていた影響力を説明するのは不可能である。そのように発展度の低い社会の風土において育った文学が果してそんなに立派なものだったのかも疑問だ。[…]過去の作家と作品に対する尊敬が政治的とか道徳的理由から剔抉されずにいる時代錯誤かもしれないと考えてみることは、無駄にはならない(19)。

柄谷も黄鍾淵も、異常なのは今ではなくむしろ過去の時代だと主張しているという点で意見を一にしている。しかし、ここで注目すべきなのは、柄谷がその異常さからプラスの意味を引き出すのに反して、黄鍾淵はむしろマイナスの意味を読み取っているという点だ。柄谷が見るところでは、近代文学（小説）はそれまで評価が低かった想像力に対する再評価とともに登場したもので――ネーションの形成と密接に関連して――、ただの娯楽にすぎなかった文学が道徳的責任という荷を背負い、高い地位を得たのである。ところが、黄鍾淵は議論をいったん韓国の近代文学に限定したのち、韓国近代文学の栄光は韓国社会の「発展の低さ」がもたらした幸運にすぎないと言うのだが、これは彼の判断基準が社会に対する道徳的責任（そしてそれによる意味づけ）よりは、作品そのものの美学的達成に置かれていることを明示する。言いかえれば、社会的歴史的に評価「されすぎ」てきた文学とは、実は、文学本来の姿ではないのだ。

むろん、いま、制度教育を通じた強制なしに広く読まれている韓国近代文学がほとんどないという事情を考慮するとき、まったくうなずけないことでもない。そして、韓国の近代文学の成果が与えられた社会的意味よりずっと未熟であったのも事実である。問題は、その貧困の責任が、黄鍾淵《ファンジョンヨン》の言葉のように、韓国の発展の低さにあるのかということだ。近代文学が近代化（そして民主化）過程で発生した矛盾とともに成長しながら、過剰な意味を与えられたものならば、発展の低さもまたこのとき生じた矛盾のうちのひとつであるはずなのだが、それが必ずしも文学の発展と軌を一にしたものと見なされるわけではないということは、世界文学史が証明してくれている。したがって、「社会の発展の低さ」＝「文学の発展の低さ（歪曲）」という等式は成立せず、にもかかわらずこの等式を押し進めれば、結局は近代文学の歴史性を否定する結果を生み出す。一言で言えば、彼は近代文学一般に対する過度の意味づけと韓国近代文学の貧困を混同しているというわけだ。

三　「終焉」を前にして――白楽晴と黄鍾淵

柄谷が韓国文学との出会いを通じてたゆまず提起したことはふたつ――近代文学批判とネーション批判――に要約できる。いま、このふたつがそれぞれ別のものとして理解することが不可能なほどとても密接に絡み合っているのは常識である。しかし、黄鍾淵のように前者にのみ焦点を合わせすぎると――柄谷を批判するところでだけは少なくともそうである――どうかすると彼の意図とは関係なく、美学とネーションの間に存在する複雑な関係をとり逃すことになり、これは結局文学の最小限の意義（娯楽以上だということ）のみを主張するにとどまる公算が大きい。そして、これは結局彼が擁護しようとした「近代文学以後の文学」まで「論理的困窮」に置かれることになる。したがって、彼が議論の最後で論理を越えること、すなわち、信念に訴えることはとても自然な結果だと言える。しかし、文学に対する擁護をめぐって発生するこのような「信念への意志」は、まったく新しいものではない。たとえば、白楽晴《ペクナクチョン》は一九七〇年代に次のように述べている。

> 進歩というものがなければあまりにも苦しいという心に歴史発展の原動力を求めることは、「客観主義」を捨て「主観主義」を選ぼうということではけっしてない。その心は、「主観」と「客観」の分化以前に在るものとして、それが本当にこうした天性の心として動くとき――すなわち、進歩がなければ、ただちょっと苦しく悔しいという「主観的」な心情ではなく、進歩があるべくすることが、まさしく命そのものと同義語となる自己の使命だという悟りとなって、その使命の実践がなされる時――、それがまさに使命の実践に必要な客観性を生み、論理を生み、科学を生みだすのである。

われわれが主観的にそうであったならと願うことと、現実自体はそうしたものとけっして同じではないという事実を会得することこそ、すべての客観性・科学性の出発だと言えるとしたら、歴史が要求する課業にみずからを投げうった人こそ、徹底して客観的で科学的でなければならない歴史の呼びかけを受けているのであり、文学の場合、それはリアリズムの課題に突きあたらざるをえなくなっている。[20]

ここで白楽晴《ペクナクチョン》は「歴史的進歩（発展）」とは、論理的に解決される問題ではなく、論理以前――すなわち、主観と客観が分化する以前――に存在する必然性だと主張しつつ、その必然性を客観性と科学の根幹になるとみなす「使命」に置き換えている。では、使命とは何か。それは歴史の呼びかけに応えて決断することである。ここにハイデッガーの影を見出すのはとても自然なことだ。[21] このように世間の論理（イズム）を超えて――またはそれ以前にある――ある無媒介的な必然性を見出すとき、当然、彼は本来的なもの（本来性）に回帰するようになる。白楽晴が思惟の第一ボタンとしてしばしば「（善良な／純粋な）心」または「良心」、「愛」のような単語を使うのはそのせいである。少なくとも彼にとってそれらの単語だけは、ハイデッガーにおける「存在」のように超歴史的（超科学的）なものだったというわけだ。したがって、平然と次のように言えるのである。

むしろ、科学的な命題としての立証がなくてもかまわないという達観や悲壮な覚悟を持つことで、はじめて歴史の発展に正しく寄与することができ、その実践課程で、自己の信念の客観的な妥当性が確認され、より強烈な信念や希望を体験する素地を新たに得るようにもなるのである。[22]

ここでは白楽晴の批評がもつ問題点について詳しくは論じない。ただ、ふたつだけ指摘して次に移ることにしよう。第一に、アドルノの指摘のように、無媒介的な本来性に対する執着は究極的に自己保存を意味するということであり、[23]第二に、それと密接な関係がある信念（ないし使命）が三〇年余りすぎたいま、黄鍾淵において似たかたちで再び「反復」されているということである。むろん、白楽晴の使命と黄鍾淵の信念がもつ歴史的な意味は厳密に言えば異なる。しかし、おのおのが向き合った（ひとつの）歴史的な状況を全的に無媒介的な本来性を通じて解決しようとした（する）という点では似ている。

しかし、ここでもう一歩進んでみよう。そうすれば、とても奇妙な状況が生じているのを目撃することができる。柄谷が「文学の終焉」と呼んだ状況についての、二人の相異なる態度がまさにそれである。行き詰った現実に対して似たような身振りをしているにもかかわらず、いま、直面している危機についてだけは正反対の結論に達したということは、それが世界観の違いや文学観の違いというよりは、むしろ老年と壮年の違いから発生したものとみなさねばならないだろう。すなわち、これから到来する時間についてのプレッシャーの違いに由来するのだろう。したがって、見方によっては黄鍾淵の柄谷に対する批判はむしろ白楽晴に向けられたものとみなすこともできる。[24]しかし、この迂回はむしろ黄鍾淵の位置の曖昧さを浮かび上がらせるだけであるのだが、これはおそらくまともな「オイディプス的行為」が不可能な時代の遺産であるだろう。

四　批評の出会い――『文学と知性』から『創作と批評』へ

次に、柄谷の「民族（ネーション）」についての言及を見てみることにしよう。まず、柄谷は韓国的状況で「民族」という単語がもつ独特な意味は充分に認めているようだ。しかし、それがもつだろうと思われるプラスの効果については相当懐疑的である。

しかし、韓国において、民主化が達成され高度な産業資本主義の段階に入った今後においても、「民族」がこれまでのような肯定的な意味をもつという保証はないと思います。なぜなら、現実に、韓国の資本主義経済は、アジア諸国との関係において存在しているからであり、そこで「民族」の同一性を主張することは排外主義になるほかないからです。日本やアメリカを相手にしているときに意味をもつ「民族」概念は、東南アジア人を相手にしたときは差別的なものになるでしょう。かつて進歩的な意味をもったものが反動的な意味に転化するのです[25]。

最近浮上してきた第三世界への移民（そして彼らと韓国人の間に生じた子供たちという）問題や民族文学作家会議の名称変更の試みなどをみるとき、柄谷の話はそれほど新しくないと言いうる。しかし、それが一九九三年になされた発言であることを考えたときは、「予言的に」読むこともできる。興味深いのは『文学と知性』系列の文学者たちに向けて右のような発言がなされたのに、（「民族」のような概念について一定程度距離を維持していた）『文学と知性』系列の者たちがその主張に留保を表し、「民族」を擁護する態度をとったという点だ。[26]

日韓文学シンポジウムは明らかに『文学と知性』系列の者たちが参加したものだったが、日韓の間に積みあげられた歴史的感情という観点から見たとき、一定部分韓国文学を代表したと見ることもできる。ただ、「民族」という概念をめぐる議論は究極的に彼らが背負えるものでなかったから（国内では逆に批判的な立場を固守したので）、生産的な議論が引き出されるはずがなかった。したがって、柄谷が『創作と批評』系列の者たちと出会うのは当然な成り行きであったと見ることができる。

柄谷が白楽晴《ペクナクチョン》とはじめて出会ったのは一九九四年、アメリカのデューク大学で開かれた「グローバリゼーション」をめぐる国際会議であった。そしてその翌年もソウルで開催されたＡＮＹ会議（建築家が中心となった国際会議）で再会することになる。[27] そして一九九七年――おそらくこの年は柄谷と韓国文学の出会いにおいて記念碑的な年だと言えるのだが――六月、韓国を訪れた柄谷は六月二四日に金禹昌《キムウチャン》と「日韓の批判的知性の出会い」[28]というタイトルで対談をしたあと、六月二六日に民族文学作家会議で「美学の効用――『オリエンタリズム』以後」[29]という講演を行なう。この一連の過程を通して柄谷は『文学と知性』系列以外の韓国の文学者たちと接触を重ねて行く。そして、同年一一月に韓国を再訪し、慶州で開かれた第四回日韓文学シンポジウムに参加したのち、鵜飼哲とともに創作と批評社を訪れ、白楽晴、崔元植《チェウォンシク》と「韓国の批評空間」という主題で共同討議を行なう。[30] そして、これに応じるように崔元植《チェウォンシク》は翌年七月に刊行された日本の代表的な思想誌である『現代思想』［臨時増刊「総特集　柄谷行人」］に「ヤヌスの二つの顔、日本と韓国の近代――柄谷行人の『日本近代文学の起源』を読んで」[31]を寄稿し、以後も柄谷行人が韓国で講演を行なうときには討論者としてよく顔を出すようになる。

柄谷の『文学と知性』との出会いは企画を通してなされた偶然に近いものだったが、『創作と批評』との出会いの場合はむしろ必然であったと言える。白楽晴《ペクナクチョン》は柄谷と本格的な交流がなされる以前に日韓文学シンポジウムで発表した「責任とは何か」に深い関心を寄せており、（韓国版が出る前に）『日本近代文学の起源』［の原書］をすでに読んでいた。崔元植も白楽晴の紹介でそれを借りて読み、柄谷という存在を知るようになる。つまり、彼らは公式行事を通じてというより、互いに対する知的関心を通じて出会ったのである。いわゆる日韓の左派文学者の出会いはこのようになされた。しかし、このような自発的出会い（交流）はより生産的な方向に進むことができずに終ってしまうのだが、これはこれら両陣営（『批評空間』と『創作と批評』）の間に存在する根本的な違いのせいであった。

具体的に見てみることにしよう。柄谷と浅田彰が編集を担当していた季刊誌『批評空間』は、一九九八年に（II－17）特集として〈韓国〉を企画し、右で言及した「韓国の批評空間」[32]という共同討議と白楽晴の「ドイツと朝鮮における国家統一論の差異」という論文を翻訳掲載した。柄谷が「韓国の批評空間」という共同討議を企画した際に、対話の相手としてすでに何度か会って面識があった『文学と知性』系列の者たちの代わりにあえて『創作と批評』系列の者たちを選択することは、それ自体がすでに柄谷の偏向を示すものであり、『文学と知性』陣営に対する失望を遠まわしに示していると言える。事実、彼が日韓文学シンポジウムで提出（発表）した論文（講演）を見ただけでも、「文学」行為より文学「運動」に重きを置く陣営のほうが疎通の可能性があることぐらいは容易に推察できる[33]。

五　韓国文学と日本文学の出会い——金炳翼の観点から

実際、『文学と知性』側の参加者たちは、柄谷を含む日本側の参加者のみならず、日本文学そのものに対しても常識以上の知識と理解力をもっていない。たとえば、第四回の参加記録で金《キム》炳翼《ビョンイク》*は「世紀の変わり目を前にして急激に起こりつつある変化が日韓の文学のなかにどのように浸透しており、また、これに対する作家たちの反応はどうなのか[34]」と期待を寄せているのだが、韓国側の参加者はそれでも大体それに似つかわしい話をしたのに反して、日本側の参加者はまったくそうでなかったと言いつつ、次のように述べる。

> この面でだけみれば、韓国の作家たちは社会文化ならびに科学の発展に非常に敏感である反面、日本の作家たちはその変化が深刻に認識されもせず、作家たちも伝統的な文学観念の枠をおとなしく守ってきていることを示している。韓国の作家たちの現実的なものに対する迅速な適応と日本の文学者たちの伝統的なものに対する尊重、まさにこの点がまず感知される

韓国と日本の文学的差異のひとつであるかもしれない[35]。

いったい日本側がどのような発表をしたせいでこのような反応が出たのだろうか。発表文の題だけでも少し見てみることにしよう。

第一主題――言語の変化と文学
柄谷行人「文字論」
李《イ》晟馥《ソンボク》*「インターネットの「イン」、忍耐《インネ》の「忍《イン》」」
第二主題――倫理の変化と文学の道
金《キム》源祐《ウォヌ》*「文学、進化する性倫理の監視者」
島田雅彦「家族の幻想」
第三主題――メディアの変化と文学
大城立裕「近代沖縄文学と方言」
河《ハ》在鳳《ジェボン》*「メディア文学」

たしかに韓国側は大会主催者側の要請に符合する発表文を提出しているのに反して、日本側は全然そうでないように見える。しかし、いまの観点から見るとき、韓国側の発表は大部分流行に合わせたものではなかったかという疑いが濃い反面、日本側は今もじっくり考えるに値する、近代文学そのものについての根本的な問題提起をしていることがわかる。むろん、当時大会を企画した者としては当初の企画通りにならなかったことに不満を抱くこともありうる。しかし、このような食い違いを「韓国作家たちの現実的なものに対する迅速な適応と日本文学者の伝統的なものに対する尊重」として理解するのは、日本側が本当に問題にしているものが何であるかに対する誤解と無知をあらわしていると言っても過言ではない。金炳翼《キムビョンイク》の目に日本側の伝統的なものに対する尊重のように映ったものが、実は現実的なものに対する探究であり、したがってそれは伝統的な文学観念の枠を固守するものであるというよりはむしろそれを破壊しようという身振りであるという点を、彼はまったく読み取れていない。

では、韓国側はどうか。たしかに韓国の文学者たちは社会の現実的変化と科学の発展に非常に敏感に反応したように見えるのだが(インターネット文化とメディアの拡散など)、しかし、それらはあくまでも流行に対する関心を越えないものであり、また実際創作でも伝統的な文学という枠を決して抜け出していない。つまり、彼らにとって文学そのものはまったく疑いの対象ではないので、インターネット文学の可能性など、先端的な発言をしたが、いまの観点から見るとき、彼らのこのような問題意識はなかったかのように自然消滅し、『文学と知性』陣営の文学生産構造も以前と特に変わりなく(大きな変形なく)維持されている。そしてそれとともにどれだけ時代が変わっても文学の本性だけは変わりえないという原論がいっそう強化されたかたちで共感の帯を形成しているように思える。「新たな文学史的変化」(金炳翼の表現)が起こっているにもかかわらず、非常に安易で時代追随的な態度であると言わざるをえない。したがって金炳翼が日韓文学シンポジウムを通じて得た日本文学に対する知識と理解が次のようだからといって驚くことはない。

今日の韓国の作家たちは歴史的苦痛と現実の痛みを切実に経験し感じてきており、文学は、その苦痛と痛みの問題を表出するものと考えられてきたが、日本の文学者たちは人間の繊細な内面と生の小さな機微をむしろ重視し、それを洗練されたかたちで描き出すことが良い文学だと認識している。(36)

この程度の認識を得るために、四度にわたってシンポジウムを開催したということなのか。この程度なら日本の作家(批評家)と会わなくても、あえて日本小説を熱心に読まなくても口にすることができる(韓国にひろく流布した)日本文学についての通俗的見解(ある意味で先入観)である。しかし、つづけて彼はたとえ論議を通じて何らかの結論や合意を得られなかったにせよ、ふたつ大きな成果をなしたと主張する。第一に、これをきっかけに韓国文学が日本のマスコミの注目を得るようになり、日本に進出できる橋頭堡が準備できたということであり、第二に「互いに友人のように告白し意見を交わし、肩を叩き腕を組んで友情をたしかめる」程度に日本の作家たちと個人的親交を重ねたということである。

では、それから十年たった今の状況を見てみよう。韓国の文学市場が日本作家の進出によってほとんど焦土と化したのに反して、韓国作家の日本進出は今も昔も程遠い。[6] なぜこうなったのか。

いったいこの状況はどこから来たのか。シンポジウム以後作家間の個人的親交がどのように進んだかは知らないが、それを通じてなされた成果がこの程度であるというわけだ。

金炳翼《キムビョンイク》は日韓の文学交流が将来進まねばならない方向を大まかにふたつ提示している。第一にシンポジウムのような資金と組織力を多く必要とする行事より両国の作家たちの個人的親交と相手国の文化体験の交流を強化する方向。第二に、それにより残った経費を両国の文学の作品紹介、研究、翻訳、刊行に投入すること。そして彼は非常に「正直にも」後者こそ日韓文学交流の最終的な目標だという。つまり、「日韓文学シンポジウム」とは上辺はどうであれ結局は韓国文学が日本市場に進出するための橋頭堡以上でも以下でもなかったということを意味する。ここで次のように問うてみよう。では、日本側も内心このような意図で手弁当までしてあえてシンポジウムに参加したのだろうか。

他方で次のような疑問も浮かぶ。韓国側のこのような腹づもりを日本側参加者たちはまったく気づかなかったのだろうか。興味深いことは柄谷がこの第四回を最後に日韓文学シンポジウムは完全に終ったとみなしたという点である。むろん、はっきり語られたのではなかったが、どうであれ柄谷は少なくともそのように感じたのだ。しかし、どんな理由からか若干の時間的間隔を置いてから、第五回（二〇〇〇年）、第六回（二〇〇二年）シンポジウムが再び開かれる。むろん、柄谷はもはや参加せず、日韓文学の公式的出会いであった日韓文学シンポジウムは第六回で事実上幕を下ろす。かくして宴は終ったのだ[7]。

六　批評の衝突A――「文学」をめぐって

では、ふたたび本論に戻って柄谷と白楽晴《ペクナクチョン》・崔元植《チェウォンシク》の間にどんな話がなされたのかを見てみることにしよう。彼らのあいだでなされた話を理解するにあたって念頭においておくべきことは、同討議が柄谷行人と白楽晴（崔元植）の間の個人的討論というより、『批評空間』と『創作と批評』という両国を代表する文芸誌がおこなった（おこなっている）文学運動の間の対話だという点だ。柄谷はまず『批評空間』という雑誌が非岩波的な知識人たちが主導した雑誌であり、文学を直接扱う論文よりは哲学的論文がより多く載っているため、性格上文芸批評を抜け出していると言う。日本の文学運動は一九七〇年代に終ったという認識を漠然ともっていた柄谷は、しかし一方で『批評空間』は「根本的に」文芸批評誌だと主張してもいる。そしてこれに関して白楽晴／崔元植に次のように問う。

韓国では文学運動が続いているという印象を持ったと先程言いましたけれども、同時に、その性質自体に変化が見られるのではないかという漠然とした印象も一方で持っています。たとえば、小説や詩などの創作とは相対的に距離を置いたところで、批評自身が自立するような文学運動が発生しかけているのではないか、ということです。その意味で、『批評空間』でわれわれがやっていることと交差するような批評の場所があるのではないか、と。(37)

柄谷は最初からいわゆる文芸誌というものに根本的な変化が起こっているのではないかと問うている。つまり、小説と詩のような創作に寄生する批評ではなくそこから自立した批評が現れているのではないか。もしそうなら、それは必然的に新しい文学運動への転換を意味するはずであり、まさにそこに『批評空間』と『創作と批評』が連合できる空間があるのではないかというのだ。では、これに対し白楽晴／崔元植はどのように答えているのか。白楽晴はまず『創作と批評』が創刊された背景として日韓基本条約批准とベトナム派兵をあげ、これらが文学運動や文芸誌が成立しうる空間を提供したと言う。そして、その空間により（一）文学運動はその背景に物質的基盤を必要とするのだが、その基盤が新たに成立する経済的余裕が生じたという点と、（二）抵抗文学の伝統に符合する新たな状況が生じたという点をあげる。そうしてから、『創作と批評』という雑誌の特徴について次のように言っている。

『創作と批評』は抵抗文学、即ち韓国近代文学史で言うところの「参与文学」の流れを汲んだなかでも特異な性格を持っています。われわれは最初から、政治的立場だけを取り上げて、作品批判の根拠としてしまうのではなく、作品の持つ文学的水準、芸術的水準、知的水準を批評し、それを通じて全般的水準の向上を目指すべきだということにこだわってきたのです。その結果、『創作と批評』の草創期からともすると、われわれと政治的立場を同じくするひとたちからは、政治的路線を軽視する文学主義だとか、エリート主義だといった批判をしばしばしば受けてきました。われわれは、したがって、抵抗文学の伝統を継承していると自称しつつ、対立関係にあった「参与文学」（抵抗文学）と「純粋文学」（文学主義）の双方に対して緊張関係に置かれていることを常に意識してきたのです[38]。

白楽晴《ペクナクチョン》はここで『創作と批評』の性格を簡明に要約しているのだが、実際には柄谷の質問には答えていない。それゆえ、柄谷の再質問が出てきてもよさそうなものだが、共同討議の性格上話題は自然と次に移ってゆく。そして、話は自然に「民族」、「第三の道」、「第三世界文学」につづく。若干のトラブルがないではなかったが——特に柄谷の「第三の道」に対する批判によって——解明と説明を通じて大枠で見たとき、ある合意点に到達したようにみえる。その合意点とは、おそらく次のような柄谷の言葉で要約されるだろう。《どこかに普遍的な立場があるのではない。批評的ということだけが普遍性をもちうるのだと思います[39]》。

ところが「批評」に対するこのような原論的合意につづく柄谷の次のような問いにより、討議は新たな局面に入る。

崔《チェ》先生にうかがいたいのですが、私はここに来る前に慶州で行われた日韓文学シンポジウムに参加してきました。これは四度目で且つ最後になる会議でした。この会議で私がいつも思ったのは次のようなことです。韓国から参加するのは主に小説家や詩人といった創作サイドのひとたちです。彼らはこの国ではよく読まれている。しかし、日本側にはそれに対応するようなひとがほとんどいないのです。それが、日韓の文学の違い以上に決定的に違うところです。日本にくらべると韓国では文学者の社会的地位が格段に高いわけですが、そうは言ってもここ数年、作家を取り巻く読者の状況に変化が見られるようにも感じられます。崔先生は、私が六月にソウルに来たとき言った「日本では文学は死んでしまった」という発言——比喩的な言い方ですが——を、新聞で引用して「しかし、他人事ではない」と書かれた。その部分だけ朴裕河《パクユハ》*さんから教えてもらいましたが、その後で先生が韓国の文学状況に対してどういう診断を下されたのかは聞いていないのです。現在の韓国の文学状況を批評家の現場感覚としてどう見ておられますか[40]。

柄谷のこのような問いは実のところ日韓文学シンポジウム第二次講演（一九九三年）と密接した関係がある。前に見たように、柄谷はそのときすでに「文学の終焉」というテーゼを提出したのだが、そこには韓国もすでに含まれていたのである。《これは異常な事態なのだろうか。たしかに、近代文学以後においては異常な事態です。しかし、「文学」がこれほどに力を帯びた時期のほうが、歴史的にはむしろ異常な事態ではなかったでしょうか。［…］韓国の文学・批評も、ある意味で「近代文学」の終りに直面しつつあるように感じます[41]》。

興味深いのは、当時韓国側の参加者のうち誰もこのような発言に注目しなかったという点である[42]。韓国側はそれを純粋に他国の文学（日本文学）だけの問題とみなしたのだ。柄谷が日韓文学シンポジウムで何か不満があるとすれば、このような韓国側の便宜的（無意識的）理解とも無縁ではないだろうし、おそらくこれを通じて彼はいっそう（韓国を含む）「近代文学の終焉」を確信したようだ。したがって、『創作と批評』陣営に対してだけは別の答えを期待しただろう。事実、『批評空間』という雑誌そのものがそのような認識の下で作られたものであり、『創作と批評』との対話時もまたそのような共感の帯がある程度形成されているという仮定の下に試みられたものだと言える。つまり、彼は日韓間の「文学空間」のためではなく、日韓間の「批評空間」のために奔走していたのだ。しかし、右で見た白楽晴《ペクナクチョン》の返事から推してみるとき、両者には合意された、何らかの「根本的」問題意識がまだなかったようである。これは崔元植《チェウォンシク》の答えを通じてもすぐにわかる。直接彼の話を聞いて見ることにしよう。

韓国の文人が伝統的に持っているこういった強固な社会性は韓国文学の活力の源泉でありながらも、時として文学の発展にとって障害となってしまうこともあるのです。ここ近年、国内外の状況の変化の中で韓国文学が伝統的に維持してきたこの社会性の後退が見られます。それはそれで問題ですが、他方でそのことは韓国文学の発展にとって障害となる国土意識の解体という意味では肯定的な意味も持っています。［…］

九〇年代に入り、新世代の文学の登場とともに韓国文学の地殻変動が急激に進んでいるということが良く言われるのは事実です。しかしこの言い方には用心する必要があります。保守化傾向にあるジャーナリズムが左翼的勢力の解体を目論んで吹聴しているという側面が強いからです。文学の危機を主張する批評家の一部はこういった傾向を楽しんでいるかに見えます。この種の議論は『創作と批評』を初め、民族文学陣営を実質的には攻撃の標的にしているのです。私は九〇年代に産出された最良の文学作品のなかには韓国文学が伝統的に持っている社会性が新しい形で維持されていると思っています。われわれ民族文学陣営も九〇年代文学の変化は認めるべきでしょう。というか、九〇年代に書かれた文学作品が八〇年代のものとは形式的にも内容的にも異なる点をむしろ社会的な文脈で肯定的に評価するなかで、批評と創作の良質な相互浸透を図るべきなのです。そのような批評の積極的で真摯な評価を伴わないところで、流行する九〇年代文学を迎合的に受け入れるならば、それは作家たちに批評精神を失わせ、安易な自己慰安を与えてしまうだけです。そうでなければ現在のジャーナリスティックな文学の危機論は日本における文学の死と類似した状況を招きかねない。[43]

崔元植の話は簡単に言えばこうである。「最近韓国文学にも大きな転換が起こっており、それとともに文学の危機論も提起されているが、それはあくまでも保守化したジャーナリズムが民族文学を主張する『創作と批評』のような左翼勢力を解体しようとする陰謀にすぎない。九〇年代文学は八〇年代文学と大きく異なるようではあるが、形の上でそうであるだけであり、根本的な変化はない。韓国は厳然と日本と異なるものであり、にもかかわらず日本と似たような状況になれば、それは「文学の危機」を叫ぶジャーナリズムの陰謀のせいである」。これは事実上遠まわしの柄谷批判としても読める部分である。なぜなら、崔元植の論理でいけば、柄谷の「終焉論」もまたそのような陰謀論の一種と見ることができるからだ。ここでふたつの問題に出会う。第一に柄谷の終焉論がもしかすると左翼勢力を解体しようとする陰謀論に該当するのかというものであり、第二に崔元植《チェウォンシク》が提起する「陰謀論」が「実状はそうではないのだがそのように糊塗する」という意味だというとき、彼の主張のように八〇年代文学と九〇年代文学に特に違いがないのかというものである。

第一の問題は柄谷の「終焉」を語るときしばしば語られるものである。たとえば、「近代文学の終焉」はヘーゲル／コジェーヴ／フクヤマの「歴史の終焉」と並置されつつ、「終焉」言説にありがちな体制への順応性が批判の俎上に上がった。しかし、「終焉」が主張するところは、むしろその逆である。(44) それは鋭敏な歴史感覚によって提起されたものだ。その証拠は第二の問題と関連がある。いまの韓国文学に「根本的な」変化がおこっているか否かに圧縮されているこの問題について、崔元植はそんなことはないと主張し――この面で彼は『文学と知性』陣営の立場と大差がない――柄谷は韓国にもそのような変化が起こっているようだと言っているのだ。事実、この問題についての厳密な判断は、当時としてはおそらく不可能だったろう。なぜなら、一九九七年はそれでもまだ八〇年代の余韻が残っていた時期なので、容易に後退を語れる状況ではなかったからである。

では、今日の立場から見るとき、誰の考えが正しかったのか。ここでどちらかに軍配をあげる代わりに、現在の全般的な状況を見ることにしよう。以後、崔元植はリアリズムとモダニズムの会通＝出会いを主張するようになり、いつのまにか『創作と批評』は党派性に関係なく他の文芸誌出身作家を少しずつ抱きこむようになったのはもちろんのこと、最近ではあれほど根気よく守ってきた「民族文学」という看板を下げつつある。[45] したがって、今の『創作と批評』は正論的性格の論文だけ除けば（つまり、創作だけを見れば）、『文学トンネ』や『文学と社会』さらには『現代文学』*や『文学思想』*ともうまく区別できないくらいであり、これは『創作と批評』から出版される小説や詩にもあてはまる。このような状況をどのように理解すべきか。この状況の解釈としては大まかに言ってふたつある。

第一の解釈はかつて「社会性」が担保された作品を支援した、いわゆる左翼文学勢力である『創作と批評』が、ある瞬間から、自らのアイデンティティを失ったというものだ。これは崔元植が擁護する「根本的には」依然として八〇年代的な九〇年代（ゼロ年代）小説がほとんどないか、それとも最初からなかったということを意味する。第二の解釈――おそらくこれが崔元植の立場であるはずなのだが――は、いまの文学の中で最良のものは依然として「社会性」を強くもっており、したがって以前と違ってこの作家たちがいくつかの文芸誌によって共有されていることとは文学の社会認識の衰弱というよりは、その普遍化と見なければならないというものだ。つまり、申京淑《シンギョンスク》*、殷熙耕《ウンヒギョン》、金英夏《キムヨンハ》、そして金衍洙《キムヨンス》、朴玟奎《パクミンギョ》、金愛蘭《キムエラン》の小説は過去と断絶した、新たな文学というより『創作と批評』があれほど守ろうとした何か（社会的理念）を共有しているということだ。

では、第二の解釈が意味するものは何か。それは、現在なされているものは（私が主張した）韓国文学の「文学トンネ」化ではなく、韓国文学の「創作と批評」化だということである。どちらが正しいのかはさておくとして、ここで見なければならないのは、まさしくこの地点で誕生するものが「韓国文学の価値《ボ》＝甲斐《ラム》」であるというものだ。しかし、これはただ白楽晴《ペクナクチョン》ひとりだけの感慨ではないだろう。険しい時代を風靡した文学勢力が大部分、制度内に落ち着いた今日、韓国文学はまさに近代文学がなした立派な成果である「文学のボロメオの環」（文学システム）、すなわち市場での文学出版（資本）―大学での文学研究（「国文学」という理念）―小中学校教育での文学教育（入試産業）の中で幸福な安堵感を享受できるようになった。韓国文学がこれ以上達成すべき何かがあるだろうか。

したがって、とりあえずこの文学システムにうまく入って行きさえすれば一生保護される状況において、韓国文学がもつ価値《ボ》＝甲斐《ラム》は単にひとりの元老批評家の批評的感慨を意味するというより、韓国の近代文学全体の老年を意味する。最近、ジャーナリズムで「文学の危機」が語られる時、その証拠として挙がるものが国内小説の不振と、それによる読者の無関心である。しかし、ここで言う「無関心」は単に一般人が小説や詩を読まないという意味ではない。それよりはあえてそのようなものを読まなくてもいいくらい、すべてがすでに「文学化」されているということを意味する。あえて文学を読まなくても随時「文学的観念」を使用するのをためらわず、また、いやでも正規教育課程で四・一九世代の文学を正典として読まねばならない。

先に、私は、日本では、人が文学に無関心になったといいましたが、別の観点からいえば、それは、まさに「文学」があらゆるレベルに浸透したということです。「文学」と無縁な人たちのほうが、はるかに恥ずかしいほどに「文学的」なのです。(46)

この意味で、韓国近代文学は目的（end）を完遂したのかもしれない。そして、それが「価値《ボ》＝甲斐《ラム》」に要約されるのもそれほど的外れではないだろう。そして、それが「まだ成し遂げられていない」特定の民族的状況とリンクして定義されるとき、説得力の有無とは関係なく自ら存立可能なとても強力な論理となる。

たとえば韓国の文学の将来について憂慮の声がありますが、私自身は、文学を含め韓国の諸問題は分断体制をどう克服するかに掛かっていると考えています。おそらく、日本よりずっとひどくなるか、ずっと良くなるかそのどちらかでしょう。(47)

白楽晴は、分断体制をうまく克服すれば、文学の将来は明るく、できなければ日本よりずっとひどい文学的状況が進行するだろうと言う。しかし、ある程度時間（約一〇年）が過ぎた今日、彼の発言をどのように理解すべきだろうか。『創作と批評』陣営の主張どおりに二〇〇〇年の南北共同宣言は、たしかに朝鮮半島の緊張緩和に大きな役割を果し、分断体制は統一に前向きな方向に振れているのも事実である。だとすれば、文学もまた日本より良くならなければならないのではないか。しかし、出版界を見れば奇妙にも外国文学（特に日本文学）の無差別的な攻勢に弱体化しており、のみならずそれとともに韓国文学の立地は日毎に狭まっている。したがって、価値《ボ》＝甲斐《ラム》は老年の感慨としては正当性があるかもしれないが、現状況に対する正確な判断であるとは言い難い。

七　批評の衝突B――「民族（nation）」をめぐって

柄谷が韓国文学との出会いで根気強く行なってきたことが近代文学批判（近代文学の終焉）と民族（ネーション）批判だということは、先に言及した。ところでこれは「韓国文学の批評空間」という共同討議でも同じくなされている。柄谷は「民族」という単語を擁護した白楽晴《ペクナクチョン》の「はしがき」[8]を引用しつつ、ひとまず肯定する態度を見せながらも、それに似た思考をした竹内好を例にとり、にもかかわらず竹内の議論は、彼の意図とは関係なく非常にあやうい、両義的な場所でなされたと批判する。これは事実上白楽晴に対する婉曲的で遠まわしの批判である。では、問題となった「はしがき」を少し見てみることにしよう。

> 『民族』という言葉そのものに、ある違和感をもつ人々が、韓国以上に、日本の知識人の間にも少なくないかもしれない。[…]民族主義の両面性、そしてこれに伴う膨大な害悪の可能性については、少なくとも韓日両国の知識人には別に説明がないくらい、両国現代史の教訓がなまなましく、痛ましい。しかし、そのために、今日第三世界の民族運動が即ち、全地球的民衆解放運動の重要な前提であることを看過ごしたり、その民族的性格を単に避け難い落後性の一部だと寛大にみなしてやる態度が、先進的認識を意味するものではないと思

う。韓国の民衆運動と連帯しようとする日本の友人たちが、そのような態度をもち続ける限り、……日本の民衆の中に、依然として無視できない現実として残っている民族感情、民族意識を最初からあっさりと国粋主義者に譲り渡して、果たしてどれだけの実質的なしごとを——外国の民衆はさておいて、日本人自身のために——やりとげられるのか疑わしく思えるのである。(48)

白楽晴はここで、「民族」という単語に拒否感を抱く者がいるということを充分に理解しているが、かといってそれを全的に拒否することは、第一に「民族（運動）」がもつプラスの面を放棄することであり、第二に民衆の中に存在する民族感情や民族意識を国粋主義者が悪用するままにすることと同じだと主張する。したがって、彼がこれに関して次のように付け加えるのは自然である。

当時、私が望んだのはむしろ、岸首相に代表される右の民族主義者であれ、共産党のような左の民族主義者であれ、彼らの立場に単に反対するに留まらず、一定の民族的特性と民族的感情を持っている日本の大多数の大衆を望ましい方向に導く代案を求めるべきではないかという注文をしたかったのです。(49)

「民族」とは、帝国主義の侵略を通してはじめて形成された「想像的なもの」にすぎず、また、それは外部に向けられたとき、別の「帝国主義」や「排外主義」に転化すると見る柄谷が、このような白楽晴《ペクナクチョン》の「民族」概念をすぐさま批判しなかったのは、他国の批評家に対する礼儀に近く、心から彼の主張に納得したからではないのは明らかだ。そして、この、決定的だがうわべでは微かに表出された緊張感は、結局柄谷が最近日本で復活しつつある新民族主義について話すとき、突然はじけてでてくる。

もう一人、加藤典洋という私より少し若い文芸評論家が、戦後日本人は分裂してきた、この分裂を超えるためには、まず日本の戦死者を弔うことから始め、その後にアジアにおける死者を弔うべきだというようなことを言っています。これは、白先生が先に言われたように、「一定の民族的特性と民族的感情を持っている日本の大多数の大衆を望ましい方向に導く代案」のように見えます。しかし、私はそう思っていません。戦後日本人の分裂は、結局、植民地化される状態にありながら、さらに自ら他を植民地化するという二重の経験から来ています。もちろん、それは日本だけの経験ではない。たとえば、アメリカ合衆国は植民地状態から独立し、以後帝国主義に転化していったわけですし、イスラエルや中国についても同じようなことがいえます。しかし、これらの国では、その二重性が分裂として感じられていない。つねに自分たちが被害者であるといいつつ、他を支配する行動をとり続けています。それに対して、日本人やドイツ人は依然として分裂のままにあります。しかし、私は分裂のままにとどまるべきだと思うのです。それは日本やドイツがやったことが特別ひどかったという理由からではありません。私は、このような分裂感情にむしろ将来の可能性を見出しているのです。アメリカ人もベトナム戦争の後では分裂感情をもっていましたが、湾岸戦争でそれを超えてしまった。それが「普通の国家」だとしたら、私は日本は「普通」になる必要はないと思います。(50)

「民族」という概念をめぐって柄谷と白楽晴の間に漂う微妙な緊張感が「加藤典洋」という名前を通して前面に表出されたのだ。加藤典洋は柄谷よりひと世代ほど若い（一九四八年生まれ［二〇一九年没］）文芸評論家で、日本の文壇地形図で見るとき、柄谷と距離を保ちつつ彼なりに独自の仕事を行なった批評家なのだが(51)（竹田青嗣とともに）、彼が一九九五年に発表した「敗戦後論」が、日本でいわゆる「歴史主体論争」を呼び起こして大きな話題となったのである。柄谷の右のような言及は、まさにこれに関したものだ。加藤典洋が「敗戦後論」で主張するところを要約するならば、次のようになる。日本の戦後思想にはある「ねじれ」が存在するのだが、それを意識しないまま簡単に過去を否定したために、日本が（彼の比喩を使えば）ジキル博士とハイド氏のように分裂的な存在になったというのである。彼は日本の保守主義（民族主義者）とは、結局護憲派――戦後民主主義を積極的に擁護する――に対する反作用から出てきたものにすぎず、したがって、このふたつは完全に別物ではなく、お互いを否定しながら共存している一対であるので、謝罪と失言を繰り返すほかないというのだ。それゆえこの分裂状態を克服するためは、そのような分裂を誘発する「ねじれ」と正面から向き合わなければならないと主張する。(52)

このとき彼が「ねじれ」として挙げる代表的なものをふたつ挙げるならば、ひとつはアジアの戦争被害者（二〇〇〇万人）に謝罪するためには、まず謝罪する主体（ネーション）が構築されなければならないというのだが、そのためには、まず自国の戦死者（三〇〇万人）を哀悼しなければならないというのだ。そしてそうすれば、あの物議の多い靖国問題も自然と消え去るだろうと見る(53)。もうひとつは戦争放棄を明記している憲法第九条問題で、彼はそれを含む戦後憲法には厳然と連合軍司令部による強制という「ねじれ」が存在するのだが、日本の護憲派はその「ねじれ」にはまったく気を使わないままひたすら平和憲法を神聖化するのに熱心であり、それに対する反動として生じた（戦前憲法に戻ることを主張する）改憲派と対をなしているのだ。したがって、彼は戦後憲法は必ず（自発的に）「選び直す」過程を経なければならないと主張する。

　戦争責任問題や憲法第九条問題はそれ自体だけでも多くの議論が必要な主題であり、これらを詳細に扱うということは本書の範囲を越える(54)。したがって、本書と関連がある部分だけを取り上げることにする。加藤は『敗戦後論』を発表した後、特に日本の護憲派（良心的知識人）から強く批判された(55)。ある者は「ネオナショナリスト」であると批判し、またある者は厳密に言って「ネオナショナリスト」とは言えないが、究極的にはそれと似た論理を使っていると批判する。ところで、ここで注目すべきことは、実際に被植民地であった韓国の批評家の白楽晴《ペクナクチョン》が加藤の主張を肯定的に受けとめたという点だ。では、なぜ白楽晴は加藤典洋の肩をもったのだろうか。

　柄谷先生がおっしゃった通りに、私たちの生が分裂されているとか歪曲されているとき、その分裂と歪曲に正直に向かい合う感情は最後まで止めておくべきもので清算すべきものではないと思います。ところが、たとえば韓国のベトナム派兵問題の場合、われわれが単純にベトナムの人民に罪を犯したという「罪の意識」だけでなく、それこそ〝分裂感情〟のようなものを感じるのは、確かにそれは同じアジア人としても、そして第三世界の民衆の立場からしても不当な参戦であり、しかも口々に日本のアジア侵略を糾弾する韓国の知識人としては決して容認すべきものではなかったにもかかわらず、一方では、その戦争で犠牲になった韓国兵士の死に対してどのような態度を取るか、参戦で得られた経済的利得を否応なく享受してきた国民として、自分自身の生をどう処理するかという問題が付随してくるからです。先ほど『創作と批評』の創刊直前に日韓条約が批准されベトナム派兵が決定されたことで、レヴェルの高い雑誌の存続に必要ないくらかの経済的余裕が出来たと言いましたが、まず、『創批』自身が受けたこういった恩恵をどうみるべきなのか？　こういった釈然としない状態、柄谷先生がおっしゃられた「分裂感情」を、あたかも自分には非がないかのように図々しく振る舞い、忘却することも自己欺瞞にすぎず、またそれは、ベトナム人民への謝罪で解決できる問題でもないと思います。正当な謝罪の履行も含め、この「分裂感情」と闘いながら「普通の国家」よりも良い国家と社会を実際につくっていく以外に他の道はないでしょう。［…］

　加藤典洋氏についておっしゃいましたが、実は今年（一九九七年）遅ればせながら彼の話題の論文「敗戦後論」を読む機会がありました。私は彼が言及している多くの事実の正当性や、日本の脈絡のなかで彼の主張が持つ現実的意味を判断する立場ではありませんが、私にとって印象深かったのは加藤氏が例の「分裂感情」を清算しようとすることより、「分裂の症候」

にすぎない現象の本質を見抜くことでそのような分裂を充分に生き、そうすることで乗り越えようとする試みをみせてくれたことでした。日本の戦死者への哀悼が先であるといった彼の主張が論難されたようですが、韓国人の私がこう言うと意外かも知れませんが――いや、柄谷先生は私の論旨と加藤氏の立場の類似性について指摘されておられるので、それほど意外ではないかも知れませんが――とにかく私はむしろ新鮮だと感じました。哀悼するという儀式の先後関係でなく、人間の心の作用を基準に言いますと、やはり空しく死なれた血族への痛みがまず起こらない状態で、いかに他人への贖罪の念が成立するのでしょうか?[56]

多少長く引用したのは、加藤を擁護する白楽晴《ペクナクチョン》の論理を、より鮮明にあらわすためだ。白楽晴は韓国のベトナム参戦を、日本の戦争責任と比較しながら、むろん「正しくない」戦争に参戦したことは間違いであるが、だからといってその過ちによって得た恩恵を享受する我々が抱くようになった「釈然としなさ」は、被害者に対する謝罪だけでは解決されえないというのである。したがって、将来そのような戦争に参戦（遂行）しなくてもいい「より良い」国家を作っていく以外にないと主張する（彼がつねに国家（組織）そのものよりはそれの「運営」を問題にするのはこのためである）。ここまでは大部分それなりに頷けるだろう。問題はその次である。では、どうやって「より良い」国家をつくっていくのか。実のところ、これに対する答えはすでに述べられている〔一三七頁〕。「一定の民族的特性と民族的感情を持っている」「大多数の大衆を望ましい方向に導く」ことによってである。

これは「民族（ネーション）」を具体的実体と見て、それを国家発展の原動力とすることを意味する。[57] そしてそのとき、民族に無関心だということは（またはそれを批判するということは）厳然と存在する民族感情を国粋主義者が利用するがままにしておくことを意味する。事実、まさにこのネーション（歴史主体）への執着が白楽晴をして加藤に好意的な立場を取らしめたと言っても過言ではない。加藤もまたネーションがなければ謝罪も不可能であると主張しているからだ。自分の血族に対する苦痛を感じられないなら、他人に対する贖罪もまた不可能だという言葉は、それを端的に見せてくれる。一言で言うなら、彼は「健全な（良い）民主主義」を主張するのだが、見方によってはこれは「新しい歴史教科書を作る会」をはじめとする日本のネオナショナリストが打ち出す名分と大差がない[58]。

加藤がこのような白楽晴の発言に大きく感銘を受けたのも当然である。共同討議があった次の年（一九九八年）、加藤の問題の著書が在日韓国人研究者李順愛《イスネ》の長い解説をつけて創作と批評社から刊行された。創批からはじめて出た日本の文芸評論書が（柄谷行人でなく）加藤典洋の著書だということは、創批の党派性を端的に示していると言わざるをえない。加藤は同書の韓国語版序文で白楽晴の右の発言を直接引用し、日本で多くの批判を受けた自身の著書を好意的に読んでくれた白楽晴／李順愛に感謝すると書いている。韓国の進歩陣営を代表する批評家である白楽晴の認定を受けたということが加藤にとってひじょうに大きな力となったようである。しかし、逆に見れば、まさにこの意見の違いが結局柄谷と白楽晴、または『批評空間』と『創作と批評』間の交流を不可能にしたと見ることもできる。

白楽晴《ペクナクチョン》の加藤擁護が与えた波紋は韓国国内より国外のほうが大きかった。韓国側で特に自分たちと連帯が可能だと考えていた創批陣営（白楽晴）が示した加藤擁護に、日本の護憲派たち（進歩陣営）はかなり当惑した。これは彼らが編集した『ナショナル・ヒストリーを超えて』の韓国語版序文にも明白にあらわれている。同書の韓国語版序文で小森陽一は四頁にわたってそれに対する自身の見解を披瀝しているのだが、[59] まず彼は加藤が日本の戦死者を哀悼するということは、（一）二〇〇〇万人のアジアの死者より優先して、（二）日本の死者三〇〇万人全体を、（三）父を哀悼する子供のように哀悼しなければならないということを意味するのだが、ここで加藤が言う三〇〇万と二〇〇〇万という数字は「日中戦争」（一九三七）以後の数字を意味しており、当然このとき台湾征服戦争、朝鮮義兵弾圧、満州支配などによる死亡者は含まれていない点を指摘する。

そして（一）自国の死者をまず哀悼せよという要求は、民族感情を優先視することであり、被侵略国の死者を日本人の記憶から排除するおそれがあり、（二）三〇〇万人全体を自国の死者として擁護するということは、そのうちで戦争に責任をとらねばならない人の質的差異（軍部と一般市民の差異）を無視することであり、（三）「よごれた父でも父は父」と、加害兵士に感情を移入することは「戦没兵士」を「国民の父」として表象する家族国家観に近く、侵略行為に対する判断を曖昧にするというものだ。そして、彼は『批評空間』の共同討議での白楽晴の発言を問題にしつつ、彼が「死んでゆく血族に対する悲痛さ」といったときの「血族」が「家族」（親族）を意味するのか、民族を意味するのかわからないが、そのどちらも決して同意できないと釘を刺す。

前者だというなら［…］家族感情をモデルに国民感情を考え、家族と「他人」の区別を、自国民と他国民の区別に重ねるようにすることであるがゆえに賛成できない。［…］後者だと言っても、筆者は同意できない。たとえば、戦後世代の日本人が前に「慰安婦」だったハルモニの出現に衝撃を受け、謝罪や補償を実現するために日本人として責任を負うというとき、それに先立って必ず「三〇〇万の自国の死者」に対する「悲痛さ」があらねばならないと言えないからだ。［…］

筆者の基本的な考えは侵略した側と侵略された側の戦死者間の関係が同一たりえないというものである。両者の非対称性は解消できないということだ。(60)

ここではどちらが正しいかは問わない。そこには多様な文脈が存在するため、それをひとつひとつ点検するためには相当な紙面が必要だからだ。しかし、大雑把にではあれこのように見てきたのは、柄谷と白楽晴の出会いで発生した「衝突」を明確にするためである。右に見たように、柄谷は一四年前［一九九二年］から韓国文学に手を差し伸べてきた。それは友人であり仲間である中上健次の影響があったからでもあるが、彼の思想（ネーションを批判するためにはネーションの外に出なければならない）が要求するものでもあった。だから労を厭わず彼は日韓文学シンポジウムにたゆまず出席するのはもちろんのこと、『創作と批評』側との交流にも積極的だったのだ。しかし、結局、そのどちらからも歓迎されなかった。そして、韓国の批評は視野をネーションの外に拡張する絶好の機会を失ってしまったのだ。

しかし、柄谷の努力がまったくの無駄であったわけではないように思える。個人的な親交を重ねまでして対話しようとした――いっとき韓国文学の二大陣営であった――『文学と知性』や『創作と批評』は思ったより彼に冷たかったのだが、[61] 対話の相手としてまったく考えもしなかった韓国の若い世代から熱烈な歓迎を受けたのだ。すなわち、柄谷の受容は文学観（党派性）によって違いがあるというよりは、世代によって違いがある。そして、これは彼が一九九三年からたゆまず主張してきた（韓国文学を含めた）「近代文学の終焉」に対する反応でも同じく見出すことができる。[62] 柄谷のテーゼに敏感に反応したのは主に「すでに与えられている」韓国文学という自然を、あるがままに受け入れない、単に価値《ボラム》＝甲斐を感じるにはこれからの経験のほうが多い若い――むろんこれは生物学的年齢だけを意味するのではない――文学者たちであった。

八　批評の終焉――文学の敵となった文学

白楽晴《ペクナクチョン》はある自著（『分断体制――変革を学ぶ道』）で自分が提示した本の題名案について創批編集部から何やかやと言われた――そんな題では本が売れない！――というエピソードを紹介しながら自分の二冊目の評論集を出すとき、「民族文学と世界文学II」にしてくれと言い張ったが、営業部の心配が的中した経験があると打ち明ける。むろん、彼は謙遜してそれは（題名のせいではなく）内容のせいかもしれないと付け加えている。[63] ここで注目したいのは、白楽晴の評論集の販売戦略の失敗ではない。それよりは少なくともその当時はうまくやれば評論集も売れると考えたという点である。事実彼の第一評論集『民族文学と世界文学Ⅰ』は韓国文学史で類例のないほど売れたし（「評論集」に話を限れば）、『民族文学と世界文学Ⅱ』も前著ほどではないにせよやはり少なからぬよい反応を得た。ところが、以後彼の本はますます売れなく（読まれなく）なり、比較的最近の著作は純粋な読者による購買としては初版もまともに消化されない状態になっている。興味深いのは、彼がこのような状況を意識したのか、次のように言っている点である。

最後に文学評論の大衆的影響力の確保という問題に関して一言言っておこう。繰り返し述べたように、今日の文学的状況は本当の文学が――創作も批評も――ますます定着しにくくなっていく大勢である。この状況で真面目な批評の大衆への波及力について期待しすぎるのは禁物であり、どんな容易な処方箋もないということをまず確認しておく必要がある。同時に、文学は多数決で決まるものではないので、真面目でレベルの高い批評作業のあるなしが、いま現在数的には劣勢であるとしても、社会に及ぼす影響は大きいという自信も必要だ。しかも、韓国文学はすぐれた作家と詩人が商業的成功をなす場合がよく起こることからわかるように、先進資本の社会に比べて有利な与件も少なくなく、実際統一事業がどう進行するかによっていっそう有利になる可能性もある。(64)

ここで白楽晴は、今は批評が売れる（大衆に読まれる）時代ではなく、それゆえに売れないからといってがっかりする必要はまったくなく――なぜなら批評のレベルは多数決で決まらないので――また、そのようなことに気を遣わない自信も必要だと主張する。いつのまにか彼は批評の影響力の減少を当然のことと思っているわけだ。しかし、すぐれた文学が商業的成功をなすことがよく起こる韓国で――おそらくそれが彼の「韓国文学の価値＝甲斐《ボラム》」であろうが――特に批評だけがそうではないことは、そしてその状況そのものを気にせず肯定するということは、韓国の批評で代価を云々することは時期尚早だという彼の主張以上に衝撃的なことを言っているのかもしれない。

　重ねて言うが、批評の権威は本質的に読みの創造性にもとづくのだが、現実的には人間言語、そのなかでも母国語の卓越した芸術的使用を勉強する修練の過程を省いては確立されえないものである。[…]よい文学作品を見つける眼によってそのような作品とそれより劣る作品、全然よくない作品を公平無私に分ける本来の任務を果すことが何よりも優先されねばならず、そのことをきちんとやり遂げることは実際にこの時代にほとんど不可能な偉業を達成する結果になるだろうと信じる。[65]

　しかし、私が考えるに、批評家白楽晴《ペクナクチョン》の権威は、彼がここで言う「本来の任務」に忠実だったからではなく、逆に評価の不公平さをあえて顧みずに固守した彼の党派性に由来するのだ。言いかえれば、「かつて」彼の批評が大きな力をもったのは、「作家と作品によって作られた狭い土俵のなかで何かをぶつぶつ言ってみるところから一歩進んで[66]」文学を媒介にしてあるいは文学を越えてより大きな社会的・哲学的思考を充分になしおおせたからだ。つまり、先に見た対談で彼が自分のことを《文学をきちんとやっていると文学以外のものへとおのずからつながっていくのですが、そのためにも文学を文学自体としてきちんとやるべきだという信念を持っているという点で、文学主義者》[67]だと言うとき、彼の批評は「本来の任務」に忠実な批評たりえない。

むろん、「本来の任務」という言葉で彼が言おうとしたのは、文字通りあるもの（文学テクスト）に忠実であれば、それが自然と別の部分（社会テクスト）に転化するほかないという意味であろう。しかし、これは宗教的言辞（「悪から善を……」――これは加藤典洋がよく使う表現でもある）に近く、それゆえにそれ自体が充分に批判されるに値するが、彼が言わんとすることはまったく理解不能というわけではない。しかし、その表現（立場）が意味をもちうるのはあくまでも特定の世代に限られるということもまた指摘する必要がある。多くの者たちから尊敬された元老批評家たちが、今とは違い幅広い視野をもとに社会的に影響力のあるものを書き得たということは、彼らの生活基盤であった大学や文壇がまともなシステムを備える前の状態、すなわち相対的に自由な空間であったからだということは今日では否認しにくい[68]。つまり、そのような時代において文学は決して自明な（自然な）存在ではなく、したがって、彼らが文学をすると言ったとき、それは当然文学の外部（社会）を含むものであった。

しかし、文学がひとつのシステムとして完成された今日、文学をきちんと行なうことは、本来の任務、すなわち、最近批評家が使う表現で言えば、個別作品を誠実にとりあげること「だけ」を意味するようになった。ところが、皮肉なことに、意図しようがしまいが、このシステムを作った者がまさに白楽晴《ペクナクチョン》の世代（四・一九世代）なのだ。小中学校の国語教育と入試、大学での文学教育、国家支援を通じた文学研究、宝くじ基金による文学創作支援策、そして雑誌中心に組まれた文学体制などが、その目立った成果である。したがって、今まで韓国社会（文学）の本当の発展を抑圧してきたものが「分断体制」だと言うなら、その体制が揺れている今の文学を抑圧しているものは、ある意味ではその分断体制の「釈然としない」恩恵を受けた者たちが作った「文学システム」だと見ることができる。したがって、今日「本来の任務」を強調する「作品への帰還」を促すことは、そのようなシステムを擁護することにしかならない(69)。

では、この状況は何を意味するのだろうか。それは制度－内－批評、ネーション－内－批評の「第二の自然」化、別の言葉で言うと「（近代）批評の終焉」を意味する。いまの若者たちが白楽晴の評論集の代わりに柄谷の評論集に大きく共感する理由は何か。若すぎて（知恵が不足して）見境なく流行に流されているからだろうか。なぜいまの韓国文学は韓国文学についてよく知りもしない日本の一批評家の発言（近代文学の終焉）にあれほど振り回されたのだろうか。これについてはいろいろ答えが可能だろう。しかし、あえて言うなら、「白楽晴の悲哀(70)」とは正反対に、そのように振り回されることこそ、韓国文学に存在する一筋（最小限）の希望だと考える。

なぜなら、「近代文学の終焉」が意味するのは「文学が終ったのだから別のことをしろ」――これこそもっとも低級な理解ではないか――ではなく、いま確固たる地位を築いている文学システムを絶えず疑い攻撃しろというものであるからだ。柄谷は先述した一九九三年の講演で次のように述べている。《そうすると、文学者に可能であり且つなすべき仕事は何だろうか。それは「文学」

に対して自覚的であることです。それは批評的であり、政治的なことです。「文学と政治」という問題は、したがって、けっして消滅していない。というのも、文学的であることは、高度に政治的であることだからです[71]》。だとすれば、完全に「文学化」された（すなわち、批評が終焉を告げた）韓国文学では、文学の敵は映画やゲームではなく、文学そのものだと主張することこそ、我々がもちうる最小限の正直さであるだろう。

九　揺れる文壇体制――創批スーパースターズ　最後のファンクラブ[9]

いま、韓国の文芸批評家はおおまかに三つに分類できるように思える。（A）『創作と批評』と『文学トンネ』をふたつとも批判する批評家と、（B）『創作と批評』だけを批判する批評家と、（C）そのどちらでもない批評家である。このとき、『創作と批評』は時代の変化に「きちんと」敏感になりえていないという理由で、『文学トンネ』は「あまりにもきちんと」敏感だという理由で批判の的になっている。事実、これら雑誌や陣営を批判する適当な理由を見出すことはそれほど難しくない。では、このような批判の時代に、無風地帯にいる『文学と知性（社会）』はどう見ればいいのか。

いくら知恵のヒエラルキーが強調される『創作と批評』とはいえ、その構成員がみな特定の一人の言葉にしたがって一糸乱れず動いている――むろん、このように見るものは意外に多い――のではなく、また、「文学＝産業」を標榜する『文学トンネ』とはいえ、「文学」に対する信念を無条件に生産しているようには思えない（黄鍾淵《ファンジョンヨン》を見よ）。しかし、『文学と社会』だけは、今も昔も文学を「崇高な対象」と見ているようである。時代が変わったが、これといった文学観を修正する理由を見いだせないという点で、見方によってはこの時代の真の勝利者は『文学と知性』（そしてその後継誌『文学と社会』）であると言っても過言ではない。そのような『文学と社会』が今春［二〇〇七年］『創作と批評』を標的とした二本の論文を特集として掲載している[72]。私は、この二本の論文を読みながら次のように思った。第一に、他の『創作と批評』批判と比較したとき、度が過ぎるほど攻撃的だということと、第二に、にもかかわらず彼らの批判にかなり共感したということだ。

　しかし、他方で、次のようにも思った。このような「批判」はどこから来たものなのだろうか。すなわち、「批判の発生学」に関する疑問である。なぜなら、今まで『創作と批評』と『文学と知性』は韓国文壇を二分しながら、仲良く「文壇体制」をなしていたからだ。互いにほとんど言及しない（名を挙げない）ことによって、各自の領域は安泰だった。だが、今回の批判を見るとそのような体制が改編されているという感じがする。たしかに、これは症候的である。したがって、李《イ》光鎬《グァンホ》＊と金亨中《キムヒョンジュン》＊の論文は、彼らが意図した以上のものを意味すると見ることができる。

　たしかに、文学に対する美的感受性だけは今も昔も『創作と批評』より『文学と知性』側が優れている。しかし、『文学と知性』がもつこのような美的感受性の優位は『創作と批評』という存在があるから可能であったのかもしれない。つまり、そのような感受性そのものがある意味で文壇体制が作り出した虚像でありうるということだ。では、その文学的感受性を打ち出して『創作と批評』を攻撃することは何を意味するのか。それは、一言で言えば文壇体制が揺らいでいるということ、もう少し具体的に言えば、文壇体制が平均化された（党派性のない）文学システムに転換される最後の過程を経ているという意味であるだろう。いまの韓国文芸界には「創批批判」が流行している。『創作と批評』内でさえもたえまなくアイデンティティに疑問を提起されるほどだから――むろん、問題を提起するのは大部分若手批評家である[73]――外から飛んでくる批判にあらためて言及する必要さえないのだ。しかし、似たかたちを帯びているからといってまったく同じではない。たとえば（右の分類によれば）、Aタイプの批評家が『創作と批評』を批判するときと、Bタイプの批評家が『創作と批評』を批判するとき、その意味はまったく異なる。大雑把に要約すると、Aタイプの批評家の『創作と批評』批判は、『創作と批評』が「文学トンネ化」することに対する批判なのだが、Bタイプの批評家のそれは、『創作と批評』が依然として『創作と批評』的であることに対して批判の矛先を向ける。むろん、この両タイプの間に多様なスペクトラムが存在するので、すべての批評家を一括りに評価することはできない。しかし、少なくとも李光鎬と金亭中がBタイプの批評家だということは明らかに思える。

李光鎬と金亭中の『創作と批評』批判は主にゼロ年代の小説をめぐる解釈を通じてなされているのだが、その核心を一言で言うなら、「『創作と批評』的読解法」では、ゼロ年代の小説をまともに分析できないというものである。つまり、新たな物的土台の上で生産された作品群に「かつて有効であった」既存の物差しを無差別に適用することは、物的土台という重力を無視する「無重力批評」にすぎず（李光鎬）、また『創作と批評』がつねに問題にする「社会的なものの不在」

も見方によってはそれ自体が逆に社会的症候であり（したがって政治的なものの不在もまた政治的であり）、以前に享受していた批評の栄光が遠くになったいまの批評は、仕方ないこととは言え、ひたすら個別作品を緻密に分析し地図を作成しているだけ（金亭中《キムヒョンジュン》）だという主張である。したがって、彼らは結局『創作と批評』に次のような二重拘束を行なっているというわけだ。「旧態依然な解釈の枠を捨て、ゼロ年代の小説を分析するのに適合した新たな枠を採用せよ！　しかし、もし、以前の解釈の枠を捨てたら、『創作と批評』というアイデンティティも、彼らが主張したリアリズムも空中分解してしまうだろう……」。たしかに、この二本の論文は『創作と批評』陣営をノックダウンさせるに充分な威力をもっている。

しかし、真の問題は次のものではないか。歴史的文芸集団として、創批陣営に問題があるというのなら、それは当然批判されねばならない。しかし、ここには条件がつく。すなわち、そのような批判行為はつねに「歴史性」を担保してなされねばならないということだ。いや、もう少し正確に言えば、創批にのみ特に歴史性（歴史的任務を完遂または変更するという使命）を強調してはならないということだ。Bタイプの批評家が別の陣営に対しては特に意見を提示しないのに、『創作と批評』だけを批判するのは、逆に見れば、それでもいま『創作と批評』だけが歴史的緊張感――ポジティブなものであれネガティブなものであれ――を維持している文芸集団だということを意味する。わかりやすく言えば、歴史は長いが文学運動の主体としてはその役割をすでに失った『文学と思想』や『現代文学』とは違うということだ。したがって、他の文学陣営に対しては作動しない問題意識が、特定陣営にのみ集中的に発揮されるのは、彼らが「文学」（批評を含む）を崇高な対象（自明な対象）として受け入れているということを意味する。したがって、彼らは文学に危害を与えるどのような対象も強力に遮断できる地位を獲得できたのである。

では、彼らが仮定する文学とは何か。それは文学システムによって認められた「狭い芸術ジャンルとしての文学」である。したがって、彼らにとって文学とは、それらを支えてくれるシステムが健在であるかぎりけっして疑いの対象にならず、もし疑う者がいれば——「文学」とは歴史的な制度にすぎないというふうに——たちまち文学の敵とみなされるであろうし、もっぱらシステムで必要とされる、個々の作品をとりあげる作業だけが意味のある仕事として受け入れられるだろう。

実のところ、現実原理に立脚したこのような立場を批判するのは容易くない。なぜなら、誰も現実原理から自由でないからだ。文学の危機だからと言って文学批評をやめることはできないではないか。文学がもはや社会的影響力をもたない文化活動に縮小されたからといって、文学を教えることを放棄することもできないではないか。したがって、当然文学システムの内にある者たちはシステムが完全に崩壊するまでは文学を疑ってはいけないのだ（いや、疑うことができないのだ）。しかし、一方で、まさにこのような問題を断固として拒否することこそ、文学を真に生き返らせる唯一の道ではないだろうか。

文学が現実原理を越えられないならば、批評家とは、根本的に売春宿の主人とかわりない。売春宿の主人こそ、売春の鎖という現実原理にひじょうに忠実な人間であり、それゆえにときどき矩《のり》をこえて逃げる女たち（「売春」という食物連鎖に「疑い」をもつ女たち）を容赦なくぶん殴り、それでもちゃんとできない女たちは島に売りとばしてしまいさえする。しかし、真の文学は本来自己保存（システム保存に依拠した）という現実原理によっては「教育されない」強力な快楽原理から誕生する。したがって、文学精神はひどいときには自分自身を支えてくれるシステムを破壊することさえ辞さない。

そしてそのとき、最近行なわれている『創作と批評』批判の根底には、そのような快楽原理が存在すると見ることができる。これは別の言葉で言うと、『創作と批評』という文学体制の歴史性そのものが大きく問題視されているということを意味する（これはすでに単なる「個々の作品をとりあげる作業」を超えているというわけだ）。しかし、この評価がすべて『創作と批評』批判にあてはまるわけではない。いま問題にしているBタイプの批評家は、その例外にあたるのだが、彼らはひたすら現実原理に立脚し『創作と批評』を批判している。彼らは『創作と批評』の歴史性を問題にするよりは、『創作と批評』が現実原理に適合した陣営ではないということを強調する。彼らが指摘したように、どのようであれ『創作と批評』はいまのシステム内でまともに生き残れる存在ではない。しかし、まさに、それこそが『創作と批評』がもう少し生存しなければならない理由だと主張することもできる。

たしかにいま、『創作と批評』の立場はますます小さくなっており、私もまたそれが抱える問題点を指摘したことがある。しかし、『創作と批評』の打率がますます低くなっているからといってあえてその球団を解散させる必要はないだろう。現実原理に立脚してみても、『創作と批評』は生存競争を通じて自然に淘汰されるだろうからだ。では、なぜBタイプの批評家は苦労して『創作と批評』を批判するのか。すでに物的基盤を失ってしまった「無重力批評」をあえて「重力批評」が集中攻撃する必要があるのだろうか。ご親切にも自然淘汰を前倒ししてやるためだろうか。むろん、ここには『創作と批評』側から出てきた批判に対する応答という現実的な原因がありはする。しかし、彼らが自身に対して行なわれたすべての批判につねに忠実に答えるだけではないというとき、これを単純に自己弁護の次元でのみ見ることはできない。そこにはひょっとするとまた別の現実原理が作動しているのかもしれない。

現実原理の帝国である〈動物の王国〉に見立てて言うなら、老衰したライオンの周りにはつねにハイエナがうろついているものだ。何を食べようと腹がくちることは同じであるかもしれないが、ウサギの肉を食べたことと、ライオンの肉を食べたことは「象徴的次元」では完全に意味が異なる。事情はどうあれ後世の歴史には次のように記録されるかもしれない。「彼らはライオンと戦って勝った」というわけだ。そこで、私は創批スーパースターズの最後のファンとして、次のように警告したい。Aタイプの批評家の話に耳を傾け(Aタイプの批評家のうち相当数は『創作と批評』が存在し続けるのを望んでいる)勝算のある戦いだけをすることに方向を修整する代わりに、以前よりさらに勝算のない試合に出場することを望む——三美スーパースターズの精神を思い出せ。それもこれもできないならば、すっぱり散って新しい前衛たちの肥やしになるとも、けっして自分をハイエナの餌に残すなということだ。

むろん、『創作と批評』が心を入れ替えて勝算のない戦いにいどむようには思えない。なぜなら、『創作と批評』もまた今日、文学システムの重要なひとつの軸となっているからだ。したがって、象徴的存在である白楽晴《ペクナクチョン》が同時代的活動をやめた後、『創作と批評』がそれでもBタイプの批評家の先のような批判を受けとめることができるかどうかは疑問である。(74) したがって、いまこの状況で最善の選択は、『創作と批評』自ら自発的な解体を敢行し(アンインストールして)(75)、それにより確保される空間(または高地)を新しい前衛に明け渡すことだ。これは別の言葉で言うと「文学」を第二の自然として受け入れない批評家は、もう『創作と批評』に何も期待する必要がないということであり、もし、これからの文学に何らかの希望が依然として存在するなら、それは明白に『創作と批評』の向こう側にあるものだということだ。創批スーパースターズのファンクラブもまた解散するときが来たのである。

第五章　「語り」対「批評」――柄谷行人と黄晳暎

一　黄晳暎に対する礼儀――『パリデギ――脱北少女の物語』の内と外

いま、韓国文学を代表する作家は誰かと問えば、おそらく、一〇人中九人は黄晳暎《ファンソギョン》の名前をあげるだろう。実際、先日実施された新人評論家たち（二〇代から四〇代前半の三〇名）を対象とした調査でも、もっとも尊敬する文学者に黄晳暎が選ばれた[1]（それに反して李文烈《イムニョル》と村上春樹は最も過大評価されている文学者に選ばれた）。そのせいかどうかわからないが、今回［創批から］刊行された彼の新作長篇『パリデギ――脱北少女の物語』[1]は、発売前からオンライン書店で一〇パーセントの割引プラス一五パーセントのポイント付き（そして二〇〇〇ウォンのクーポン）という破格の条件で予約販売を始めた（その後一〇パーセントの割引プラス二〇パーセントのポイント、そして一〇〇〇ウォンのクーポンに変更）。定価が一万ウォンでなんと四五パーセントの割引での予約である（その後四〇パーセントになった。いったい書店にはいくらで供給されるのだろうか）。

どれほど好意的に考えようと、このような販売戦略は激安スーパーのチラシにでも載っている目玉商品を思い起こさせる。出版社は安く供給して売上げを増やし、書店は「売れる商品」を推す戦略によってウィンウィンの関係になるのである。しかし、この商法が結局は文学市場を大きく歪めるものであるということぐらいは子供でもわかる。すなわち、『創作と批評』がどれほど新自由主義（または資本主義）を批判する論文を載せ、ＦＴＡがもつ問題性を皮肉ろうと、「『創作と批評』の出版社」創批でこのような超‐新自由主義的形態を示せば――つまり、資本の力が何であるか目にもの見せるならば――そのような外面《そとづら》と内面《うちづら》が異なるという批判はタンナラ党[2]でもできるだろう。たしかに、高尚な文学評論でこのような状況（文学の販売と消費過程）はふつう、「世俗的なもの」とみなされ議論の対象にさえならない。テクスト中心主義は一般的に考えられるよりずっと根が深い。テクストに外部から接近すれば（すなわちテクストの外に出れば）、なぜか大人げなく見える雰囲気も、当然それと関係がある。

しかし、デリダが言うように、《テクスト外なるものは存在しない[3]》。すなわち、テクストの外部も内部なので、内／外を区別すること自体が欺瞞なのである。ところが、我々はこの言葉を通俗的で適当に解釈しすぎている。「外部の話は精密な文学社会学にまかせて……」云々。しかし、厳密に見れば、テクストの内部だけを見るということは、必ずしもひとつの立場表明と言えるものでもなく、またそれが本当に外部に対して没価値的態度を取るという意味でもない。逆に外部に対してはっきりしすぎる程明確な態度を取るということを意味する。ただ、それがすでに与えられたもの（システム）を受け入れるか否かに対する受動的判断にとどまっているため、ひとまずは隠さなければならないだけである。

しかし、いま見てみたいのは、この状況と関連した批評家の責任放棄ではない。それよりは本章の冒頭で少し触れた、久しぶりに出た黄晳暎《ファンソギョン》の新作である。いきなり創批の販売戦略に難癖をつけたのだが、見方によってはそれに対する責任は、実は、作家黄晳暎にもある。これに関してもしかすると「私は書くだけであり、売るのは創批だ」と言いうるかもしれない。しかし、そのような対応はモバイルのキャリアやネット企業が消費者からクレームをつけられたとき、その都度問題を代理店におっかぶせるのと形の上では変わらない。作家が文学を通じて社会的（人倫的）正義を叫ぼうと叫ぶまいと自由だが、少なくとも自分の本が正当な流通経路を経てちゃんと販売されているのかどうかということに対してだけは責任をとらなければならない。本当に自尊心がある作家なら、自分の本がダンピングして売られることを、それがどれほど印税収入の助けになろうと、けっして見過ごしてはならない。

百歩譲って、誰もが知っていながらも誰も指摘しないこのような状況を、これ以上問題にしないことにする。実のところ、このような事情に関する、私の率直な立場は次のようなものである。もしも作家の性格が下衆《げす》で人間性まで最低だとしても、また意地きたなく本を売って金を得ても、最低限それなりの作品さえ生産するならば、すべては許されうる。まともなものさえ書くなら、作家は自分にできる最大の役割をすでに果したからである。したがって、問題はそうではないときだ。

しかし、幸いなことに、『パリデギ』はほとんどすべての新聞がかなりのスペースを割いてとりあげているので、いま言った問題を免れているようにみえる。出版記念記者懇談会をするほどだから、マスコミは彼の作品を無視しにくかったのだろう。『ハンギョレ』や『京郷新聞《キョンヒャンシンムン》』[4]はもちろんのこと、それとは政治的性向がまったく合わない『朝鮮日報』[5]まで、積極的な関心を寄せている。ところが、その記事をよく読んでみると、いくつかの興味深い点を見いだせる。ひとつは、示し合わせたかのように、作品のあらすじや作家の創作意図を直接間接的に組み合わせるレベルにとどまっていることである。事実伝達の側面ではそれなりに賞賛に値する記事ではあるが、書評においてもそうだとすれば、けっして褒められたものではない。なぜなら、その場合、それは間接的な広告以上ではないからである。記者の本分をいったい何だと思っているのだろうか。

むろん、記者だけを責めることはできない。そのような態度は、批評家にも見いだせるからである。正直、韓国の批評家のうち、誰があえて韓国文学のエースである黄晳暎《ファンソギョン》を批判できるだろうか。黄晳暎が文壇復帰後に発表した『懐かしの庭』[6]、『沈清《シムチョン》――蓮の花の道』[7]、『客人《ソンニム》』[8]はすべて――若干の留保や礼儀正しい批判がまったくなかったのではないが――圧倒的な賛辞を送られた。そして、その流れは『パリデギ』にもそのままつづいているようだ。しかし、もうそのようなことはやめてもいいのではないか。もちろん、それが本当に正当な行為だと考えるなら問題は変わってくるが。

こんな想像までしてみる。もし、黄晳暎が『パリデギ』という小説を新聞に連載せず、書き下ろしで別人の名前で新人賞に応募したらどうなっただろうか。おそらく、一〇〇パーセント落ちたであろう。なぜそんな想像までしてしまうのか。それは、『パリデギ』が、作品そのものよりは作家の名前で評価されていると判断できるからである。事実、作品だけをとりあげてみたとき、『パリデギ』程度の小説が、韓国文学の最高水準ならば、「韓国文学の危機」はあえて云々する必要さえないだろう。なぜなら、それは端的な事実だからだ。『パリデギ』は、同作品より少し前に出た李文烈《イムニョル》の『ホモ・エクセクタンス』[9]と比べても、けっして良い作品ではない。むろん、彼が提示する問題的状況（北朝鮮の飢餓問題、脱北者を含む世界中の移民の問題、9・11テロならびに人種間の宗教問題など）と、その描写において『ホモ・エクセクタンス』には見いだせない健全な政治意識とタイムリーな作家的介入を見出すことができる。しかし、その健全性とタイムリー性は、海外ニュースや時事ドキュメンタリーから得ることのできるものから一歩も出ていない。逆に、それらで目にするイメージや視覚の陳腐な羅列のように感じられる[2]。

このような上っ面の羅列と介入は、厳密に言えば『ホモ・エクセクタンス』にも見いだしうるのだが、『パリデギ』がこの程度の作品に終ってしまったのは、結局、問題の核心を徹底して掘り下げる作家的鋭さと誠実さの欠如のためであるとみなさざるをえない。『パリデギ』に描かれている各種の悲惨な状況が、その複雑性は去勢されたままで「背景」としてしか機能していないのもこれと無縁ではないだろう。たとえば、主人公パリは家族が死んでもそれほど悲しまず、また、脱北後には失った家族（または北に置いてきた家族）に対して心配どころか懐かしさの感情さえも抱いていないようである（これはよく言えば新しい人間の型を創案したのであり、悪く言えばまともに人物造型がなされなかったのである）。むろん、作家の立場から見れば、そのような細かいことをいちいち叙述すれば、彼女を後半の主舞台であるイギリスに送ることが不可能であったろう。したがって、作家は大筋だけを追ったのだろう。ソ連と東欧圏の没落、9・11テロ、ロンドン地下鉄テロなどだけを。その結果、『パリデギ』が世界的な視野をもっているとひけらかすことができるようになったのは事実だが、ただそれだけである。

　このやり方は李文烈《イムニョル》がいまの韓国社会を分析した『ホモ・エクセクタンス』と大差がない。両作品とも現象を追うのに手一杯で、実際それをもたらした矛盾には目を向けない。もし、現象ではなく、その裏面を少しでも見つめていたなら、このような小説にはならなかっただろうし、また、下手な形式実験に作品の成否をまるごと賭けるようなことはしなかっただろう。事実、『ホモ・エクセクタンス』におけるヨセフスの歴史書は、『パリデギ』における巫祭《クッ》[10]や叙事巫歌《ムガ》[11]に似ている。すなわち、すでに与えられている古典的物語（ヨセフスの歴史書であれ叙事巫歌《ムガ》であれ）が、現代の状況を描くのに積極的に活用されているという点で。違うところは、前者が文字で記録された西欧の古代の歴史書であるのに反して、後者は口承されてきた韓国の伝統物語だということだけだ[3]。最近になって、黄晳暎《ファンソギョン》は「韓国的な」物語を強調しつつ、新しい形式実験の必要性を力説しているのだが、それが西欧的文学様式である「小説」を越える試みとして提示されているという点で注目を要する。

　近代に小説様式が導入された結果、韓国は元来の叙述様式が失われたのですが、すべからく作家ならば散文や物語様式をたゆまず探究しなければなりません。東アジアになぜ世界的大文豪がいないのかを考えてみたのですが、まさにこの部分に原因があるのではないかと思われます。小説とは、結局、西欧近代の散文のことなので、これを乗り越えるためには固有の様式の探求が必要です[4]。

そして、その具体的な試みがまさに『パリデギ』だと言うなら、ここで疑問になるのは「元来の叙述様式」、「固有の様式」とはいったい何かということだ。彼はおそらく口承文学――巫祭《クッ》や叙事巫歌《ムガ》、または伝《ジョン》[12]――を考えているようなのだが、それを通じてなされる形式実験とは、いったいどんな結果をもたらすのだろうか。彼の言うとおり西欧近代の散文である小説を越えるのだろうか。それとも近代小説から後退するのであろうか。

黄晳暎は以前に韓国文化の核心を「払い《プ》=解くこと《リ》」だと規定したことがある。これは最近彼の小説に「韓国固有の様式」として導入された巫祭《クッ》や巫歌《ムガ》に代表的に見いだせるものである。だとすれば、巫祭《クッ》や巫歌《ムガ》が小説に導入されたとき、どんなことが起こるだろうか。黄晳暎が言う「プリ」とは、一言で言って、解決や解消を意味する。すなわち、たとえそれが現実的でなくても、また他のものにとって変わられても、結局は何らかの和解や浄化――西欧式に言えばカタルシス――を目的とするというのだ。現実に対する夢の関係のように(『パリデギ』で夢がしばしば出てくるのもこれと関係がある)。しかし、近代小説ではそのような解決こそ、もっとも敵対視せねばならないものとみなされる。なぜなら、そのようなものは基本的にロマンスの完結構造を指向しているからだ。したがって、黄皙暎《ファンソギョン》の形式実験は、彼の意図とは関係なく、小説のロマンス化、すなわち「アイロニーの追放」をもたらす。それゆえ、このロマンス構造からはずれた問い（たとえば、「なぜ善人が苦難に遭うのか」）が提起されるとき、『パリデギ』の答えはせいぜい「どんなことがあっても希望を捨ててはいけない」に終っているのだ。したがって、彼が本当に新しい形式実験を通じて小説を発展させようとしたなら、何よりも伝統物語で自明なものとされている「善」「苦難」「希望」のような自己－完結的コードをまず解体すべきであった。しかし、そうしなかった結果、『パリデギ』のようなロマンスに近い小説が誕生したのである。

ノースロップ・フライは『批評の解剖』で次のように述べている。

ロマンスの典型的な人物は、それぞれみな倫理的に自分に対立する敵をもつ傾きがあるが、これはチェスの白い駒と黒い駒の関係に似ている。［…］アイロニーはロマンスには出場《でば》がないので［…］

ロマンス作者は個性を扱う、登場人物は真空の中に存在し、夢想によって理想化される。(5)

黄皙暎が提示する倫理的命題にはアイロニーが存在しない。そして主人公パリもやはり多様な矛盾を夢想（夢／巫祭《クッ》）として理念化し、「生命水」という最終メタファーを導出するにとどまる。ならば、読者に残されるのは（作家も言うように）生命水が何かを各自解釈することだけだ。しかし、このメタファーがいまの世界の矛盾に対して答えられることは、何もない。なぜなら、それはロマンスを支えるため「途方もなく格上げされた記号」にすぎないからだ。しかし、絶対にとり逃してはならないのは、このアイロニーが除去された生命水こそ、世界の矛盾が自分の生命を延長するために使う重要な冷却水だということだ。なぜなら、世界資本主義はこの象徴的な癒し（熱冷まし）なしには結局自爆してしまうからだ。まさにこの点で、『パリデギ』は、黄晳暎が軽蔑を隠さないパウロ・コエーリョの『アルケミスト――夢を旅した少年』風なものと五十歩百歩であるというわけだ。

韓国の現代ロマンスの代名詞とも言える金薫《キムフン》*の小説の主人公のように、『パリデギ』の主人公たちにも、「人格」を見出し難い。彼らはせいぜい記号のような個性しか有していない。では、黄晳暎は今、金薫化しているのだろうか。『パリデギ』だけをとりあげるなら、そうだと言える。しかし、金薫は「巫祭《クツ》」や「巫歌《ムガ》」という形式（いわゆる「本来的形式」）を信じない。彼はあまりにも形式的なので、社会現象さえも自然現象の一部と見る。したがって、逆説的にも彼の作品群はロマンスであるにもかかわらず、かろうじて小説として成立している。すべてが自然ということは結局、どれも本当の自然でないということだからだ。しかし、『パリデギ』の場合、小説と銘打っていても、「韓国的形式」の導入という美名の下に自らを去勢してたんなるロマンスに後退しているという印象をぬぐい去ることができない。にもかかわらず誰もがこの小説に感嘆しているのはなぜだろうか。

むろん、「黄晳暎」という名前に対して最大限の理解を示す必要はある。しかし、それはあくまでも、彼が自分のネームヴァリューに釣り合う作品を書くときの話だ。もし、それが前提されていなければ、彼が以前にどんな文学的成果をなしていようと、出版社の組織的な支援を受けてどれだけ多くの部数を売ろうと、また彼が韓国文壇で占めている象徴的位置がどうであろうと、むやみに信頼することはできない。非情と思われるかもしれないが、これこそ彼に対する最大の礼儀である。なぜなら、大家は「崇め奉ることによって」ではなく「批判において」その本当の姿をあらわすからだ。

二　韓国文学のルネッサンス——黄皙暎と村上春樹

同じ状況に置かれても、違う判断を下すことがある。このときの違い（差異）はよく、相異なる立場が存在するのは当然だというふうに自然に受け入れられる。いまの韓国文学をどう見るかについても同じである。「文学の終焉」、「文学の危機」を深刻に受けとる者もいるが、危機どころか新たなチャンス、いや少なくとも何らかの変化を意味すると見る者もいる。それればかりか、危機や終焉などは問題にならないと言い、むしろ「韓国文学のルネッサンス」を叫ぶ者さえいるのだが、それが黄皙暎《ファンソギョン》なのだ。

韓国現代文学で黄皙暎という名前が持つ重みは、いくら強調してもしすぎることはない。かといって彼の作品や発言がつねに時宜にかなっているかというと、必ずしもそうではない。それは最近刊行された長篇『パリデギ』はもちろんのこと、彼が「長篇小説」に関して最近書いたものを見ればわかる。そこで彼はいま韓国の長篇小説が貧困だと言われている理由を述べ、その解決法を模索しているのだが、彼によると昔は文学をするということは、貧乏を甘受するということを意味したが、貧乏が相対的になったいま、多くの作家たちが、手がかかるわりにリスクだけが大きい長篇小説の創作を等閑視し、機会さえあれば大学教授というポストに就こうとする傾向があると批判する。そして、長篇小説は専業作家でなくては不可能な仕事なので、長篇小説の貧しさはまさにそのような専業作家の不在に由来するという診断を下す。すべて正しい。特に、韓国文学の危機が、消費者より生産者に責任があるという主張は。

読みづらい文章ではあるが、その裏には奇妙な自信も覗かせる。だが、そのような自信は、文学環境をめぐる本質的な問題に、ただ軽く触れてはぐらかした後、一般論的な文学擁護を背景にして歴史的経験の優越性を浮かび上がらせることにより得たものにすぎない。

しかし萎縮するにはまだ早い。（一）文学は生の基本的コンテンツとして、我々が生きてゆくかぎり永遠に続くだろうから。［…］もう一度強調すれば、（二）中国や日本に比べて韓国文学は多彩で力があり、ラテンアメリカ文学のように西欧文学にまでむしろ多くのインスピレーションと反省を与えることができる物語を持っていると信じるからだ。(6)

（一）一般的な文学擁護と（二）韓国文学の優越性の間には、どんな論理的連関もない。（一）の場合、「文学の危機」に対して文学擁護者が口にする「常套的論理」なのだが、黄皙暎もまたこれを何の反省もなく使っているようであり、それとともに韓国文学の優位性を「信念の水準」で肯定しながら、[7]海外文学を容赦なく格下げしている。一言で言えば、人間は文学的な存在であるので、文学がなくなるということはとんでもない話であり、実際海外に出て現地の文学に触れてみたところ、たいしたことがなかったというのである。

(一)の問題についてはすでに何度か論じたことがあるので、次に移ることにする(簡単に言えば、彼の文学論は歴史的観点を欠いている)。問題は(二)なのだが、ここで彼は最近韓国の文学市場を席捲している日本の小説について触れることも忘れていない。彼は、日本では八〇年代序盤から大衆文学と純文学の区分がなくなり、またどれだけ売れるかによって評価がなされ、純文学がその価値を喪失したと見ており、柄谷行人が終焉を宣言したのもその頃だと主張する。そして彼は自分の経験にもとづいて、最近の若者たちは重いもの、暗いものについて語ろうとしない風潮が強く、現在流行している日本の小説はオンライン小説のように、末梢的でありながら肩の凝らない洗練された感じ、一言で「クール」な感情が基調をなしていると指摘した後、次のような結論にいたる。《これは消費市場の装置に似つかわしい。文学はすでに噛み捨てられるガムや、時間潰し用のゲームのように市場で消費されているという意味だ[8]》。

では、日本文学について、黄晳暎《ファンソギョン》がこのような断定的な評価を下せた根拠は何だろうか。これについての端緒は、かつての彼と大江健三郎との対談に見いだせる。

大江健三郎　今、日本文学界でもっとも大きな問題は、出版ジャーナリズムが大量に売れる本を中心に動いていることです。村上春樹は飛び抜けた作家であり、彼に責任があるわけではありませんが、日本では「村上春樹以後」という現象が存在します。日本の出版社はもちろんのこと広告、書店の販売方式などがすべて広く売れる本向けのものになっています。問題は若手作家たちがそちらの方へ行っていることです。若手作家がこの流れに抵抗し、本当に読む価値がある小説を書く決意をするかどうかに、日本文学のこれからの可能性がかかっていると思います。[…]

黄晳暎　我々にも六〇~七〇年代までが日本のよい現代文学に接する時期でした。韓国の経済事情がよくなるにつれ、むしろ純文学の流入は少なくなり、八〇年代頃からは日本の歴史・伝記・メロドラマなど大衆小説が満ち潮のように押し寄せてきました。村上春樹の文学性がどうであれ、若い人がこぞって百万部以上彼の本を読んでいる有り様です。それ以前には、古典から現代までもれなく接することができましたが、今は大衆的なもの以外は紹介されません。ひじょうに残念に思っています(9)。

大江健三郎は最近の日本の文学市場の問題点を指摘しながら、販売は低調でも意味のある純文学がますます肩身が狭くなっていると主張する。我々としてはこの指摘をそのまま受け取りたいが、事実は正反対であるかもしれない。むろん、彼の言葉には一理ある。しかし、それはあくまでも相対的な(以前と比較すれば……)ものにすぎない。たとえば、大江健三郎のようにあまり売れない作家が――彼はいまや初版さえ消化されない作家である――たゆまず小説を書きながら、影響力をもち続けていることを鑑みるとき、そして、そんな彼がノーベル賞までもらったことは、見方によっては、日本の出版システムの成功だとも言えるからだ。むろん、数多くの大手出版社がベストセラー作りに死活をかけており、韓国人としては拒否感が先立つマンガやアイドルの写真集を出すことさえ辞さない。しかし、だからといってそれら大手出版社は金になる本だけを出しているわけではけっしてない。

たとえば、日本を代表する商業出版社である講談社の場合、一九八八年に〈講談社文芸文庫〉を創刊し、売り上げなどは気にせずに、日本近代文学の遺産――いわゆる傑作ではないものも含め――を網羅するものを出している（一言で言えば金を食うだけの企画である）[10]。ところがいわゆる文化国家を自称する韓国の場合、このシリーズに匹敵する企画があるどころか、文学史でひじょうに重要にあつかわれながらも、実際まともな全集さえ出ていない作家が大部分である。しかし、日本では主要作家の場合、大手出版社が何度も全集を刊行している［現在では難しいが］。

また、実のところ、喉から手が出るほど売れっ子の作家がほしいのは日本よりむしろ韓国ではないか。たとえば、日本の場合、どれほど売れっ子の作家であっても、価格的な面で、人気のない作家と同等の競争にさらされる。たとえば、江國香織や吉本ばななであってもダンピングで本を売りはしないのだ。しかし、韓国の場合はどうか。人気作家は売れそうだと思うとなんと四五パーセント以上の割引をするとか（黄皙暎《ファンソギョン》）、前作小説を一冊抱合せで売る（殷熙耕《ウンヒギョン》、鄭梨賢《チョンイヒョン》*）ような、とても不公平なやり方が、いわゆる良識ある出版社（創批、文学と知性社）によって主導的に行なわれている。したがって、自国に限られた大江の批判を韓国国内の状況と単純に比較するのは、かなりおかしな態度である。むろん、いま［韓国への］日本文学の紹介が大衆小説類に偏っているという黄皙暎の主張には、ある程度説得力がある。しかし、以前ほど古典や純文学が紹介されていないというのは彼の思い違いである。客観的な点数だけみても、以前より多くの作品が紹介されている。その端的な例として、最近漱石のほとんどすべての小説のみならず、『源氏物語』や『平家物語』のような古典文学まで韓国語で読めるようになった。したがって、日本文学の紹介が偏向しているという主張は、事実確認も経ていない先入観ないし偏見にもとづくものだと言わざるをえない。

事実、この先入観は、日本の現代文学の特徴を「クール」なものだと要約する部分でも端的にあらわれる。これについては前に姜由楨《カンユジョン》*の議論を挙げて批判したことがあるのだが[11]、世界文学を眺める観点において、新進批評家の視野と、韓国文学のエースである黄皙暎の視野の間に特に違いがないということに対しては大きな失望を感じる。現代の日本文学のマイナス面を浮かび上がらせることにより、韓国文学の優越性を確認するこの幼稚な論理こそ、本当の「韓国文学の未来」を論ずるためには優先的に批判すべき対象ではないか。そして、そのような仕事がなされたとき、もう少しレベルの高い問題を論ずることができるようになるだろう。たとえば、大江健三郎と黄皙暎の間にある相異なる「村上春樹理解」のようなものを。大江健三郎は村上春樹を、とてもすぐれた作家だと評価するのに反して、黄皙暎はそうではないと主張するなど、二人の間の隔たりは意外に大きい。

しかし、ここでこの問題を論じるつもりはない。事実、「村上春樹」という問題について語ろうとするなら、もう少し本格的な場所が必要だ。したがって、ここではひとつだけ興味深い点を指摘するにとどめよう。『パリデギ』を読みながら感じたことなのだが、もしかすると黄晳暎《ファンソギョン》と村上春樹の間には思ったほど大きな差はないのかもしれない。主人公パリという霊媒（超能力者）の登場と、物語のなかで夢という装置の機能の増加、そして探索談の構造、生命水のようなメタファーなどは、村上春樹の小説の特徴を語るとき欠くことができないものである（たとえば、『ねじまき鳥クロニクル』と比較してみよ）。そしてそのとき、黄晳暎自身は、韓国的形式を云々しているが、それはもしかすると韓国的形式どころか、上辺だけ韓国的な「村上春樹風の形式」でありうるだろう。これは彼がそれを意識しようとしまいと、関係ない問題である。また『パリデギ』の商業的成功が、もし右で提起した破格的な割引と営業能力のせいだけではないとするなら、もしかするとそれは韓国の読者がすでに「村上春樹らしい形式」に慣れ親しんでいるからかもしれない。つまり、韓国の読者は黄晳暎のなかに村上春樹を読んでいるというわけだ。

ここに一片の真実があるならば、日本・中国文学の格下げと併せてなされた黄晳暎の韓国文学に対する楽観（韓国文学のルネッサンス）はひじょうに無責任な（または無自覚な）発言だと言わざるをえない。したがってベルナール・ヴェルベールはフランス文壇にも知られていない大衆作家、パウロ・コエーリョは記者たちも言及するのをつつしむ通俗作家、『ダ・ヴィンチ・コード』は教養人なら無視する大衆小説だという黄晳暎の批判は、事実関係を離れて、彼の頑固さと融通のきかなさを示すだけだ。ヴェルベールと『ダ・ヴィンチ・コード』は措くとしても——ジャンルそのものが異なる——『パリデギ』がはたして『アルケミスト——夢を旅した少年』よりすぐれた作品かどうかについては判断を保留したいのもまさにそのせいだ。

彼は《海外文学に対する「誤解」は、良い文学についても偏食を勧めるようになり、一部の文学だけが西欧の流れだと錯覚させる[12]》と、長期間の海外滞在の経験を活かして、読者に親切に助言している。しかし、今まで見てみたところによれば、「海外文学に対する誤解」は、彼のほうが多いようだ。普通、海外に出れば視野が広がると言われる。しかし、その視野は、何もせずに獲得されるものではなく、母国のものを果敢に捨てる勇気（または切実さ）が先行しなければできない。それがなければ、逆に、いっそう狭い視野に閉じ込められることもありえる。黄晳暎が前者なのか後者なのか、断言するにはまだ早い。だが、明らかなのは、彼が前よりいっそう「韓国的なもの」に執着しているということだ。

ところで、果してそんなにはっきりと区別できる「我々固有のもの」または「韓国的状況」というものがあるのだろうか。

三　韓国代表という栄光——黄晳暎とシム・ヒョンネ

すでに触れたように最近、韓国出版界の最高の話題は黄晳暎の『パリデギ』である。本当に「怖いくらい」売れている。『南韓山城[13]』からバトンを受けて、二〇〇七年下半期総合ベストセラー一位まで登りつめた。特定の文化現象を理解するのにあたってもっとも陥りやすい陥穽は、大衆（読者、観客）の反応を作品評価に直接反映することである。見方によっては、批評家もまた読者のひとりである以上、他の読者の反応に完全に無関心ではありえないのだが、まさにそのせいで、一度ベストセラーになった作品について公正な評価を下すということは思ったほど簡単ではない。なぜ多くの観客がその映画を観に行き、また、なぜ多くの読者がその本を読んだのか、という問いを立てると、結局、当該作品に対する価値評価よりは「成功要因」を探すのにとどまってしまうからだ。特にこれは文学の場合なおさらである。それほど売れていない作品の批評と比べると、すでにベストセラーになった作品の批評がどれもこれも画一的なのはまさにそのせいである。しかもその著者が有名な作家の場合は言うまでもない。

私は正直のところ『パリデギ』がなぜそれほど多く読まれるのかよくわからない。先述したように、『パリデギ』は失敗作である。作家の意図を鑑みたとしても――批評家の多くがまさに「意図」にとらわれすぎている――それが作品内に説得力あるように溶け込んでいない以上、心根が優しい教師のように歩みよって理解を示してみせることはできないのだ。問題は、その作品が大衆的に成功しているという点にある。『パリデギ』は小説そのものだけを見てみると、大衆的に成功しうるどんなコードももっていない。同じ時期に話題になった映画『D-WARS ディー・ウォーズ』[14]のようにCG（スタイル）が飛び抜けているのでもなく、『光州5・18』[15]のようにメロドラマ的な物語（ストーリー）を適切に配合したのでもない。全地球的《グローバル》な矛盾（問題）がところどころで語られはするが、それも登場人物とうまく調和して、「物語的な緊張感」を作り出しているのでもない。作家の意図（形式実験）を充分に鑑みたとしても、『パリデギ』が出来のよくない作品であることは認めざるをえない。

ではなぜ、にもかかわらず『パリデギ』は読者や批評家からあれほど歓迎されているのだろうか。私の考えでは、その原因の多くは作品の内部よりは外部にある。つまり、それは生産ではなく流通、作品の質ではなくマーケティング（広告）によるものである。少し前に『ディー・ウォーズ』をめぐる論争でしばしば語られたのが、いわゆる作品外的な評価であり、愛国主義コード・人生劇場コードなどが語られた。[16] ところが、よく見てみると『パリデギ』の成功にも、このコードがひじょうに効果的に活用されているのがわかる。

正直、我々韓国人が「黄皙暎《ファンソギョン》」という名前で思い浮かべるのは、ひとまず作品そのものよりは、彼の生きざまだということは否認できないだろう。彼は生まれた土地からして普通ではない（満州の新京［現・長春］出身）。大戦後家族とともに越南し［ソウルの］永登浦《ヨンドゥンポ》で少年時代を送り、高校生のときに四・一九革命を経験し、六〇年代にベトナム戦争に参戦し、八〇年代には光州民主化運動を間接的に経験し、以後南道《ナムド》にとどまり民俗劇運動の先頭に立ち、一九八九年に北朝鮮を訪問してからドイツにわたってベルリンの壁の崩壊をその目で見て、一九九三年に帰国、五年間服役し、一九九八年に釈放された。その後も長らく海外に滞在し――この期間にも世界は彼を放っておかなかった。イギリスに行けば地下鉄テロが起こり、フランスに行けば人種暴動が起こった――まもなく永久帰国する予定だという。彼はまるで前もって仕組んだシナリオのように、つねに韓国近代史（世界史）のど真ん中にいた。したがって、「黄皙暎」という名前は彼が作り出した虚構の世界を圧倒するくらいの強い威力《エネルギー》をもっている。彼が経た多事多難の人生に異議を唱えられる者は誰もいないからだ。

最近彼は韓国でノーベル文学賞候補の筆頭に数えられ、先に指摘したように新進評論家たちのアンケートでももっとも尊敬する作家に選ばれた。これは彼が一介の作家というより「国民」作家兼大韓民国の代表選手であるということを意味する。したがって、当然彼の小説は韓国文学を代表する傑作であると宣伝される。[13] 言ってみれば、彼は文学界の李承燁《イスンヨプ》[17]なのだ。個人的にこの事実そのものについて文句をつけるつもりはない。それが本当に黄晳暎《ファンソギョン》が飛び抜けているからであれ、「韓国文学の貧しさ」のせいであれ。しかし、はっきりしているのは、ひとまず韓国代表と名前があがりさえすれば、その経過とは関係なくとても強力な防護膜をもつようになるということである。しかも、彼が当該分野で力をもつ元老ないし長老である場合はなおさらである。なぜなら、これらの人物を批判すると、彼らが活動する分野全体に対する批判と映るからだ。それゆえ我々にできることといえば、せいぜい彼らが海外での成功を通して自国のステータスを高めてくれるのを望むことだけだ。たとえば、今、黄晳暎の小説で大事なのは、自国での評価というより、海外での評価である。私はこのような愛国主義もまた悪いとは思わない。ただ、それにより正当な評価そのものが難しくなることが残念なだけだ。

事実、これは単なる杞憂にとどまらない。たとえば、『パリデギ』の問題点（物語の非一貫性、夢とオカルティズムの乱発、風景としての歴史、人形のような登場人物）の一部は、大部分の批評家たちが同意している。だとすれば、全体的な作品評価もまた否定的になって当然だろう。ところが、結論はつねに逆である。『パリデギ』に見いだせる問題点とは、以前の黄晳暎の小説と比べると目立ってくるものにすぎず、一見未熟なもののように見えるものも、実は作家が意図的にそのようにしたものであるため、むしろ「新たな地平を開く作品」というふうな評価を下すのに汲々としている。だが、このような評価ははたして穏当なのであろうか。周知のとおり、物語の未熟（プロットの不在）のせいで『ディー・ウォーズ』がどれだけ叩かれたか。ところが『パリデギ』は逆にその欠点のせいで高く評価されているのだ。この矛盾する状況をいったいどう理解すべきなのか。この違いはおそらく忠武路中心《チュンムロ》[18]の映画批評界が（相対的に非忠武路的な）「シム・ヒョンネ」という名前に、それなりに批評的距離を確保しているのに反して、文芸批評家の大部分は「黄晳暎」という名前について、そのような距離を確保できないからであるだろう（文壇というところは、とても狭いムラ社会である）。

したがって、右のような問題点を認識しながら『パリデギ』がベストセラーになった理由を整理してみるのもそれなりに意味があるだろう。まず、第一に、輝かしい生きざまと、韓国代表という象徴性によって裏づけられているブランド名がある。そして、第二に、彼の名前に圧倒された批評家の「意図的誤謬」にもとづくキャッチコピー作成がつづき、第三に図抜けた営業力を誇る出版資本がそれらを使って能力を発揮する。結局、この三つがうまく結合して不出来な作品『パリデギ』を偉大な作品に生まれ変わらせたと見ることができる。このような市場の魔法は、正直に言って、『ディー・ウォーズ』より興味深い。『ディー・ウォーズ』の場合、それを擁護する者さえ、この作品に短所（問題点）があるということについてだけはどんな異議も提起しない。それゆえ誰もが『ディー・ウォーズ』がCGの完成度ひとつだけでアメリカ市場での勝負に出たと考える。しかし、『パリデギ』はそうではない。作品そのものにこれといった長所がないにもかかわらず、ベストセラーになっているのだ。いつか本格的な文化社会学的アプローチがなされれば、『パリデギ』は『ディー・ウォーズ』よりずっと重要な事例として扱われるのは明らかだ。

ここまで『パリデギ』の成功要因として三つ挙げたのだが、もうひとつ追加するものがある。それは黄晳暎《ファンソギョン》の積極的なイベント参加である。彼は『パリデギ』出版と関連して、韓国文学史で類例がないほど積極的に行事に顔を出している。昔は文学関連イベントと言えば講演会やサイン会程度だったのだが、黄晳暎はオンライン書店が主催する文学紀行や船上イベント、ラジオインタビュー、テレビ朗読会など、数多くの日程を消化しながら、数多くの読者と直接間接的に会っている。出版評論家韓淇皓《ハンギホ》は、このような黄晳暎の、読者と直接触れあおうと努力する姿を高く評価しているが[14]、そのような評価がはたして正当なのかどうかは疑問である。現代がどれだけ自己PRの時代だと言っても、また「作家はひたすら文章で語らねばならない」というふうな見解が時代錯誤と見えたとしても、作家が必要以上に出しゃばって――映画公開にあわせて俳優がトークショーのようなところに出て宣伝するように――雰囲気（流れ）を作っていくことが、文学者の適切な活動なのか、それとも短所を隠して長所だけを目立たそうとする宣伝活動なのか、もう少し見守る必要があるだろう。しかも、彼がいろいろな面で象徴として守られている国民作家であるのでなおさらである。

四　ねじを巻く風景――『沈清』の場合

自分の意志であれ他人の意志であれ、黄晳暎のように作品リストがはっきりと分かれる場合もまれだろう。記念碑的な短篇集『客地ほか五篇』[19]と長篇小説『武器の影』[20]、大河小説『張吉山《チャンギルサン》』[21]に代表されるリアリズムの時期と、訪朝後長期間海外を巡り帰国（そして服役）後執筆を再開していまに至るまでの時期との落差は、作家黄晳暎個人の変化よりは彼が国内にいなかったあいだに（または服役中に）起こった時代的変化を反証しているといわねばならないだろう。つまり、彼は一九八〇年代後半からゼロ年代にいたるまで、まともに国内で活動をしなかったのだが（あるいはできなかったのだが）、そのせいか『懐かしの庭』、『客人《ソンニム》』、『沈清《シムチョン》』、『パリデギ』のような作品を読んでみると、同じ時空間を生きた作家の作品という感じがしない。どこか見慣れない感じを拭えない。しかしこの印象ももう彼の永久帰国とともに落ち着くだろう。

　そういえば最近の四作品のうち三つは背景そのものが韓国社会の外部である。『客人』の場合はアメリカと北朝鮮、『沈清』は中国、台湾、シンガポール、日本、『パリデギ』は北朝鮮、中国、イギリスである。彼の長い海外滞在を考えるとき、もしかすると当然な結果であるかもしれない（逆に見ればいまの韓国社会については特に言うことがなかったのかもしれない）。よく「外部に出てこそ内部がいっそうよく見える」と言われる。だから多くの小説が形式的にであれ外部の者（アウトサイダー）の視線を好んで借りる。したがって黄晳暎のように誰にも目につく場合を除いても、海外体験が微妙なかたちで内在化された作品をたびたび見いだせる。かつて金允植《キムユンシク》*が村上春樹の小説の秘密を長期海外滞在に見出したのもおそらくこれと関係があるだろう。[22]であるなら、黄晳暎《ファンソギョン》の海外体験を三篇の最近作と関連付けて見てみるのも無意味ではないだろう。

黄晳暎の海外三部作――このように名づけることができるなら――の特徴は、韓国（または朝鮮）社会がもとから排除されており、かわりに北朝鮮や海外の風景が作品のあちこちを掌握しているということである。当然登場人物もまた我々（韓国の読者）とは根本的に異質な存在である。したがってほかのどの小説より感情移入が難しい。しかしこの異質性にもかかわらず、読者の関心を一定程度引きつけることができたのは、結局彼らも我々と同じ民族だという観念のせいである。たとえば、『客人《ソンニム》』に登場する悲劇（朝鮮戦争当時の理念対立による殺し合い）は韓国でも容易に見いだせる事件であったし、『沈清《シムチョン》』の場合は主人公そのものが古典文学の重要なキャラクターであるせいで「沈清」という名前だけで、何らかの共感を引き出すに充分であった。「伝統物語」である叙事巫歌《ムガ》を借りている『パリデギ』もまた同じである。これは言葉を換えれば、我々の後期黄晳暎小説に対する共感のしかたが、最近の作家たちが書く話に対する共感のしかたとは違うということを意味する。

先に、海外体験は外部の者の観点をとることができるようにすると書いた。だが黄晳暎の小説は、視線の対象が内部ではなく外部に向かっているという点で、村上春樹のそれとは異なる。外部の視線で内部を描写している村上春樹の小説とは異なり、黄晳暎は外部の視線で外部を描写しているため、厳密に言えば外部の視線とは言い難い。外部性の浸透とは、基本的に自我の分裂と関係がある。すなわち、行動する者と見る者のあいだの区分が生じ、ヘーゲル風に言えば対自的になるのである。しかし黄晳暎の小説にはこのような分裂が生じない。三作品に登場する人物は一様に即自的な存在にとどまっている（事実、これが後期黄晳暎小説の主人公を平面的にしている）。したがって小説の展開は登場人物の葛藤や成長ではなく「舞台転換」を通じてなされるほかなくなる。むろん、葛藤や成長がまったく存在しないわけではない。しかしそれらはほとんどないと言ってもいいほど最小限である。黄晳暎の人物に人格を見出しにくいのもそのせいである（特に『沈清』と『パリデギ』）。どれも各自が自分の役割にのみ忠実な自動人形に近い。

先にも言及したようにこの三作品は基本的に我が国の伝統文化からその形式を借りている。鎮《ジ》悪鬼巫祭《ノグィクッ》[23]（『客人』）、古典小説・パンソリ（『沈清』）、叙事巫歌《ムガ》（『パリデギ』）。したがって「パロディ」という観点を導入することもできる。しかしパロディというには硬直しすぎているように思えるのも事実である。つまり、パロディの効果とは基本的に人物と背景（状況）を再調整することにより生じる緊張感（ぎこちない雰囲気）を意味するのだが、彼の小説は、人物構成はもちろんのこと背景まで変えたにもかかわらず、そのような緊張感がまったく発生していない。すべてがばらばらなせいである。ではなぜこのようなことが発生するのか。それは外部的視線が実際には作品の中には存在しないからではないか。韓国社会の外のことを（『沈清』の場合は近代東アジア全域の問題を）とりあげているという点で外部的な視線とそのような視線の拡張が感じられるが、それは実は外部を外部のまま内部化するひじょうに単純な視線でなされているのである。これは、『客人』の場合も同じである。たとえこの作品を読んで感動した人でも、その感動がもつ陳腐さを否認しがたいのはまさにこのような閉鎖性と無縁ではないだろう。

私は前章で単行本に必ず付される〈作品解説〉という文学制度を四・一九世代が残した（作品と批評の両方を損ねる）遺産として批判した。しかしまれではあるがときどき良い解説に出会いもするという点もまた認めてこそ公正であるだろう。しかし大部分の場合は「蛇足」として存在しながら作品を裏付けるどころか逆に作品を損ねる結果をもたらしている。その代表的な例として『沈清《シムチョン》』の作品解説をあげることができるだろう。「モダニティ」と「商品」という批評的常套句の乱発からなるこの〈解説〉が、いかに当該作品がもつ最小限の長所までをも見えなくしているかはすぐにわかる。したがってそこでなされる、次のような価値評価に同意する人はおそらくほとんどいないだろう。《『沈清』とともに韓国文学史全般はいま新しい段階に進んだのだ》[15]。この言葉が事実ならば、韓国文学はほとんど毎日のように新しい章を開いており、毎日傑作が生産されているということになる。しかしこの主張に共感できる者がはたして何人いるだろうか。

問題を『沈清』に限ってみよう。同作品は批評家（特に女性批評家）から概ね批判的な評価を受けた。このときもっとも問題になったのは当然沈清を見つめる作家的視線に対するものだった。この作品で沈清は最初から最後まで対象物として存在しているのみで、個人的意志や覚醒はほとんど見いだせない。そのうえそのような沈清が最終的に到達する地点が「母性＝菩薩＝解脱＝微笑」だということは、結局『沈清』という作品が、男性が女性に対して抱いている相反するファンタジーのなかに閉じ込められているということを意味する。しかし『沈清』がもつ問題点を男性的視線にのみ見出すのは、事態をあまりにも単純化しすぎている。「娼婦としての沈清」が、作品の大前提である以上、東アジアに流通する「商品＝沈清」を描写するのは見方によっては避けられないことであるのかもしれない。したがってもしここに問題が存在するとするなら、そのような一方的で抑圧的な視線そのものよりは、むしろその視線が一貫して維持されていない点に見出さねばならない。ある時点から『沈清』は娼婦の話でありながら「娼婦の話ではない話」に変質しているのである。

「朝鮮娼婦の興亡盛衰史」または「ひとりの娼婦の一代記」といえる『沈清』での娼婦沈清の受難記は、雰囲気は初期のチャン・イーモウ映画のようだが、露骨なセックス描写によってたびたび香港のポルノ映画を思い浮かべさせる。多くの女性読者がこの作品に対して拒否感を感じるのもまさにそのせいだといえる。なぜなら彼女たちは沈清だけでなく自分たちも欲望の対象に置換されていると感じるからである。しかしここで問題になるのはけっしてセックス描写の「露骨性」ではない。それよりはその露骨性の「陳腐さ」である。香港のポルノ映画が思い浮かんだのもその意味においてだ。特に広大《クァンデ》[24]の東雨《トンユ》が琵琶を教えながら沈清を後ろから抱きしめ「性愛的スパーク」がつづく場面（上巻、一二七頁）などは幼稚どころかコメディだという感じまで与える。一言で言うなら『沈清』のセックス描写は大部分どこかで見たようなイメージの組み合わせで、描写に必要な節制美は見いだせない。ただ事実的な描写だという理由ですべてが許されているという印象しか残らない。このような陳腐な描写は作品のあちこちに散在しているのだが、最後のセックス描写といえる沈清と民乱主導者ハシモトとの情事場面（下巻、二九二－二九三頁）にいたるとその陳腐さは頂点に達する。

このような陳腐さは単にセックス描写にとどまらない。『沈清《シムチョン》』は相異なる地域的・歴史的舞台を強調するため、「教科書的事件」を配置しているのだが、その数が多すぎるのだ。むろんこれさえ我慢できれば、そのなかでそれなりに凛凛しく成長してゆく娼婦沈清の姿をまったく捉えられないわけではない。実際沈清はまもなく自分の仕事がもつ特性を理解し、一方的に男たちの慰みものになることからのがれる。そして無防備に晒されているだけだった自分の体をもっとも強力な武器にする方法を知るようになる。彼女の成長はそれにとどまらない。沈清は娼婦として大成功し自分を苦難のどん底につき落とした「売春産業」を――少し高尚なやり方ではあるが――逆に自分の意志を表出する領域とするにいたる。つまり、彼女は「売春産業のくびきを抜け出す機会」があるにもかかわらず出てゆかず、逆にそれを通して女王として君臨するようになる。

そしてこの時期から沈清は突然「子供」と「故郷」という言葉を口にし始める。すると唐突に捨てられた子供たちの面倒を見る慈善事業家への転身をはかる。苦難を通じて得た経験が彼女をして「他人に対する救済」の道へと導いたと見ることができないわけではないが、やはり唐突だという印象を拭いがたい。では、なぜ「子供」と「故郷」に執着する「心理的飛躍」が起こったのだろうか。興味深いのは、この飛躍を沈清の内面に求めるのが不可能だということである。作家もこれについて特に説明をしていない。しかし沈清のそのような変化はまったく理解不可能だというのではない。「娼婦＝聖女（菩薩）」という公式は近代小説でもっとも多く流通してきたコードのひとつであるからだ。それゆえ貧弱な内面が逆に沈清に強い生命力を与えもするのだが、その生命力とは、あくまでもねじの巻かれ方の強さによるにすぎない。だとすれば彼女のねじを巻くのは何か。それは彼女の後ろを過ぎ去り続ける舞台装置、すなわち風景である。

したがって小説『沈清』で注目すべきなのは沈清ではない。注意深い読者は気づいたかもしれないが、伝統的写実主義から脱皮しようとする試みが窺えるこの作品が、少なくとも空間描写（特に建築物）だけは以前のほかのどの小説より写実的である。作家は沈清が身を置いた娼婦街はもちろんのこと、しばらくとどまった旅館や後に彼女が開くようになる料亭も、不必要なほど精密に描写する。だが人物の内面を描写するのはなんとしても拒否しているのだ。では黄皙暎《ファンソギョン》はなぜそれほど空間に固執するのだろうか。それはまさに『沈清』の主人公が沈清という個人（時間）というよりは近代初期の東アジア（空間）であるからである。

黄皙暎は沈清が人生において重要な岐路に立たされてもそれほど意に介さず、彼女が属している空間（歴史的、地理的）については執拗なほど筆を費やす。さらには歴史的背景を説明するため時間の流れをいったん止めて、実に五、六頁もそれにあてる。したがって読者は阿片戦争、太平天国の乱のような近代の重要事件はもちろんのこと、シンガポール、台湾、そして（ペリー提督の日本開港と幕末の）日本近代史（琉球を含む）までをも見聞することができる。したがって『沈清』を読み終えると、たしかに東アジアの近代史が掴めるという感じがするのも事実である。学習用歴史小説としてはそれでも有用だというわけだ。

風景のこのような拡張は特に後半部にゆくほど目立つのだが、拡張すればするほどもっとも個人的な行為だといえる性行為はもちろんのこと、最小限の（一片の）の内面描写さえ徹底的に矮小化される。沈清はいつのまにか東アジア近代史という、いまもっとも脚光を浴びている「風景」のなかに消え去るのである。黄晳暎自身も後半にいくほど「史料」にひかれた感じがあると正直に告白しているのだが、重要なのはそれが単に後半だけの問題（集中度の問題）ではないところにある。すべての問題は彼が古典から借りてきた沈清というキャラクターを見くびっていたところに由来する。すでに完成されたキャラクターであるため、背景だけを適切に変えれば適切に動いてくれるだろうと考えたようである。しかし背景を通していくつか個性をあらたに与えたとしてもロマンス『沈清伝』[25]が小説『沈清《シムチョン》』となるはずがない。人格を与えるのに失敗したならそれはふたたびロマンスに退行するほかない。

　では人格とは何か。それはけっして単なる背景の中に人物を置くことで得られるものではない。なぜならそれは舞台（史料）の上に置かれるが、それに全的に拘束されないものであるからだ。T・S・エリオットの言葉を借りるなら、人格は背景（環境）のような「客観的相関物」と無縁な何らかの剰余によってはじめて可能なのである。『沈清』はこの部分で『沈清伝』から一歩も進んでいない。のみならず『沈清』ではほとんどすべての登場人物が背景（舞台）に吸収されているのだが、これを通して読者はいわゆる「黄晳暎《ファンソギョン》の風景」と名づけうる空間と向き合うようになる。当然この風景は『パリデギ』でも見出すことができる。事実主人公パリは背景を指すためのポインター以上の役割を果していない。では黄晳暎はなぜ「風景」以上のものを描けないのだろうか。それは彼が、自分がとりあげようとする問題について即自的なレベルの理解を越えられないからである。察するにそれは彼の自発的海外体験と関係があるだろう。つまり、村上春樹において海外体験は作品を拡張させるのに役立ったのだが、黄皙暎においては「風景」への固執をもたらしたというわけである。

五　楽しいインタビューと最低限の尊重――小説家対批評家

黄皙暎は最近『パリデギ』刊行をきっかけに多様なメディアを通じて数多く発言している。そのなかでも最近ある文芸誌[26]に載った〈挑戦インタビュー〉がとても興味深い。聞き手は女性批評家沈真卿《シムジンギョン》＊で、彼女はまず最初に今回のインタビューについて次のような総評を下している。

「韓国文学の神話」と言われる黄皙暎先生とのインタビューは、私にとって実は大きな負担だった。彼と私はさまざまな面で違っていた。まず世代が違い、経験が違い、そして何よりも性（sex）が違っていた。おそらくこのような違いのために、私はむしろ彼との「挑戦インタビュー」を引き受けたのかもしれないが、またまさにその同じ理由のために、彼に「挑戦」することは決してたやすくはないように思えた。だが直接会ってインタビューした彼は、思ったより若く愉快で、また真摯だった。その姿は、彼に対する攻撃の準備でかなり緊張していた私の意志をくじけさせ、自らを「かよわい鹿」に比喩して権威的なマッチョとは縁遠いと語る段になって、私のある種の意志はさらに挫折させられた。私の評論家にありがちな硬く多少攻撃的な質問を、彼は小説家らしい話術で柔らかくし伸ばした。そのように考えに手を加えたり脇道にそれたりしながら、また中心へと戻ってくる、彼の技芸にも近い話術に魂を奪われ、結局インタビューは終ってしまった。私はインタビューの間じゅう始終、口をつぐみ、耳だけを開いていた。だからこのインタビューが「挑戦」になるわけがなかった。だがおかしい。私のもともとの考えと計画を無力化したこのインタビューは、とても楽しかったのである。[16]

黄晳暎《ファンソギョン》を「韓国文学の神話」だと紹介した沈真卿《シムジンギョン》は彼女なりに（特に女性批評家の立場で）その神話に挑戦しようとしたようである。しかし彼の愉快さと真摯さ、若干の愛嬌と才知、そして老練な攻撃によって完全に武装解除されたという。したがって今回のインタビューは最初の計画とは異なり「挑戦」と完全に無縁なものに終ってしまったと正直に打ち明けている。ところでここで目を引くのはそのような失敗にかえって「楽しさ」を感じたという発言である。黄晳暎と話をした多くの者たちがまさにこの「楽しさ」を口にする点を鑑みるとき、見方によってはこの「楽しさ」の解明こそ、「黄晳暎という問題」の核心であるのかもしれない。

黄晳暎の口達者は有名である。そのような彼が口八丁で相手を制圧するやり方はさまざまだと言えるのだが、特に作家にとって最も厄介な存在だと言うことができる批評家に対するものとしては、次のような例をあげることができる。沈真卿はインタビューの冒頭で『パリデギ』の中に溶けこんでいる海外体験に言及しつつそのような海外体験が「自発的なディアスポラ」の実践ではなかったかと問う。すると彼は次のように反撃している。

黄皙暎　まず用語の整理をしましょう。私はその「ディアスポラ」という言葉が実に曖昧なので嫌いです。「難民」「移住」と言えば正確になるのに、わざわざユダヤ人がどうこうなったといって「ディアスポラ」という言葉で曖昧になっているんです。同じように新植民地といえば概念がさらに正確になるものを、ポストコロニアルと言って曖昧にして……おそらくイデオロギーを生産するところから研究費も出るので、それと妥協するしかないんですね。主にアメリカの方でそのような傾向が旺盛ですが、そのような限界の中で学者らが自ら曖昧になっていいます。だからそのまま「難民」でなければ「移住」というふうに具体化した方がいいでしょう(17)。

批評が基本的に「概念化」を通して成立すると言うとき、つねに問題となるのはそれを可能にする道具すなわち用語の使用である。なぜなら一般的に通用する人文学の用語でも少し突き詰めてみれば意外と厳密性が欠けている場合が多いからである。したがって黄皙暎のように問題を曖昧にする「衒学的な用語の使用」を指摘しつつ、その用語の使用に存在する「イデオロギー的妥協」について言及することだけで批評家をがんじがらめにするのに充分である。しかし逆に見ればこのような攻撃が可能なのは創作者と批評家のあいだの存在論的差異を仮定しているからである。たとえば、黄皙暎は［韓国の］批評家は本来大学で禄を食む存在であるから制度が求めるイデオロギーの生産に従事せざるをえず、またその一環として特権的な用語使用を一般化するのに反して、作家はそうではないので曖昧模糊なものよりは具体的なものを好むと見ているのである。一見すると当たりまえすぎる主張である。だが果して作家と批評家のあいだにそのような存在論的差異が存在するのだろうか。

ともかく、彼が序盤から相手の「意志」を確実に殺いだのは明らかだ。以後会話の主導権は、合間に抵抗がなくはなかったが——これについては言及しつづけるつもりである——完全に黄《ファン》哲暎《ソギョン》に移る。そしていつもの「黄哲暎流」インタビューのように彼の波瀾万丈な人生についての口演が繰り広げられる。そのうちの一部分だけを引用してみることにしよう。

黄哲暎　このようなエピソードがあります。ベルリン滞在時代、腰痛になって尹伊《ユンイ》桑《サン》*先生の勧めで北朝鮮に行って五か月以上、物理治療を受けました。そして金日成主席に何回か会います。私が普段から少し面白い話をよくするじゃないですか（笑）。晩年のあの方はかなり退屈されていたんでしょう。いつも座っていて、外交使節が来れば写真を一枚撮って戻ってきて、テレビドラマを見てという具合ですから、私が行くと話相手になると喜んでいました。この人がある日「黄さんはアメリカへ行くというが、ギャング団も多いというのになぜアメリカに行くのか？　私と暮らさないか」と言うんです。そして民村《ミンチョン》[27]李箕永《イギヨン》*先生の話を始めて［…］

とにかくその時、長期で滞在している間に、南韓の軍事独裁時代に劣らないほどの、北朝鮮の硬直した国家主義を目撃しました。ベルリンにいる間に、さきほど脱国家の話も出ましたが、あのとき一応とても冷静になりました。冷静になって自らがどのようなイデオロギーからも自由になったという感じがします[18]。

金日成まで舌を巻いたという彼の語り口と唯一無二の経験は我々をみな聞き手の位置に縛り付けるに充分である。そしてあの殺伐とした時代にいくら亡命者といえども腰の治療程度のために北朝鮮に入り金日成主席と会談をしたという話は、単純な事実伝達以上の好奇心（面白さ）を抱かせる。しかしそのような面白さは他方で聞き手（韓国でちまちまと生きてきた作家や批評家または読者）を矮小化する効果もまた呼び起こす。誰もが黄晳暎の前に立つだけで感嘆を連発する傍聴客になるのである。

むろん、沈真卿《シムジンギョン》が彼の語り口に圧倒され受動的な位置にとどまり続けたわけではない。機会を窺っては反撃を試みる。たとえば、彼女は最近黄晳暎が見せている伝《ジョン》や巫歌《ムガ》、巫祭《クッ》のような伝統的な語りの様式と、小説の接ぎ木が外（外国）からみればわからないが中からみるととても陳腐でお手軽な方法ではないかと問いかける。実のところこれは黄晳暎作品に対してもっとも頻繁になされている批判のひとつなのだが、これに対する黄晳暎の答えは次のようである。

もちろん私が考える物語やそれまでの作品が、日帝統治下の郷土主義や検閲下の中国現代文学の一分野のような民俗指向に属さないということくらいは、黄晳暎に対する最低限の尊重として、読み方に間違いがないようにお願いします。過去の時代に大学街で仮面舞《タルチュム》や農楽《ノンアク》の公演をすれば、それだけで不穏なことでした。すでに当時の大学街は西欧教育の殿堂でしたし、西欧的な消費文化の第一線だったからです。現在は二十数年前よりもっとひどくはなっていても、よくはなっていないと思います。私たちはみな現代西欧の人間だといえます。沈先生にはおなじみで安易に見えるかもしれませんが……。いつか李文求《イムング》*の小説を大学で読ませたら、逆にポストモダンとして受け入れられたという誰かの冗談が思い出されます。『ドン・キホーテ』が最近になってまた記憶されるのは、中世から近代へと移行した当時、古典を形式的にパロディー化した観点が画期的だったからです。言ってみれば一つの戦略でもあります。(19)

当然黄晳暎《ファンソギョン》の伝統指向を植民地時代の郷土主義や現代中国文学のような民俗的指向と同じようなものとみなすことはできない。しかし少なくともそのような流れと関連があるのではないかという疑問を消すことができないのもまた事実である。これに対して黄晳暎はまず「黄晳暎に対する最低限の尊重」を云々し「読み方に間違いがないように」と注文する。そして過ぎ去った時代に大学で流行した仮面舞《タルチュム》や農楽《ノンアク》公演の場合それだけで不穏なものだったという点を指摘しつつ、このような伝統的な形式への関心は「郷土主義」と「民俗指向」とは異なり、すでに西欧化の最先端であった空間（大学）でそれなりに批判的・抵抗的意味をもっていたと述べる。そうしたのち、『ドン・キホーテ』が重要なのは中世から近代に移行した当時に古典を形式的にパロディ化する戦略を駆使したからだと付け加える。

ひとつずつ指摘してゆくことにしよう。まず特定の作家に対する最低限の尊重と読み方のあいだにどんな関係が成立するのか問わざるをえない。あえて意味を与えるなら、「黄晳暎がまさかそんな単純な誤謬に陥るだろうか。どれもそれなりに意図したところがあったのだろう。だからそこを鑑みて読んでくれ」くらいの意味になるだろう。しかしこのような読み方こそ批評家がもっとも警戒しなければならないものではないか。また彼は自分の伝統物語の借用を擁護するため八〇年代の学生街を巻き込んだ仮面舞・風物《プンムル》[28]のような伝統劇と比較するのだが、彼の説明のとおりそのときの伝統擁護はたしかにそれなりに意味があったのかもしれない。しかし区役所の文化センターでさえ「仮面舞」や「風物」を教えるいま、そのようなものに「画期性」や「批判性」が込められていると見るには無理がある。すでに「静かな」文化の一部となって久しい。

実のところ、いまの西欧化を伝統文化と背理するものとみること自体がナイーヴすぎる考えである。なぜなら西欧化（資本主義化）は、伝統文化を排撃するどころか積極的に吸収しながらなされるからである。したがって西欧文化と伝統文化に対する強い区別意識は、結局西欧化を速める役割を果すにとどまりがちである。これはつまりいまの若い読者が李文求《イムング》の小説を「ポストモダン」と読むことが笑うべきこと（冗談）でありえないということでもある。ならば、「伝統文化の導入」が、西欧化された現社会の問題点を打開するための最善の方策ではもはやありえないことは明らかである。

つづいて黄晳暎が突然『ドン・キホーテ』を引き入れるのだが、その理由は自分の最近作（『客人《ソンニム》』、『沈清《シムチョン》』、『パリデギ』）で使用されたパロディ方式を擁護するためである。しかしセルバンテスと黄晳暎のあいだには大きな差異がある。セルバンテスの場合当時のジャンル（騎士道小説）をパロディにすることによりそれを越えて新しい形式を創案したのに反して、黄晳暎《ファンソギョン》は近代小説（当代のジャンル）以前のものをパロディにすることにより近代小説を超えようとしているからである。しかしパロディを通じて超えられるのはパロディの対象だけである。つまり、以前のもの（過去）をひねることで現在を超えることはできず、下手をするとそれは過去へのフェティシズムに終るおそれさえある。内容的な面であれ形式的な面であれ、いまを超えるためには何よりもまず確実に二本の足を現実においておかねばならない。事実巫祭《クッ》や伝《ジョン》、または巫歌《ムガ》のような伝統文化がいまの文学を越えるための形式的装置となるはずがない。あるいはそれがいまの読者や外国人にアピールするとしても、それは『ディー・ウォーズ』のイムギ説話[29]が子供と西洋人にうけるレベルにおいてであろう。

六　小説から寓話へ——巫堂《ムーダン》と探偵

『沈清《シムチョン》』と『パリデギ』のおそらくもっとも大きな違いは、前者が古典的長篇小説の形式を備えているのに反して、『パリデギ』の場合はいま流行している軽めの長篇[30]のかたちをとっているという点である。沈真卿《シムジンギョン》はまさにこの差異を見逃さない。当然ここで提起されている「軽めの長篇」に対する問題提起は単純に量的なものだけを意味しない。そこにはむしろ軽めの長篇でできない物語を無理に軽めの長篇にしたという批判が隠れている。

沈真卿　［…］ですが実は分量が少ないせいか、最初の方のパリの北での生活に比べ、中国やイギリスでの生活が相対的に軽いような印象もありますし、また北朝鮮を脱出して以後に出会った人物らも充分に性格化されているようではありません。いくら軽めの長篇が世界的な傾向だとは言っても、このような規模の物語ならば、その傾向を拒否すべきだったのではないかと思います。[20]

これは一言で言って内容と形式がばらばらだということである。大体共感できる批判である。ではこの批判に対して黄晳暎はどう自作を防御しているのだろうか。

黄晳暎　「軽めの長篇」という言葉もまた韓国のジャーナリズムが作り出したものですが、私は最近「詩的物語」という言葉に変えて使っています。いわゆる「軽めの長篇」というのは、現代の生活パターンや余暇文化などから出たものかもしれません。ですがもう一つの側面があります。私たちはわずか数年前まで、十数冊にもなる「大河小説」を先を争って書き出した時代がありました。いわゆる一九世紀的なリアリズムの時代でした。私は現代世界の消費市場が長い物語に耐えられないだろうと思っています。また一方で詩が出版市場から消えています。［…］

話を展開させながら詩的な緊張を維持するような形式はないだろうかと思うのです。西欧文学史に叙事詩や散文詩というジャンルがありますが、それは気に入りません。ある友人が「詩

＋小説、つまり「詩説」と言ったらだめだろうか」といっていましたが、自己出版したらまったくだめでした。金芝河《キムジハ》＊は風刺的に「大説」という言葉を使いました。私の表現では「詩的物語」と言っていますが、これはむしろ過去の小説的な世界というよりは、演戯の台本やシナリオに近いといえます。(21)

ここで黄晳暎《ファンソギョン》は『パリデギ』が小説としていたらなく見えるのは、それがそもそも小説ではなく演戯の台本やシナリオに近い「詩的物語」として書かれたからだと言う。これに対して沈真卿《シムジンギョン》は「詩的物語」というもの自体が果して可能なのかと問い、『パリデギ』が先鋭な現実を扱いながらも実際主人公パリが神話的に描かれるせいで、現実的な問題そのものが抽象化されたと批判する。すなわち彼女は下手な形式実験よりは小説というジャンルがもつ長所を最大限発揮しなければならなかったのではないかと主張するのである（これは事実このインタビューで沈真卿の一貫した立場である）。しかし「詩的物語」という語が出た以上、既存の小説形式で押していかねばならなかったという後からの批判は、その妥当性にもかかわらず後期黄晳暎文学がもつ本質を見逃してしまう。たしかに「詩的物語」という観点から見れば『パリデギ』の物足りなさは全部相殺されても余りあるからである。したがってここで「小説」に戻らねばならないという主張にとどまるよりは「詩的物語」という表現がもっている意味を見てみなければならない。これは本章の目的が「黄晳暎批判」にあるというよりは、その後期小説群が示す風景をあらわすことにあるからである。

黄晳暎の言う詩的物語が、厳密に言えば物語を叙情的様式ではなく演戯の台本やシナリオのような演劇的様式に変えることを意味すると言うとき、[22] それは公演や上演されるときにのみ真に完成されるという意味であるだろう。言い換えれば、小説のように話を引っ張ってゆくための数多くの物語的装置は必要ではなく、イメージの連鎖だけを構築しておくことで充分だということである。だとすれば当然このとき重要に取り扱われるのは話の連鎖がもつ吸引力というよりは、場面と場面のあいだに存在する暗示である。すなわち人物と背景をどうよりあわせるかは、もはやそれほど重要でないということである。のみならずむしろそのような食い違った（似つかわしくない）場面は、公演や上演されるときいっそう豊かな意味を作り出しさえする。ではこれによって『パリデギ』は韓国文学のルネッサンスを率いる新しい形式の作品となりうるのだろうか。ここで必ず指摘しなければならないことは、彼が別のところでこれから韓国小説の進む方向として「物語の強化」をあげている点である。[23] では、この矛盾はどう理解すべきなのか。

おそらくふたつのうちひとつであるのだろう。第一に小説の新しい可能性は「詩的物語」と「本格物語」（既存の小説物語）両側で可能だというものであり、第二にもしかすると彼が強調する「詩的物語」が実は小説の欠陥を弁明するための口実にすぎないというものである。このうち第一よりは第二である確率が高いのは、「詩的物語」が既存の小説形式を克服したひとつの形態として提示されている以上、それが以前の小説と並立できると主張するのは結局「詩的物語」がもつ意義を自ら否定することになるからである。またたとえそれが判断上の論理を越えて実践上そうだとしても、「詩的物語」と呼ばれるに値するいくつかの特徴（欠陥）が「本格物語」として創作された『沈清《シムチョン》』においてさえ見いだしうるという点で、その意図は疑いの対象とならざるをえない。

しかし三つ目の解釈も可能である。すなわち彼が強調している「物語」とは近代小説と関連して理解されうる性質のものというよりは、近代以前の物語、すなわち文字から自由な原物語（口承文学）と見ることもできる。これは南米文学に対する彼の格別な評価や、『韓国口碑文学大系』[31]の積極的活用に対する強調、[24]そして物語とは「文化の基本コンテンツ」[25]だという主張を見ればわかる。しかしこのような主張は一方ではあまりにも原論的であり、他方では必要以上に物語の作為性を強調しているのかもしれない。むろんすべての物語はすでに与えられた物語を活用（パロディなど）することにより再構成されたものである。ではあるが蓄積されたコンテンツ（話）を活用するよりはいま我々が生きている世界から物語を抽出してゆくことこそ近代小説だと言うとき、あえて原物語（口承文学）を強調する黄晳暎《ファンソギョン》の意図が何なのか問わざるをえない。

そしてこのような問いが重要なのは、それが黄晳暎個人を越えてより大きな問題と結びつくからである。つまり、彼は自分の意図とは関係なく（村上春樹の小説がそうだったように）「近代文学の終焉」という問題の枠組みのなかに入っているというわけである。黄晳暎は『沈清』と『パリデギ』をそれぞれ一九世紀の世界体制の編成と二〇世紀の世界体制の編成を描写する一連の連作として書いたと言っている。概してこの二作品はいろいろな角度から比較可能な作品である。特に核心にあるモチーフという観点から見ればなおさらそうである。彼は沈清であれパリであれ《苦しんで抑えつけられた者が他人の苦痛を治癒する》[26]者として描こうとしたと打ち明けているのだが、これは厳然たる事実を自ら確認させてくれるものであり、問題はまさにそのせいで黄晳暎は彼が否定する作家たち（コエーリョ、村上春樹）ととても近い位置にいるという主張が可能だということだ。「癒しとしての小説」は厳密に言えば「小説の物語」としてもっとも不適当だと言える。そしてコエーリョや村上春樹の小説が「近代小説の終焉」の証拠としてたびたび口にされるのもまさにこのことと関係がある。

事実、近代小説が以前の物語形式と画然と区別されえたのは、基本的に世界との和解を拒否した（拒否された）からである。したがってそれらは大部分「失敗談」に終り[27]、苦痛や分裂は解消されるよりは内包されたまま締めくくられる。すなわち近代小説の主題は苦痛がどのように解決されるかではなく、苦痛がどのように持続するのかにあるというわけである。むろん、近代小説でも苦痛の解決（癒し）が重要に扱われる小説がまったくないというわけではない。近代的シャーマンを登場させ本格小説より多くの大衆の目をひいた、そしていまも依然として影響力を行使している小説がある。探偵小説（推理小説）がまさにそれなのだが、その人気の秘訣は死体（死者）の苦痛（怨恨）が解決されるとき発生する安堵感にある。だから推理小説（または探偵小説）を「近代資本主義の寓話」[32]と表現する者もいたのだ。そしてそのとき、「癒し」を目的にした黄皙暎の後期小説群がコエーリョ風「寓話」に近づくのは当然のことである。すなわち探偵と錬金術師、そして巫堂《ムーダン》は事実上同じものなのだ[28]。

近代小説はけっして癒しや救いの手段となりえない。それはつねに救いを指向するが、結局その救いはなされえないものとしてのみ表現される。言い換えれば、総体性が実際には認識されえないように救いもまた実際には描写されえないのである。むろん宗教的次元やアレゴリー的／寓話的次元を導入するならそれがまったく不可能というわけではない。だがその救い（和解）はつねに世界を去ること（超越すること）によりなされるため、究極的にそれは「終焉（終末－完了）」感覚にほかならない。そしてまさにそのせいで、その物語はそれ自体として完璧な世界を構成するようになる。『沈清《シムチョン》』がそれをよく示している。『パリデギ』の場合も『沈清』とは少し違い、ある可能性（開かれた結末）を指向するように見えるが、「生命水」という物語の延長を縫合する象徴が与えられるという点で事実上自足的な空間である。しかし世俗的近代芸術である小説においで物語とは、ひどいときには主人公が死んでも続く。一言で言ってそれは終りのない話である。なぜならそこで「苦痛」は解消されないが「交換」はされうるものであるからだ。ちょうど資本主義と貨幣の関係がそうであるように、苦痛（分裂）は絶えまなくめぐることで小説を支える血のような存在であるというわけだ。

七　経験と判断――「近代文学の終焉」という陰謀

韓国文学の言説空間で「近代文学の終焉」というテーゼは依然として有効に機能しているようである。それに賛成しようとしまいと、いま韓国で文学に携わる者ならばけっして見過ごすことができない見解だとみなされているからである。本章でとりあげている黄皙暎《ファンソギョン》のインタビューにおいてさえ、問題のテーゼがあらわれていることをみただけでもそれがわかる。しかしこのインタビューで出てきた「終焉」をめぐる論議はこれまでの他のものとは若干異なるという点で注意を要する。現在の韓国文学の言説を大雑把に要約すると、「韓国文学の危機」と「韓国文学のルネッサンス」が対決している状況である。前者の中心には当然問題の提供者である柄谷行人がいる。では後者はどうだろうか。韓国の国民作家、黄皙暎がいる。ならば、日韓両国を代表するふたりの文学者の見解をもう少し徹底して見てみる必要があるだろう。事実このふたりのあいだのパワーゲームが注目を集めているのは、以前の議論（攻撃と反復）が主に批評家のあいだで比較的「消極的な」やり方で行なわれたのに反して——反対する者も柄谷を全面否定せず柄谷を擁護する者も彼の主張をあくまでも選択的に受け入れたわけで、結局は「程度問題」にすぎなかった——今回の場合は韓国文学を代表する作家が「積極的に」そして「全面的に」柄谷のテーゼを否定しているからだ。

では「積極的」で「全面的」であると言ったとき、いかにしてそうなのだろうか。しかし残念ながらそれは期待とは異なり執拗な攻撃や正面対決ではなかった。むろん、黄皙暎はそのテーゼを正面から否定している。だがそのやり方においては、テーゼそのものよりはその背景をあげて戯画化する戦略を駆使している。では「近代文学の終焉」について黄皙暎がどのような反応を見せているのかをまず見てみることにしよう。

黄皙暎　まったくもう——私が一言言いましょう。いきなり若い人々が柄谷行人あたりを持ち出して騒がしいです。それらはみな日本の話です。八〇年代にあったことです。先輩の大江健三郎と私が日本の岩波書店で初めて会って対談をしたんですが、あの時は光州抗争以後の政治的に非常に切迫して危なかった時なので、話が本当にいろいろとありました。ですが大江はよく知られている通りとても謙虚です。彼は私に「私はあなたがうらやましい、そして激動に包まれたあなたの社会がうらやましい」と言ったんです。自分は自らの文学的緊張を維持させる因子が自分の子供だったと言います。[…]
　柄谷とも関連がある韓日作家交流というのがいつできたかというと、まず六〇年代の韓日会談の時まで遡らなければなりません。あのとき裏で双方の橋の役割をしていたコネクションがありました。あのときまでは政治・経済的な癒着関係にとどまっていましたが、全斗煥《チョンドファン》政権になってから、このコネクションで文化部門が強化され始めました。これは維新時代に金芝《キムジ》河《ハ》救命運動の以後から韓日民主化運動の連帯組織ができて、日本の市民運動が多方面に韓国民衆とつながろうという実践的な流れが出てきたからです。私は全斗煥政権期以降の文化運動の第一世代の後輩らを抱きこもうとする政権の工作を何度も見抜き、その人物らや脈絡に対しても詳細に把握している人間です。光州でこの間、別世した尹漢琫《ユンハンボン》*を密航させた後、一九八五年にアメリカで会って彼の組織的活動を手伝いながら、海外の運動団体を通じて日本の進歩的知識人の市民団体と連携したのもその頃です。岩波書店の雑誌『世界』は「韓国からの通信」を数年間連載しながら韓国の民主化運動を組織的に助けました。(29)

　ここで黄晳暎《ファンソギョン》は、柄谷が韓国にはじめて紹介されるようになったきっかけでもある「韓日作家交流」の政治的含意を問題にしている（一種の陰謀論）。それによると、その原点は六〇年代の日韓会談であり、全斗煥時代にその延長線上で強化されたという。たとえば、韓国文学を紹介する日本の雑誌発刊に資金を支援するなどのやり方で。ではなぜ全斗煥時代にそれが強化されたのだろうか。黄晳暎はその理由として韓国の民主化運動と連帯しようとする日本側のグループを牽制する必要があったからだと主張する。そしてまさにこの状況で中上健次のような作家が韓国と行き来しつつ（または長期間滞在して）韓国の文学者に会ったり、小説を書いたりし、韓国の作家たちもわけのわからぬままそれに加わったのである。

黄晳暎　柄谷はあのときそちらのグループとつながっていました。もちろん彼がこのような内幕を知っていたかはわかりません。韓国の文人らも純粋に動員されていましたから。私は一九八五年にアメリカを経て日本に行き、東京や大阪、京都などで「ウリ文化研究所」と文化チームを組織するために六か月間滞在しながら、日本の進歩的知識人や作家、芸術家らと会い、これを韓国側とむすびつけました。このように互いに水が違っていたのです。(30)

そして彼は自分の日本の友人として和田春樹をはじめ「日韓連帯委員会」[33]、伊藤成彦、野間宏、大江健三郎、安部公房、小田実、そして安江良介などをあげ、彼らは基本的に安保闘争世代なのだが、彼らを韓国側と結びつけた張本人がまさに自分だと言う。すなわち彼の表現の通り「水」が完全に違っており、真の意味での日韓の交流と連帯はまさに自分の側だったと主張する。

黄皙暎　私が見るところ、日本の私たちの友人が現実の中に立っていたとすれば、柄谷や中上などの文人たちは、いわば一種の文芸サロンに属しているようでした。彼らが安某氏とつながって韓日作家交流が始まります。韓国の文芸誌と連携して何回か往来がありました。私としては彼ら日本の文人らはかなり下に見えました。彼らの文芸理論や世の中を見る目が限られていたからです。私は若い進歩的な評論家らを後で知ることになりましたが、たとえば小森陽一は柄谷よりは数段上でしたし、ちょっとしたことで大袈裟なことは言いません。柄谷が近代文学の終りとか何とか言ったのはもうずいぶん前の話で、日本の文壇のだらけた雰囲気を反映したものだったのでしょう。少し滑稽なことです。(31)

ここに出てくる安某氏とは李恢成などとともに『金史良《キムサリヤン》全集[34]』を編集し金史良《キムサリヤン》*の伝記まで書いた安宇植《アンウシク》*のことであり、日本で熱心に韓国文学を紹介した在日韓国人文学者であった。まさに彼が架け橋となって日韓作家交流が始まったのは事実である。(32) しかし大体黄皙暎《ファンソギョン》の陳述には事実と主張が混在していて下手をすると誤解を招きかねないので、整理する必要がある。その中でもっとも最初に確認しておきたいのは、中上健次が死去したのは第一次日韓作家会議（日韓文学シンポジウム）が始まる前であり、その意味で柄谷は、黄皙暎が言う動きと何の関係もないということである。柄谷は盟友の中上健次の韓国に対する格別な関心をそばで見守っていて、彼が死去した後に問題のシンポジウムに参加するようになっただけである。

また日韓作家会議は軍事政権とは何の関係もなく、金銭的支援を受けもしなかった（韓国側は宇耕《ウギョン》文化財団などの支援を受けたが、日本側はほとんど手弁当だった)。しかし黄皙暎の語りについてゆくと、まるで彼らが軍事政権の助けを受けて御用会談でもしたかのように思える。当時会議を主導した韓国側の文学者たち(主に『文学と知性』系列)が聞けば驚いて飛び上がるだろう。むろん彼はまるで善心を施すように柄谷や中上健次が《このような内幕を知っていたかはわかりません……》(つまり「ナイーヴにも」)という但し書きをつけている。自分はすべて知っているが、彼らは愚かにも何も知らないというふうに。黄皙暎の語りは正直彼の小説より面白く興味深いのだが、ふつうこのような語りは豊かな経験から出てきたものとして受け取られる。しかし経験は一般的に慧眼を生むが、他方では偏見を生みもする。経験が溢れれば溢れるほど批評感覚が要求されるのもまさにそのためである。

そして彼は柄谷と中上がかなり下に見えたと言っているのだが(実際には柄谷が黄皙暎より二歳上である)、この発言が可能だったのはおそらくふたつの理由からだろう。第一に彼の生きざまがよく示している経験上の優位のせいであり(過度な経験は人を早く老けさせる)、第二に彼が親しくした「日本の友人」が大部分中上より一世代上の安保闘争世代だったからである(あえて分類すれば柄谷もまた安保闘争世代だが、大江健三郎より年下である)。第一の場合、彼は日本の進歩的な者たちからかなり厚遇されたようである。日本の知識人の目に彼は軍事政権と戦ってきた実践的知識人の典型に見えただろう[33]。むろん韓国史、いや世界史の重要な瞬間のたびにつねにそこにいた者としては自負心をもつに値する。しかし彼が柄谷や中上を下に見る本当の理由はおそらく第二の理由のせいであるだろう。だがそれは一年早く小学校に入ったせいで友人たちより一学年上になった子供が、以後自分と同年齢の子供を見てもつ感慨にすぎないのかもしれない。兄の友達とだけ遊んでいると、なぜか自分の友人たちが下（年下）にみえるように。

　しかし真実は彼と柄谷・中上のあいだにまともな関係がなかったこと以上の何も証明していない（まったくなかったのではない。これについては次節で詳しく述べる）。つまり、彼らは黄《ファン》晳暎《ソギョン》が親しくしていた日本陣営とは距離がある存在だったのである。したがって公正を期するためにいっそよく知らないと言うべきだったろう。しかし黄晳暎は自分が親しくしている者たちこそ日本の知識人グループの核心だという観点に立っており、自分がよく知らない者たちは「下」や「傍系」と見たのである。それゆえ安保闘争世代の路線を受け継いでいる、そして個人的付き合いもある小森陽一――彼は黄晳暎の還暦記念贈呈論文集に作品論を書きもした[34]――を柄谷行人より上におくことさえためらわなかったのである。しかしはっきりしているのは、黄晳暎の主張に同意する日本の文学者や韓国の批評家はほとんどいないということである。さらに言えば、小森陽一さえも自分が柄谷より上だと評価されるのは辞退するだろう。

　黄晳暎は日本側の者たちのことを話すとき、「先輩」や「友人たち」という呼称を使う。これは相手との親しさをあらわす表現であるが、他方で親密さを装った仕分けとしても見ることができる（彼がその呼称を使っても、相手がそれに同意するかどうかはわからない。つまり、大江健三郎は黄晳暎を後輩と考えるだろうか）。その証拠はいままで見たことでも充分である。だとすれば、黄晳暎が「近代文学の終焉」に関して述べたことは、事実上日本に存在する自分の人脈のひけらかしや、自分と関係のなかった（ない）陣営に対する個人的経験にもとづいた性急な判断（軍事政権の支援を受けたとか、文芸サロンの人たちだとか）にすぎないのかもしれない。したがって彼が果して柄谷が書いたものを読んだかどうか疑わしくなる。なぜならもし読んでいたら、次のようなとんちんかんなことを言うはずがないからである。《社会で私たちがなすべき役割がなくなったから近代文学の終りなのではなく、そのような役割を忘れれば忘れるほどゴミになって終わってしまうんです[35]》彼は「近代文学の終焉か否か」を作家の私的決断にかかっているかのように見るわけだが、これほど――もし読んでいたらの話だが――無理解の極致を示すものがほかにあるだろうか。

八　黄晳暎と日本という国

黄晳暎は柄谷の「近代文学の終焉」を日本国内の話として一蹴する。そして韓国文学はそれとは関係なくルネッサンスを迎えていると付け加える。聞こえはいいが、そこに説得力があると考える者はおそらくまれだろう。もし彼の言葉が正しいなら、韓国文壇がしばらくのあいだ根拠のない集団ヒステリーでも起こしたということになるからである。黄晳暎はこれにとどまらず日本という国そのものを貶めるにいたる。

黄晳暎　それは日本の状況から出た話です。ポストモダニズムを後期資本主義のイデオロギーとして使って駆使しようとする論理です。日本は小説だけでなくメディア自体がすべて資本や権力に食われていて、どのような進歩的・先進的な集団も天皇主義に対しては言及もできません。天皇主義ひとつ解決できないのに、近代以後百年が過ぎていますが、自分たちのどこがまともに争って来た知識人なのかと言いたいです。口だけ達者で、また大げさで、一言で言って「弱い」です。(36)

ここには日本に対する優越感を容易に読み取ることができる。彼の言葉通りなら、日本は資本や権力がすべてを掌握している社会であり、日本の知識人は口だけ達者で減らず口を叩く軟弱な存在だというわけである。それに比べて韓国は自分のような作家たちが存在し、(37)社会も全体的にとても健康だというのである（昔なら、この部分で彼は「民衆」とか「生命」という単語を無数に使ったであろう）。もしすべて彼の言う通りなら、我々が韓国人であることに自負心をもってもよいだろう。そして「近代文学の終焉」というテーゼに右往左往したのは一介の日本の批評家の目くらましに驚いた未熟な行動にすぎないということになるだろう。しかし黄晳暎《ファンソギョン》のこのような話は大部分とんでもない誤解である。問題は、にもかかわらず彼がまるで「本当」であるかのように話しているということであり、情況をよく理解できない者は大部分彼の語りに騙されてしまうのだ。

たとえば「天皇」に対するタブーが日本に存在するというのは事実だが、言及さえできないというのは針小棒大だと言わざるを得ない。日本に少しでも関心がある者なら、すでに数多くの文学者と思想家、そして市民運動家が口が酸っぱくなるほど天皇制を批判してきた歴史があることぐらいはすぐにわかるだろう[35]。天皇制が日本で依然として問題であるのは単にそれを批判する知識人がいないとか、またはそれに対する批判が不可能だからではなく、数多くの批判にもかかわらず依然として、存続している複雑な歴史的条件のせいである。したがって（さらには彼が「先輩」や「友人」と呼ぶ者たちまで含め？）日本の知識人を大げさに騒いでいると貶め、軟弱な存在だと非難することぐらい不公正な態度もないだろう。

このような無理解は、次のような日本の出版界についての叙述でも容易に見いだせる。

黄晳暎　日本の出版界はいくつかのメジャー出版社に統合され、群小出版社がすべてだめになってしまいます。私たちもそのようになるのではないかと心配しますが、買い留め[36]をして列を作らせるところで資本の力の大きい方が生き残るだろうということです。群小出版社は死にます。考えても見てください。現在、一、二万部売れる若い作家たちはすべて忘れられますよ。文学すら一緒に淘汰されるんです。数人のブランド作家は名前があるから生き残れます[38]。

いくつかの大手出版社が日本の出版界を引っ張っているのは事実だが、「日本の出版界がいくつかのメジャー出版社に統合」されるという話は初耳であり、それによって群小出版社がみなだめになるという話は発話者の真摯さまで疑わしくさせる。事実は彼の主観とはまったく異なる。世界でもっとも多く中小出版社をもつ国が日本であり、彼らは大手出版社が見逃し目を向けない分野をみごとにカバーしている。また彼は日本の大手出版社が資本の力で買い留めをし列を作らせると主張するのだが、日本で買い留めは原則的に不可能である。なぜならシステムそのものがそもそもそれを不可能にしているからである（しかし韓国は違う。摘発されるのは運の悪い者だけである）。

そして話が出たついでに言っておくが、資本の力でダーティプレイをするのは日本の出版界ではなく韓国のほうである。日本ではネットでの購入であれ書店での購入であれ割引は絶対してくれないが（当たり前のことなのになぜこれほど馴染みが薄いのか）、韓国ではそうではない。一〇パーセント割引は当たり前であり、ひどいときには半額で売りさえする。このような出版環境は一般読者の本の消費パターンも変えてしまった。つまりベストセラーか否か、割引率が高いか低いかによって、本が消費されるようになった。したがって韓国国内の大手出版社は名のある作家の本には三〇〜四〇パーセントの割引率にポイントをつけて、それでも足らず購入特典（以前の作品やファンシー雑貨）を抱き合わせて売り、「人為的に」ベストセラーを作り出しているあり様である。そしてそのようにひとたび順位さえ上げておけば、後は勝手に売れてくれる[39]。

韓国の場合、本の内容がよいからベストセラーになるのではなく、資本の力がベストセラーを作る場合が多い。資金のない中小出版社の場合、このようなマーケティングそのものが不可能なので、自然と貧しい者はますます貧しく、富める者はますます富むという現象があらわれがちである。もう一度強調すれば、日本でこのようなやり方は不可能である。これを理解するには日本のベストセラー目録を見るだけで充分である。いくつかの大手出版社がベストセラーを独占している韓国とは違い、日本の場合、見慣れない名前の中小出版社の本がしばしばベストセラーリストにあがっている。むろん韓国の大手出版社も彼らなりに弁明をする。すべてはオンライン書店のせいだと。

率直に言えば、その言葉そのものは間違ってはいない。しかし、それもやはり大手出版社がそもそも本の供給をしなかったなら不可能だったであろう。だが、彼らは供給し、結局それが韓国の出版市場を歪める一助となった。では、なぜ彼らはそのような結論を下したのだろうか。理由は簡単だ。ある程度の規模をそなえた出版社には割引システムがむしろ有利だったからである。殺人的な割引と購入特典が適用される出版システムで被害を被るのは、結局中小出版社である。逆に見れば、日本で本が割引できないのは「再販制度があって」影響力のある大手出版社が割引システムを拒否したからである。おかげで中小出版社は韓国よりよい環境で本を作っており、町ごとに本屋が存在しうるのである（韓国の場合、町の本屋はほとんど絶滅状態である）[37]。

また彼は日本の場合一、二万部売れる若手作家たちは忘れられると言うが、そのようなことは絶対にない。作品さえよければ売れる部数とは別に適切な待遇をうける場所がまだ日本にはある。たとえば、若手と呼ばれてきた作家のなかで文学的に高い評価を受けている島田雅彦の場合、日本ではあまり売れない作家である。しかし彼の作品はほとんどすべての出版社から歓迎され、販売実績とは関係なく大部分が文庫で刊行されもする。そのため大衆的スポットライトはあまり浴びないかもしれないが、本が売れないからといって忘れさられることはない。また前にもすこし触れたが、日本の場合、大手出版社であるほど、売れる本だけでなく実売を見こめない本を出すのにも熱心である。

では黄晳暎《ファンソギョン》の小説を出版する韓国の代表的な出版社、創批の場合はどうだろうか。創批はなんと四〇パーセント以上の割引率（資本の力）で『パリデギ』をベストセラー一位にした。また創批はそもそも適任者でない（中国語に通じていない）黄晳暎をして『三国志』を翻訳させる世界初の出版プロジェクトさえ試みた。そして他の者が翻訳したものに黄晳暎が手を入れただけだという疑惑さえ買っている。(40) それでもその『三国志』は「黄晳暎底本完訳」というタイトルで売られている。このようなことがまともな出版行為だと言えるだろうか。では日本で（中国語に精通していない）大江健三郎が『三国志』を翻訳出版するとすればどうなるだろうか。おそらく失笑を買うであろう。しかし韓国ではそのすべてが可能である。黄晳暎という名前なら、ある歌[38]の歌詞のように《何にでもなれる》。

沈真卿《シムジンギョン》は黄晳暎との対談が失敗はしたが楽しかったと打ち明けている。ところがこの「楽しさ」が、まさに黄晳暎特有の語りに由来するものだということは、いままで見てきた通りである。たしかに彼の語りには我々を魅惑し人の心をくすぐる点がある。しかし我々を取り巻くこれらすべてのことが「語り以上のもの」を必要とするとすればどうなるだろうか。それはおそらく「楽しい経験」ではすまないだろう。なぜならその楽しさは語りに対する「批評の敗北」として記録されるだろうからである。しかしこれは単に一批評家個人の問題ではない。なぜなら黄晳暎はすでにひとりの小説家である以前にネーション－内－文学の最高栄誉である国民作家であるからだ。彼は韓国でだけは強力な防護膜に取り囲まれている。したがってネーション－内－批評が彼の語りに抵抗する方法は事実上ない。

九　わたしが張本人だ——黄皙暎対T・K生

黄皙暎は一九八四年に［本を読む村という出版社から］『張吉山《チャンギルサン》』を刊行し、翌年の一九八五年にベルリンで開かれた「第三世界文化祭」にアジア代表として参加した。そしてアメリカを経て日本に渡り半年ほど滞在する。黄皙暎はまさにこの時期に先にも触れたいわゆる日本の良心的知識人たち（大江健三郎、和田春樹、野間宏、小田実、安江良介など）と親しくなる。そして以後、黄皙暎は自分こそ彼らを韓国側に結びつけた張本人だと主張する。

このような叙述そのものに嘘はない。しかしもう少し詳しく見てみるのが、ひとまず事情を把握するのに役立つだろう。まず彼が交流したという日本の知識人たちに関して。彼が自分の交流した者たちにかなり具体的に言及するようになったきっかけは先述したように、柄谷行人・中上健次グループとの間に明確に線引きをしつつ日韓交流における前者の正当性を強調するためである。しかし彼が会った者たちが日本を代表する知識人だということには同意したとしても、彼らと韓国知識人のあいだの交流が黄皙暎を通してはじめてなされたということには、少なからぬ誇張が存在する。たとえば彼は次のように言っている。

黄皙暎　［…］光州でこの間、別世した尹漢琫《ユンハンボン》を密航させた後、一九八五年にアメリカで会って彼の組織的活動を手伝いながら、海外の運動団体を通じて日本の進歩的知識人の市民団体と連携したのもその頃です。岩波書店の雑誌『世界』は「韓国からの通信」を数年間連載しながら韓国の民主化運動を組織的に助けました(41)。

ここで『世界』という雑誌と安江良介という人物に注目することにしよう。和田春樹や大江健三郎は韓国人に聴き慣れた名前だが、安江良介という名前はそうではないように思える。しかし韓国との関係を仔細に見てみると、実は安江良介は彼らとは比べ物にならないほど重要な人物である。安江は日本の進歩的雑誌『世界』の編集長を長年歴任し(一九七二-一九八八年)、以後岩波書店社長(一九九〇-九七年)となった人物である。我々が安江良介という名前を忘れられないのは、『世界』に「韓国からの通信」というコーナーをなんと一五年間(一九七三-一九八八年)連載されるように積極的に配慮したからである。T・K生というペンネームで連載されたこのコーナー[39]は軍事政権の統制によって韓国に関する客観的情報が皆無だった当時、その状況を知ることができるほとんど唯一無二の通路であり、日本人だけでなく海外の韓国人もまたこの記事を通じて韓国の消息に接することができた(のみならず韓国に逆輸入され地下でも読まれた(42))。

この連載が与えた衝撃は大きく、連載期間のあいだ筆者であるT・K生についての数多くの憶測を生み――安江良介のペンネームがT・K生だという推測まであった――朴正熙《パクチョンヒ》政権は中央情報部職員を日本に派遣し、筆者を探し出そうとしたとまで言われる(この過程で無辜の人たちがひどい目にあった)。しかし安江良介の細心な秘密主義により筆者は無事に一五年間も連載を続けることができた（岩波書店内でも筆者が誰か安江以外誰も知らなかったと言われる）。安江は日本が韓国に行なった罪過を真面目に贖罪しようとした人物で、その第一歩として韓国の民主化のために日本が一翼を担わねばならないと考えた日本人である。したがって彼の細心の気配りはもしかすると当然なことだったかもしれない。そんな彼が一九九八年に逝去することでT・K生の秘密もまた土に埋もれることとなった。ところが彼の葬式には意外な人物が参席することになる。弔辞は安江の遺言により三名が読むことになったのだが、その三人とは坂本義和と大江健三郎、そして韓国人の池明観《チミョングァン》*であった。

池明観は二〇〇六年に出した自叙伝[43]で自分こそが「韓国からの通信」を書いた張本人、すなわちT・K生であることを明かし、当時の状況について詳しく書いている。『思想界』[40]の主幹でもあった彼が日本を知るために留学し[44]「韓国からの通信」を連載したせいで二〇年余り帰国を保留せざるをえなかった事情と、七〇〜八〇年代に日本に住みながら良心的な日本人ならびに海外の同胞たちの協力を得て、どのように母国の民主化運動を側面から支援しようとしたのかを詳述している。そのなかで関心を引くのは、彼が「韓国からの通信」を連載し続けることができたことと、熱心なキリスト教徒であったことは別個の問題ではないということである。彼が通信を書くために参考にした資料の相当数はまさにキリスト教という世界的ネットワークを通して入手したものだったからである。

ここでは七〇〜八〇年代にキリスト教ネットワークを通じてなされた海外在留韓国人の間接的な民主化運動について詳しくは見ない。だが、この点だけは指摘したい。すなわち黄晳暎《ファンソギョン》の言葉のように日本の知識人または良心的日本人と韓国との連帯がいわゆる「水」でのみなされたのではないということである。したがってまるで自分がなにか歴史的流れを結びつけた主役であるように主張し、それ以外の「水」を疑わしいものとみなすのは、実際に彼が行なった正当な役割まで疑わしくさせると。また実のところ彼が韓国との関係で良心的な知識人としてあげた人物のうちの相当数（特に文学者）は、彼が考えるほど韓国に関心があるわけではない。たとえば、彼が尊敬する「先輩」大江健三郎の場合、態度そのものだけをみるときは文句のつけようがないのは事実だが――彼の礼儀正しさはあまりにも有名である――彼の真面目さは日本で何度も問題になったことを思い浮かべる必要がある。このような事情をよく知らない者は「日本の良心」といえば大江健三郎を思い浮かべるかもしれないが。

一〇　語りを越えて――大江健三郎をめぐって

文学者（小説家）は他の何よりも彼が書く文学（小説）で評価されなければならない。いまこの主張に異議を唱える者はいないだろう。しかしそれはあくまでも文学（小説）以外に別のことを書きもせず発言もしないときだけである（むろん、それはほとんど不可能である）。自ら文学外的発言や行為をする場合は違う。そのときはたとえ彼が文学者だとしても文学外的な部分については正当な評価を受けねばならない。我々が李《イ》文烈《ムニョル》や黄晳暎《ファンソギョン》について文学外的評価を下すのをためらわないのもそのためである。そしてその場合それはけっして文学内的評価より劣る（より重要でない）ものではない。なぜなら――当たり前すぎることだが――文学者の文学外的行為は、文学内的行為とけっして分けて考えられないからである。たとえば朝鮮日報を批判しながら朝鮮日報主催の文学賞をもらったら、それはけっして「文学内的な」評価だけで解決されうる問題ではない。

日本のジャーナリスト本多勝一が大江健三郎に疑問を呈したのは、まさに右のような理由によってである。一九六八年当時五〇万人に達する米軍はベトナムと必死の戦闘をしていた。これにより触発された反戦運動は当事国である米国を越えて全世界に広がり、日本では〈べ平連〉（ベトナムに平和を！　市民連合）がその運動を引っ張っていった。大江健三郎はこの運動に協力的であり、アメリカはもちろんのこと、それに同調した日本政府（佐藤栄作首相）に強烈に抗議する演説もした。ところがその運動に冷水を浴びせる雑誌があったのだが、それこそが『週刊新潮』である。問題は『週刊新潮』の批判が「言論の自由」という次元でなされたというよりは、べ平連の中心人物の私生活やスキャンダルを暴露することで彼らの道徳性に傷を負わせるというやり方だったという点である。日本文学に少しでも関心がある人なら誰もが知っている事実だが、新潮社は日本文学を主に出版する大手文芸出版社のひとつであり、たくさんの文学者が同社から本を出したり、また同社が発行する雑誌に寄稿したりしていた。

このような状況で本多勝一が抱いた疑問は、次のようなものだった。新潮社からベストセラーを出している作家大江健三郎なら――当時彼は人気作家でありベストセラー作家であった――このとんでもない攻撃に対してどんなやり方であれ出版社に影響力を行使することができるはずなのに、なぜそうせずに新潮社から本を出し続け、またその出版社の発行する文芸誌に書いたりするのだろうか。しかしこのような矛盾した態度はこのときだけではなかった。一九八二年に大江健三郎をはじめとする文学者が集まって〈核戦争の危機を訴える文学者の声明〉を発表するのだが、当時文藝春秋は自社で発行する論壇誌『諸君！』を中心に「反・反核」を主張し〈反核声明〉を執拗に非難した(45)。それにもかかわらず多くのいわゆる良心的日本文学者は、文藝春秋主催の賞をもらったり審査委員を引き受けたりしており、大江健三郎もそのひとりであった。むろん文学外的発言を自制する純文学主義者や、まだ無名で出版界に色目を使わねばならない新人作家なら見逃してもらえないでもない。しかし大江健三郎ほどのブランドネームなら事情は違ってくる。そのうえ彼が文学外的発言に積極的な人物ならなおさらそうである。

本多は大江のそのような二重性を次のように要約している。

> 反体制の組織なり運動なりには講演会や募金で協力し、対立する体制側の代表的メディアにはベストセラーで協力して、体制・反体制の双方に「いい顔」をみせる。「体制の枠内にいて、しかし反体制の批判も封ずる」ともいえよう(46)。（傍点原文）

本多は大江が日本の文化勲章は断り、ノーベル文学賞をもらったこともまたこのような二重性をよく示していると見る。すなわち大江は日本の天皇が与える賞は拒絶し、スウェーデンの国王がくれる賞はもらうというのだが、問題は一九六〇年代後半に彼と敵対した首相の佐藤栄作もまたこの賞（ノーベル平和賞）をもらったということである。大江はかつて自分が強く批判した人物と仲良く同じ賞をもらったというわけだ（考えの異なる人物が同じ賞をもらったのだから日本も「脱政治の時代」が始まったのだろうか）。ノーベル賞の問題点はすでにずっと前から提起されている。しかしその内容を見てみると思ったよりずっと深刻だということがわかる。そのなかで特に論争になるのがまさに文学賞と平和賞である。問題はにもかかわらず多くの良心的な知識人がこの賞をもらうため熱心にロビー活動をしているということである（大江健三郎もむろん例外ではない）。したがってもし韓国からノーベル文学賞受賞者が出るなら、当然最近になって海外に長期滞在をしつつ、（「第三世界文学」を主張しながらも）主に西欧文学者や出版界の人士と親しくしている高銀《コウン》と黄皙暎《ファンソギョン》のどちらかが第一号となるであろう[47]。

　本多勝一の批判を全的に受け入れる必要はない。またそれが大江健三郎の文学を判断するに際してのバイアスとなっても困る。しかしひとつだけは明らかだと思う。黄皙暎が擁護する日本の良心的知識人、または文学的先輩というイメージから我々が自由である必要があるということである。最近勢いのある日本文学批判を見てみると、一様に「日本文学は大江健三郎を最後に終った」と主張しているのだが、これはつまり大江健三郎までは彼らが考える「文学」に近かったが、それ以後は大衆文学にすぎないという話である。ところが問題はこのように「大江健三郎」の名前を乱発する者にかぎって実際大江文学について具体的な言及をする者がただのひとりもいないということである（これは黄皙暎も同様だ）。それだから現在の状況――韓国文学の萎縮と日本文学の復興――を批判するため、ノーベル文学賞受賞者という権威を借りて適当にすべてのことを裁断しているという印象しかしない。事実もっとも洗練された批判は直接的に日本文学を批判するというよりは――そうする場合無理がともなうので――特定の日本文学者（権威がある作家ならいっそう良い）をして自ら日本文学を否定せしめるようにすることである。倭を以て倭を制す？ たとえば、大江健三郎をして村上春樹を批判させるというふうに。しかし真実は正反対である。大江健三郎は村上春樹をすぐれた作家だと評価している。

そしてそのとき、「水」が同じではないといって「別の水」を容易に「笑うべきもの」として無視してはいけない理由がもうひとつ生じる。見方によっては彼の（または私の）「水」こそ「笑うべきもの」であったかもしれないからである。話の中心は当然語り手である。しかしだからといって世界の中心が語り手の位置に移ってくるのではない。ところが語りはたびたび自分の位置を忘れて自らを誇張しがちであるので、いかにもっともらしく面白くてもユーモアにいたらない。なぜならユーモアとはそのような忘却や誇張から抜け出して自らを客観化させうる態度を意味するからである。

一一 「長雨」をめぐって――尹興吉と中上健次

私は第九節の冒頭で黄皙暎《ファンソギョン》の一九八五年の足取りを次のように要約した。《黄皙暎は一九八四年に『張吉山《チャンギルサン》』を刊行し、翌年の一九八五年にベルリンで開かれた「第三世界文化祭」にアジア代表として参加した。そしてアメリカを経て日本に渡り半年ほど滞在する》。この部分で次のような事実をもうひとつ指摘する必要がある。その「第三世界文化祭」（ホリゾントフェスティバル、West-Berliner Festivals Horizonte）に参加した韓国の作家がもうひとりいたのだが、その人物こそ黄晳暎より一歳上の尹興吉《ユンフンギル》*である。よく尹興吉は趙世熙《チョセヒ》*、黄晳暎とともに七〇年代に韓国の小説界を引っ張ったトロイカの一人と呼ばれるが、いまは趙世熙や黄晳暎と比べると相対的になおざりにされている感がある。その理由としてはいくつかあるだろうが、ベルリンから帰国した直後左半身麻痺とそれによる後遺症のためにしばらく正常な活動が不可能だったのがもっとも大きい。ここでは尹興吉を再評価するつもりはない。かわりに彼について話すときには欠かすことのできないひとりの日本の小説家を議論の中心に引き入れることにする。その小説家とは、前にも名前のあがった中上健次である。事実、尹興吉をベルリンに来るように取りはからったのもまさに彼だったという。

　金允植《キムユンシク》が指摘しているように、日韓文学間交流にあって画期的な里程標は誰が何といっても尹興吉と中上健次の出会いである(48)。それ以前にも交流がまったくなかったわけではないが、韓国と日本のトップクラスの作家のあいだに緊張感のある友情が芽生えたのは、おそらくこれが最初で最後ではないか。むろん最近それと似たようなことがまったくなかったわけではないが——たとえば孔枝泳《コンジヨン》*と辻仁成[41]、そして申京淑《シンギョンスク》と津島佑子のあいだで[42]——すべて儀礼的な行事に終った印象がある。したがって日韓の文学の両側に役立つ真の交流がなされたとみるのは難しい。しかし尹興吉と中上健次のあいだの文学的友情はそれらとは質的に違うものであったし、実際両国の文学に少なからぬ波紋を投げかけた（相対的に韓国側の反応は微弱だったが）。尹興吉の小説「長雨」

を読んで衝撃を受けた中上は彼の小説が日本語で出版されるよう尽力し、実際日本語版が出ると我々が考えるよりはるかに大きな関心を集めた。特に『長雨』という題で出た短篇小説集は書評も多く書かれ[43]、商業的にも成功した。[49]

黄晳暎《ファンソギョン》は、(政府の支援を得て名もない出版社から翻訳書を出す恩着せがましい海外出版ではなく)著名な外国出版社を通じて刊行され、一般読者でも手に入れられる韓国文学は自分がはじめてだと主張し、《我が国の文学はいまやっと世界の読者に向けて窓を開いたとでも言おうか》[50]と自慢げに言うのだが、これは事実と異なる。たしかに黄晳暎の作品群が政府の支援によるゴリ押しの海外への紹介でないのはたしかだが、話を日本にかぎれば日本で刊行された彼のどの作品も「長雨」を凌駕する影響力を発揮できなかった。[51]事実日本人にとって黄晳暎は「世界文学」的普遍性を具現した作家というよりは「韓国」という歴史的特殊性を全身で体現した作家として受け取られた。すなわち受容において作品よりは彼の作家としての生きざまが大きく作用したのが事実である。八〇年代にすでに翻訳されていた彼の代表作(「客地」、「韓氏年代記」[44]など)が自国でとは異なりそれほど注目をされなかったのもこれと無関係ではない。しかし彼の小説が日本で通じないのは単にそのせいだけではない(これについては後で述べる)。ともかく結果だけを言うなら、日本の読者は黄晳暎の小説のかわりに——趙世熙《チョセヒ》の小説もすでに翻訳されていた——尹興吉《ユンフンギル》の小説を選んだのである。

むろん、これについてさまざまに批判することができる。中上健次などの日本人たちが黄晳暎や趙世熙でなく尹興吉、その中でも特に「長雨」に注目したのは韓国的土俗性のような異国的感性に魅せられたためだろうというように。しかしこの作品に窺える土俗性が韓国的特殊性を軽々と飛び越えて、ある普遍性にまで届いている点を鑑みたとき、そのような批判は一面を誇張したものにすぎない（これを理解するには金東里《キムドンニ》*の土俗性と尹興吉の土俗性を比べることだけで充分である）。では、日本人中上健次はなぜ「長雨」（または「長雨」系統の作品）に熱狂したのだろうか。これを理解するためには彼が別系統の作品、「九足の靴を残した男」をGI文化の一部だと強く批判したことに注目しなければならない。ではなぜ中上は後者を批判し前者を高くもちあげたのだろうか(52)。

実はこの問いを最初に投げかけたのは尹興吉自身だった。彼は韓国人が日本小説を読むとき「日本的なもの」を探し求めるように、日本人もまたそうするのではないかと、中上健次に問う。

中上　［…］僕が圧倒的な共感をもつのは、やっぱり『長雨』とか『黄昏の家』とか、人物をしっかり描き込んだものの系列なんですよね。『九足の靴を残した男』といえば、日本の分類ではテーマ小説、あるいはプロレタリア文学の系譜ですよね。社会問題をあつかった小説は幾つもありますから、ある意味で知識人のふりをしている、いわゆるもう随分前に壊れたはずの〝知性〟をもとに知的な操作をしている小説と読めるんですよ。［…］

尹　同じ話をほかの日本の作家についても言えると思います。

私が読んだ日本の小説の中では、われわれが日本の作家の作品に期待するのはやっぱり特に日本的なものとか、そういうものがあらわれているのを読みたいと思うわけです。中上さんが、私の作品にどういうことを期待するのかというのは十分理解しますけれども、作家の存在というのはもともとは個性的なものというのが重要なもので、その次に民族としての存在、国家の一つの構成員としての存在というのがあるでしょう?

中上　確かに紋切型ふうに、いや評論家ふうに言えばそうなるかもしれませんが、僕がここで言いたいのは〝作家の存在〟とか〝個性〟とかというすでに自明の事としてあることを疑うということでもあるんです。尹興吉の『長雨』が衝撃力を持つのは、〝個性〟とか〝作家存在〟とかが破砕されていたということの発見でもあるんですよ。[…]

　ひとつ言えば、アメリカからもたらされたもの、さっきあなたがGI文化と言ったそういうものというのは、単にこんなビルや日韓両国共にどんどん建てられているマンションとか、コンピューターとか科学技術とか、そんなものだけじゃないんです。小説、「文学」というのも、アメリカあるいはヨーロッパから経由してるわけでしょう。そうすると、特にたとえば『九足の靴を残した男』はその「文学」の範疇にあるということです。

[…]

ところが韓国の小説、韓国の「文学」が面白いのは、尹興吉の『長雨』を読んで思うのですが、「近代文学」というパースペクティブの欠けたところにいる。(53)

互いにピントが少しずつずれた右の対談を詳しく見てみると、中上が「長雨」に注目した理由がかなり自覚的だということ(異国的なものに対する関心以上だということ)がわかる。それによると韓国文学、特に尹興吉《ユンフンギル》の「長雨」がそれほど衝撃的だったのは「近代文学」というパースペクティブが欠如しているせいであった。つまり「長雨」には驚くべきことに近代文学で当然視されているものが不在だという意味である。これを近代文学の理念をある程度成就した国の作家がそうでない国の文学を巧妙に見下す論理ではないかと批判する者がいるかもしれない。しかし問題はそれほど簡単ではない。なぜなら中上はそのような欠如を、欠如と見ていないからである。

たとえば、中上は日本文学が一本の布が織られるように線として変転して来たのに反して、韓国文学は線としてではなく面として、《一切か無か》といううねりとしてあって、今と百年前、ここあそこが同時にあるような形をとっていると主張するのだが、彼がこの考えをするようになったのはパンソリに対する彼の格別な愛情と関連がある。すなわちパンソリで物語られる「得音」[45]（一切か無か）を作家の個性が消滅する境地として理解する彼は、これを韓国文学の本質と結びつけているのである。これに比べて、日本文学はプロレタリア文学と新感覚派文学が相次いでいるように文学的個性の系譜からなっているにすぎないと主張する。この区別が意図するのは明らかである。すなわち「九足の靴を残した男」のような小説は日本でも容易に出会える線的な小説だとすれば、「長雨」はほとんど見いだせない面的な小説だというのである。

しかし残念なことに尹興吉は中上が何を言おうとしているのかをよく理解できていないようである。中上が一貫して「近代文学」の自明性を批判しているにもかかわらず、彼は逆にそれを擁護する立場を固守しているのがその証拠である。このような態度はむろん基本的には作家の自分の作品に対する防御と直結する。しかし他方ではそれは「九足の靴を残した男」に対する尹興吉の格別な愛情のせいだというよりは、当時の韓国文学の重要な流れだった社会派小説を意識した発言として見なければならない。すなわち彼が中上の論理をありのままに肯定すると、彼の小説の一部だけではなく当時の韓国小説の主要な流れそのもの（黄皙暎《ファンソギョン》や趙世熙《チョセヒ》の小説）をすべて否定せざるをえない状況になるという状況判断があったのである。

尹　［…］韓国の国内で『九足の靴……』という作品を書いたというのは、ぜんぜん異常なことではない。外国人が読んだ場合と観点がちがう。あなたが感じているようには、韓国人は受け取らない。
中上　どんなふうに受け取られたんでしょうか？
尹　切迫した現実というもの、そのものを描いたんで、それを掘り下げるのがもっとも大事な仕事だと考えています。それは当然のこととして受け取られるわけです。
中上　だけど、切迫した現実というのは何なんだろうか？
尹　人間が人間の価値をぜんぜん認定しないで、人間性というものが全部無視されたままで、社会の流れというものにまきこまれていくようなものとしてあるという、そういう現実です。
中上　だから、僕はそこがぜんぜんちがうところなんですよ。というのは、僕は、人間なんていうのは、人間とか人間性とかいうのは、これもＧＩ文化だと思うんです。
［…］
人間というのはイデオロギーです。われわれは人間よりももっと肉体を持っている。膚をも

ち血をもっている、いってみれば闇があれば恐ろしいし、われわれの頭で考えられないことが起ると神様がいるんじゃないかと思ったりする。われわれは人間よりももっと生きた存在です。(54)

ここにも尹興吉《ユンフンギル》の頭の中に存在する「近代文学」という観念を壊そうとつとめる中上の姿を見いだせる。だが当然それは簡単ではない。ところで興味深いのは当時尹興吉としては到底受け入れられなかった主張がいまでは常識として通用しているという点である。そしてそのような変化にもっとも大きく寄与したのは、誰が何と言おうと中上健次の盟友であった柄谷行人である。柄谷の著書『日本近代文学の起源』が韓国に翻訳されて以後、もう誰も「近代文学」を自明なものと考えられなくなった。しかし万事そうであるが、「常識へと変質する過程」はつねにその真の意味が隠蔽される過程と絡み合っている。

つまり、韓国の文学者は知識としては「近代文学の自明性」を疑いながらも、文学の現実的条件（システム）下ではどんな「懐疑」もしない。逆にその「懐疑」そのものが「常識的なもの」としてけなされ、その過程で雷管が除去された「懐疑」はかえって近代文学をいっそう強化する機制として働くようになる。そしてまさにそのせいで数限りなく同書を引用しながらもそのような「起源」批判がもつ、より本質的な意味（起源が見えるということはそれが終焉にいたったということ）に考えがいたらないのである。(55) したがって「近代文学の終焉」というテーゼが定式として提出されると、誰もがいまさらながら驚いた表情をしたのである。

だとすれば次のように言えるだろう。中上健次が韓国で探し求めていたのは、そして彼が「長雨」で見出したのはもしかすると「近代文学の終焉」と関係がなかっただろうか。これに関して次のような明白な事実をおさえておかねばならない。尹興吉《ユンフンギル》の短篇小説集『長雨』が日本で出版され話題になった年（一九七九年）は村上春樹の処女作『風の歌を聴け』が出た年でもある。性格が完全に異なるこの二作品が同時に登場したことは、単に偶然の一致と言ってすませられない何かがある。実際文芸評論家の秋山駿は一九七九年五月二五日付〈読売新聞〉の「文芸時評」で両作品をならべて言及している(56)。

そこにおいて秋山はまず当時の時代的状況を「イメージを喪失した日常」とみなし、最近の小説にはいまの現実を照明するに足る本当の現実感が欠けていると批判する。そして尹興吉の作品集「長雨」をあげてそれらと対比している。《この作品集は、その鮮烈な現実感によって、稀薄な日常をしか描かぬわれわれの今日の小説の弱点を、正確についている(57)》と前提したあとで、戦争という言葉を手で覆ってしまったら、今日の日本のどこかの地方にありそうな生活の光景がまことにリアリスティックに描かれているとつけくわえる。つまり、当時の日本の小説より尹興吉の小説に日本の現実感を見出しているのである。そのあとで彼はこのような「長雨」と対照的であったので面白かった作品として、村上春樹の『風の歌を聴け』をあげている。

尹氏のが、現実の重さを探求したものだとすれば、これは、現実のいわば軽さを、明晰に即興演奏したものである。

逆説的にいえばこれは、尹氏とは対照的な角度で、われわれの直面する今日の現実というものの感触を、鮮やかに切り取ったものだ。きわめて意識的な制作で、作者は、単に日常を描くのではなく、現実感という手ごたえのない日常の、その空虚さを、音符の配列のように構成している。(58)

ここでは秋山が現実感の把握の仕方で尹興吉的なもの（重さ）と村上春樹的なもの（軽さ）を比較しながら、前者ほどではないが後者にも一定の意味を与えていることがわかる。《この日常の軽さの把握は、われわれが抱く生の、生存の本当のリアリティに、そのまま直結するものであろうか？》[46]というのである。言葉を換えると、一九七九年の日本で近代小説の新たな可能性は右のふたつで提示されていたのだが、問題はそのうち実際可能だったのが後者だったということだ。これは柄谷の「近代文学の終焉」を村上春樹の小説と関連させて考えることができるなら、尹興吉は日本の文学者にまた別の意味で近代文学の限界と関連した指標として受け取られたという意味でもある。では、村上春樹とは異なる、尹興吉つまり「長雨」の力（可能性）とはいったい何か。日韓の間でなされた「長雨」をめぐる論争の核心はまさにここにあると言える。すなわちそれは単によく出来た小説一篇が外国で認められた程度の問題ではなかったということである。

ここで中上健次の面白い指摘をもうひとつ見てみることにしよう。中上は日本文学と韓国文学の違いについて述べつつ、日本近代文学には伝統という抑圧が存在するのに反して、韓国近代文学はそうではないようだと言ったあと、その原因を文字のレベルに求めている。すなわち日本の場合（漢字に由来する）かな文字で書かれた文学が千年以上続いてきたためにつねに根源（過去）に遡及する傾向があるのに反して、韓国は世界的に類例がない人工語である「ハングル」によって決定的断絶がなされたので、日本のような伝統という抑圧が不在だというのである。[59] そして彼はその証拠として日本近代文学には小大家（夏目漱石、芥川龍之介、太宰治など）が多いのに反して、韓国にはそのような小大家がいないということをあげている。[60]

たしかに韓国で作家になるということは伝統から自由になるということを意味する。「文学史的に」（！）高く評価されている作家がいないわけではないが、彼らがいまの作家に与える影響は皆無である（したがっていまの作家は主に外国作家から影響を受ける）。たとえば、廉想渉《ヨムサンソプ》*や李《イ》箱《サン》*について「影響への不安」を感じる韓国の小説家はいない。しかしこれは他方で「韓国文学の貧しさ」を意味するものでもある。この見解に対する尹興吉《ユンフンギル》の応答は比較的単純である。韓国文学に大家がいないのは植民地時代の抑圧（韓国語禁止政策）のような外的環境のせいであり、現在韓国の文学は育成の段階だと述べる。これは発展途上中の韓国文学にもいつかは大家が出てきうるという意味である。しかし近代文学というものが人為的に育成してできるものなのだろうか。つまり、文学の発展も自動車工場を建てたり半導体を作るように投資とシステム設備によって可能なものなのだろうか。中上が言っているのは当然それとはまったく無縁のことである。

最近『文学トンネ』編集委員の南真《ナムジ》祐《ヌ》*は「近代文学の終焉」を批判しつつ、韓国文学はまだ近代にもいたっていないため――その証拠として彼は外国の書店に韓国文学がほとんど置かれていないことをあげる――「終焉」という語は妥当ではないと非難しながら、韓国文学はそのような言葉に迷わされずに近代に向かって我が道を進めばよいと主張する。(61)ところでこのような主張の裏には、世界文学の仲間入りをした文学だけが真の近代文学であるという、とても単純素朴な論理があるだけだ。すなわち彼は西欧に認められた文学だけが「世界文学」であり、またそのように認められたときだけまともな「近代文学」となると言っているのである。しかしこのような他者指向的な（西欧中心的な）文学観は現実には一片の説得力をもちえるかもしれないが、「世界文学」や「近代文学」という概念に対する無理解をあらわす端的な例であり、「近代文学の終焉」を克服するためには個々人の努力が必要だという黄晳暎《ファンソギョン》の理解レベルと甲乙つけがたい。

一二　根底という幻想——尹興吉と黄晳暎

中上健次と柄谷行人の間にあった文学的交流ないし友情はあまりに有名なので、あらためて指摘する必要さえないほどである。目ざとい読者は先に見た中上健次の発言のなかに「柄谷行人」の影を見出すだろう。実際柄谷は右の中上と尹興吉の対談（一九八〇）が行なわれた前年（一九七九年）に「根底の不在」を発表するのだが、これは柄谷が韓国文学を直接論じたほとんど唯一の評論として注目を要する。では具体的に彼が尹興吉の作品をどう見ているかを見てみることにしよう。

柄谷はまず「長雨」が韓国文学史や韓国の同時代の文学に占める位置についてはよく知らないと断ったうえで、李恢成に代表される在日朝鮮人文学と比べたときひじょうに新鮮で刺激的で、なぜ中上健次が衝撃を受けたのか理解できたと述べる。このような評価は在日朝鮮人文学の場合、日本内の少数者が書いたにもかかわらず基本的に戦後日本文学のプロブレマティークをそのまま踏襲しているために素材以外には何一つ新鮮なものはないという批判の遠まわしな表現でもある。ところがこのわかりにくい批判は単に在日朝鮮人文学にのみあてはまるのではない。柄谷は当時日本でもっともよく知られている韓国人文学者であった金芝河《キムジハ》さえ批判のやり玉にあげる。

日本や欧米では、韓国の文学者として、金芝河がよく知られている。なるほど彼の詩と行動は、韓国の政治体制とまっこうから対立している。が、私が予感するのは、そんな明瞭な「対立」の構図をとるかわりに、「対立」としてあるような地平をひそかにはぐらかし移動させようとするような書き手の存在である。重要なのは、対立や転倒ではなく、いわば移動である。〔…〕私がマルクス論で書こうとしたことの一つは、マルクスによるヘーゲルの批判がその「転倒」ではなく微妙な「移動」だということだったが、実際「対立」や「転倒」はだれにも明瞭なのに、「移動」はわかりにくい。また、「移動」は正体不明で、いかがわしい。(62)

ここでは彼の金芝河評価そのものを問題にはしない。かわりに金芝河を積極的に擁護した大江健三郎と、留保をあらわした柄谷行人のあいだに存在する距離だけは指摘しておきたい。なぜならこの違いは金芝河のかわりに黄晳暎《ファンソギョン》を代入してもそのままあてはまるからである。つまり、〈黄晳暎－金芝河－大江健三郎〉対〈尹興吉《ユンフンギル》－中上健次－柄谷行人〉の差異は単に「水」が違うという皮相的な発言で理解できる性質のものではない。それはもっと根本的な問題であって、一言で言うと日韓の関係をどのように見るのかの違いでもある。先に見たように黄晳暎の日本観は韓国との絶対的差異にもとづいている。すなわち韓国と日本の間に互いに渡ることのできない河が存在すると見ている（「要約すると日本は天皇制の問題ひとつとってみても解決できない軟弱な国であり、韓国は民衆の抵抗意志が息づいている健康な国だ」）。このような認識は実のところ大江健三郎にも見いだせる。彼が韓国に関心をいだいて韓国人に最大限の敬意を表するのは、黄晳暎とは違う意味でそのような絶対的差異を強く意識しているからである。

しかし中上健次と柄谷行人は彼らとはまったく異なるやり方で韓国に対している。すなわち彼らは日本人が韓国に韓国を見出すこと自体を自己欺瞞と見ているのである。なぜならそれは結局「自己同一性」を確保してゆく過程の一部にすぎないからである。そのため彼らは堂々と、韓国に見出すのは韓国ではなく日本だと言っているのである。中上が《韓国こそ日本の文化の最後のテキストだ(63)》と言ったのもその意味においてである。すなわち彼らは日本人という自己同一性が危うくなる地点にいたるまで日韓の共通性を確保してみることにより、逆に最低限に存在する「微妙な差異」を見出そうとするのである。これは彼らの「韓国」に対する関心が、先進国の市民が途上国の市民に対してもつ優越感や、適当なジェスチャーで自分の政治的／倫理的正当性を安全に確保することとはまったく無縁だということを意味する（しかしまさにそのせいで、彼らが韓国の知識人の誤解を招くのも事実である）。すなわち彼らにおいて「韓国」という存在は、韓国人自身が考えるより根源的である。これに関して柄谷は次のように述べている。

私が朝鮮とりわけ韓国のことを考えるようになったのは、アメリカにいたときだった。外国にいれば、だれでも日本・日本人・日本語について否応なく考えさせられる。つまり、西洋と日本、中国と日本といったことを考えるのだが、私はあるときそれはおかしいと思いはじめた。一つには、それは私が東アジア学科というところに所属していたせいもある。私は日本にいるときもたなかった「東アジア」という視点を、具体的な人間関係の上でももったのである。たとえば、日本人が自らの固有性として考えてしまうものは、ほとんど朝鮮人にもあてはまる。日本語では敬語が本質的なものであるといったところで、朝鮮語もそうなのだ。氾濫するあの「日本人論」や「日本語論」は、たえず西洋と日本、中国と日本との差異（対立）性を明確化し、そのことによって、日本人の自己同一性を確保する。ところが、朝鮮人や朝鮮語が介在してくると、純粋に「日本的なもの」など存在できない。それは、困ったことに、日本人のアイデンティティをぐらつかせる。おそらく日本人の朝鮮人に対する差別意識の底にはそれがある。現在でも、日本の知識人が朝鮮民主主義人民共和国に好意をもち韓国を嫌悪するのは、後者が日本に類似しているからだ。(64)

ここで柄谷がなぜ（どのようにして）韓国に関心を抱くようになったのかがわかる。ところでそれに付け加えて注目すべきことは、当時日本の知識人が北朝鮮と韓国に対してとった態度の違いである。大雑把にいうと、当時日本を代表する論壇誌としては先にも何度か触れた『世界』と『諸君！』をあげることができるのだが、前者が進歩陣営を代表する雑誌だとするなら、後者は保守陣営を代表する雑誌だった。先に黄晳暎《ファンソギョン》が言及した安保闘争世代の人脈をはじめとする、いわゆる進歩的知識人は大部分『世界』を中心に活動していた。問題は『世界』が北朝鮮と韓国に対してとった相異なる態度である。『世界』は北朝鮮に対しては最大限好意的な記事を載せたのに反して、韓国に対しては終始一貫否定的な立場をあらわしたのである。したがって当時日本の知識人が北朝鮮に行くことはまったく瑕にならない行動だったのに反して、韓国に行くといろいろそしりを受けやすかった。軍事政権を認めるのか、または彼らの賄賂をもらったのかなどと言われたのだった。一言で言うと、それは「知的（または文学的）生命」を賭ける行為だった。したがってこの雰囲気に我関せずと韓国に渡った中上健次が、しばらく韓国中央情報部の賄賂を受け取ったというふうな馬鹿げた誤解を受けたのも無理はない。柄谷はまさにこのような雰囲気に浸っていた当時の日本の知識人の自己欺瞞に強く疑問を提起したのである。

ここで一九九七年に行なわれた柄谷行人と白楽晴《ペクナクチョン》の対談を見てみよう。(65) なぜなら、当時中上と柄谷が日本の知識人社会で占めていた位置が推察できるからである。この対談の冒頭で柄谷が次のように言っている。

たとえば、この六月に私の『日本近代文学の起源』の韓国語訳が出版されたとき、韓国の或る人たちから、私の本が日本で、どうして岩波書店からではなく、講談社から出ているのかという質問を受けました。そのとき感じたのは日本の出版状況なり、知的状況なりを彼らが知らないというわけではなく、むしろ知っているのだけれども、その知り方に奇妙な誤解を生む原因があるのではないか、ということです。今日、ここでわれわれが行っているこの種のコミュニケーションが今までなかったことがそういった原因の一つだろうと思います。

岩波書店というと、たとえば、一九六〇年代以降、そこから出ている『世界』という雑誌は日本のインテリのあいだではほとんど読まれていない。私もこの三〇年間、ほとんど読んだ記憶がありません。むろん、岩波書店自身は良質の本を出版してきた長い歴史を持っているし、実際、私も岩波書店から出ている本はよく読んでいます。しかし、そのことと『世界』という雑誌が知的状況に影響力を与えていると言えるほどに読まれているかどうかは全く別問題です。象徴的に言ってしまうと、六〇年代以降の日本の知識人は岩波文化に対する否定から出発したと言っていい。それがよかったかどうかはまた別の問題ですが、日本における韓国の政治的、知的諸問題はそれこそその『世界』ないしその周辺にあるメディアに偏って日本に紹介されている結果、韓国をめぐる問題が日本の知的読者からは縁遠いものになってしまった。要するに、ある閉じられた空間のなかでだけ語られて、その外部に伝わっていかないという状況が出来上がってしまったと私は思います。

『批評空間』は単純化して言うと、いわば非岩波的なところでやってきた知識人の活動のなかから成立した近年の産物です[66]。

ここで柄谷の主張を鵜呑みにする必要はない(これについて正確に推論することは明らかに日本の知識人社会を理解するにあたってひじょうに重要な問題ではあるが、本書の範囲を越える)。

しかし少なくとも次のような事実には注目せざるをえない。日本の知識人社会で岩波書店がもつ権威は今も昔も変わりないが、六〇年代以後知識人社会は逆にそのような岩波に対する反作用で形成されたということと、『世界』という雑誌が物心両面で韓国の民主化を支援したのは事実だが、他方では日本で朝鮮（北朝鮮／韓国）に対する真摯な議論を事実上独占することで偏った認識と偏狭な視角を助長したということである。これはつまり黄皙暎《ファンソギョン》が言う「自分の水」（『世界』や岩波中心）と文芸サロンを対置させることで当時の日本の知識人社会を説明するのは難しいということを意味する。だとすれば、当然きわめて制限された経験と知識をふりかざして「近代文学の終焉」を他人の家で起きた笑うべき騒動とけなすことぐらい向こう見ずな態度もないだろう。

　では今度は具体的に柄谷が「長雨」をどう見ているのか見てみよう。彼はひとまず「長雨」と比較しうる日本の作品として大江健三郎の「飼育」と深沢七郎の「笛吹川」をあげ、この三作品すべてが戦争から一定の「距離」を維持しており、限定された政治的意味を越えているとみる。しかし他方でこれら日本の作品と「長雨」のあいだには根本的な差異が存在しており、まさにそれこそが自分に衝撃を与えたと打ち明ける。

> 「長雨」から受ける衝撃は、おそらく次のように要約しうる。それは、朝鮮には「根底」がない、ということだ。むろん日本にはそれがあるというのではなく、日本には「根底」という幻想があるということである。日本人あるいは日本の文学に自己同一性を与えているこの「根底」への信仰は、むろん島国性が与えたものにすぎない。たとえば、「長雨」のなかで降

りつづける雨は、何かを象徴するというよりも、逆にそれが含意性をもたないために、私にとって新鮮だった。というのは、われわれは無意識に長雨＝眺めという連想結合をもっているからだ。つまり、われわれが根底とみなすような「自然」は十分に文学的なのだ。それに対して、「長雨」における長雨は歴史に対立する自然として在るようにみえる。文字通り雨が降っているという感じがする。(67)

「根底」がないということ、いや「根底」という幻想がないということは、中上の表現を借りれば「近代的パースペクティブ」が不在だということを意味する。雨は雨にすぎず、それがどんな象徴的意味ももっていないということ。これは「長雨」の自然が発明された「自然」ではなくあるがままの――なんの知的操作も行なわれていない――「自然」であるということだ。しかしここで注意すべきことは、だからといって「長雨」にまだ文明化されていない（純粋な）「自然」が存在するという意味ではないということだ。事実柄谷や中上の「長雨」読解はけっして中立的で（客観的で）はない――これは彼ら自身も何度も強調する事実である。彼らの解釈はむしろ「日本」という自国を強く意識したときに可能なものである。そのため彼らの「長雨」解釈は日本（文学）という相対的存在（比較対象）を取り除くとすぐにその意味を失うものでもありえる。したがって彼らの解釈がもつ正当性（客観性）を問題にするよりは、その解釈を通して韓国と日本の文学的特徴がどのように再構成されているかを見てみるほうが生産的であるだろう。(68)

「根底の不在」という微妙な違いをあげてくる柄谷の意図は自明である。彼は《朝鮮は「外国」

の一つではありえない。それは、われわれにとって、最も微妙な地点で自己同一性を危うくする存在である。『長雨』を読みながら、私はあらためてそのことを考えた[47]》というのだが、これは「長雨」を通じてそれまで認識できなかった――自明だと考えていた――日本の特徴をあらためて見出したということでもある。たとえば、彼は「長雨」でもっともわからないこととして親族関係をあげている。すなわち（本家と分家の仲が親密な）「長雨」の「横」の連帯に彼はとても驚いたのである。日本の場合、親族関係が本家－分家という支配関係のかたちをとっており、まさにそのせいでつねに分家は本家の支配から逃れようとする傾向がある。したがって一家族が空間的に広がるとか、時間的に存続するとかせず三代より先ははっきりしないと言う。ではなぜ韓国はそのように親族意識が強いのであろうか。これについて柄谷は次のような解釈を下す。それは合理的でデモクラティックだからというのである。そしてこれを儒教の定着と結びつけて、日本でただの「観念」にすぎなかった儒教が朝鮮で確固たる根を下ろしたのはまさにそのような下地があったからだと主張する。

このような主張は韓国人の常識を無惨に破壊するものである。韓国人はふつう強い親族関係を儒教の影響とみなすが、柄谷はむしろその反対だと言っている。そしてもう一歩進んで彼は「長雨」で見出されたそのような合理的な「横の連帯」が近代国家の確立において最大の障害でもあったと付け加える（これは中国の場合も同じである）。つまりこれは、合理的な社会であった朝鮮では、日本の近代国家確立に重要な役割を果した天皇制のようなものが不可能だったことを意味する。すなわち本家－分家の構造で分家が本家を打倒するかわりにその血統的・象徴的権威を祀りあげて実権を行使する天皇制のような「非合理的な構造」——近代国家を可能にした幻想——が朝鮮では許されなかったという意味である。

興味深いのは、本居宣長はそのような朝鮮社会を不自然なもの（人為的なもの）とみなし、日本の「自然」（自然なもの）と対立させているという点である。ここまで来れば前に柄谷が言った「根底の不在」が何を意味しているのか、もっと容易に理解できる。柄谷が「長雨」に見出したものはよく言われる韓国的土俗性やシャーマニズムではなく、驚くべきことに横の連帯から派生する合理性である。そしてこれは中上が言った「近代的パースペクティブの不在」と直結する。よく近代的なものと合理的なものは同じこととして語られており、最近流行している国内の風俗史研究を見ただけでも「近代性＝合理性」という図式はとても自明なものとして前提になっていることがわかる。しかしそれは「近代的パースペクティブ」がもたらした転倒を内面化したときにのみ可能なものである。したがって近代を批判しようと言ってその標的を「合理性」に置くのは明らかに倒錯的である。柄谷が「長雨」に見出した「根底の不在」とは、まさにこのような「近代的パースペクティブ」という幻想ないし「日本的自然」という幻想の不在だと言うとき、近代的機制を超えるものとして——または克服できるものとして——よく語られる土俗的シャーマニズムは逆にこのような幻想そのものだと言えるだろう。

ここで先に少しとりあげたことがある黄皙暎《ファンソギョン》の出来の良い《チャルパジン》[48]小説『客人《ソンニム》』と「長雨」を比べることができる。両作品とも朝鮮戦争中に生じた民族的悲劇を描いている作品であり、相異なる理念のあいだの葛藤が大きな軸をなしている。そしてその解決もまた両作品とも土俗的シャーマニズムに依拠している。しかしこのような外的な類似性を除くと、この両作品はまったく異なるものを示している。『客人』は外来的なもの（キリスト教と社会主義）を天然痘《ママ》（客人）とみなし、それが起こす問題を韓国の伝統文化――すなわち巫祭《クッ》というシャーマニズム――を通じて「超越的に」解決しているとするなら、「長雨」は同じくシャーマニズムを登場させているにもかかわらず、あくまでもそれに媒介以上の機能を与えていず、すべての問題は結局横の連帯を通じて「合理的に」解決される。

すべてのイデオロギーが超越的な形態をおびていると言うとき、それに対抗して黄晳暎が見出した民間信仰というものもまたすでにイデオロギー的なものである。すなわちキリスト教や社会主義が歪曲された自然であるのに反して、土俗的シャーマニズムはそれとは別の本来的な自然ではないということだ。にもかかわらず『客人』はこのような「対立」にあまりにも依拠しすぎている。しかし柄谷が言うようにそれは「根底」を信じること、つまり「根底」という幻想に対する執着にすぎない。そしてこれは『パリデギ』にもあてはまる話である。すなわち「超越的な解決策」として登場するシャーマニズムは、どれほど反近代的（反文明的／反理念的）なかたちをしていても、それなりの合理性を備えていない以上「幻想としての（根底としての）自然」にすぎないのだ。

一三　間違った出会い――黄晳暎と中上健次

先に〈金芝河《キムジハ》－黄晳暎《ファンソギョン》－大江健三郎〉というラインと、〈尹興吉《ユンフンギル》－中上健次－柄谷行人〉というラインを提示した。しかし実はこのラインは厳密に区別されるわけではない。一九八五年に黄晳暎が日本に滞在していた時期、実際この二つのラインは重なる機会があるにはあった。小説家黄晳暎と中上健次の出会い、それはおそらく批評家柄谷行人と白楽晴《ペクナクチョン》の出会いと同じくらい日韓の文学交流においてひとつの進展を示す「事件」だった。しかし後者の場合と同じく前者もまた発展的な方向に進めずに終った。それどころか逆に傷つけあう結果になった。事件の経過がどうだったかは当時黄晳暎が李恢成と交わした対談に見いだせる。この対談で黄晳暎は李御寧《イオリョン》*の「恨《ハン》の文化論」を「払《プリ》いの文化論」で代替することはもちろんのこと、日本の知識人に見える実践上の消極性を強く批判しながら――当時活発に活動していたチョー・ヨンピルの日本での成功もこの頃だ――日韓文化交流を、文化を前面に出した新帝国主義的な侵略だと非難している。

黄　[…] たとえば日本のある作家ですけど、一度ぐらい会いましたかね。一度は彼の後見人と共に酒席で会いましたし、もう一度は日本に来て、先月会いましたけど。その彼がこう言ったんです。ある日本の出版社の企画の中にあなたを入れようと思うんだけどどうか、と言うんです。どういう人たちが含まれているのかをたずねたところ韓某、尹某、崔某、鮮于某云々と言うんですね。それでぼくは、その中に入りたくないと言ったんです。なぜかと言いますと、ぼくはその人たちと考えが違うんですから。そうして断ったんですが、そうしたらですね、何と言ったと思いますか？　僕があなたを選んでやって、いろんなところに紹介もし、知らせたりもしているのに、僕の企画にあなたが入らなけりゃいかんじゃないかと、こんな調子なんです。すると今度は生意気にこんなことを言うんですよ。これが、もしそれがフランスにも紹介されるならどうかって。フランスに紹介されようがどうしようが、ぼくの知ったこっちゃないわけでしょう。それなのに、つづけて今度は実に嫌なことを言うんです。ハングルで書いて韓国の読者に先に読まれるとまずいから、日本で先に出版したいって。こんな生意気なことを言うんですよ。そこでぼくは言ってやったんですよ。なんてことを言うんだ、文学というものは、自分の時代の中で自分が属している社会の中で小説を書いて、ぼくの読者、ぼくの同時代人たちとともに動くと言うことなので、韓国で出版された僕の作品がその後どこで翻訳されても関係ない、と言ったんですね。そうしたら、印税の問題があって困ると言うんですね。それでぼくは、その申し入れには応じられない、発想自体が誤っていると言ったんです。ぼくは本当に気色が悪くなりましてね。こんな人たちが日韓文化交流の先端をきってすすむんですって？　ちゃんちゃらおかしいじゃないですか。また、こんなのもありましたね。日本の作家と韓国の作家を同じテーマで並べて、ひとつは日本語で書き、もうひとつは韓国語で書いて一緒に出版するというんですよ。いったいそんなおちゃらけた考えが文化交流なんですか？

李　そんなことは文学とは何の関係もないことさ。恩着せがましい文化的ショービニズムでしかない。(69)

ここで日本のある作家とは、ほかならぬ中上健次のことである。黄晳暎《ファンソギョン》は中上が何度か韓国に来て尹興吉《ユンフンギル》と親交をあたため、また一度は半年間韓国に滞在して彼の代表作『地の果て 至上の時』を『文芸中央』*に連載するなどの一連の過程を「新帝国主義的文化侵略」とみなしているのである。そしてその証拠を右のような逸話を通じて摑んだようだ。当時の雰囲気がどうだったのか、本当に右のようだったのかは現在としては判断のしようがない。黄晳暎という国民作家を疑うわけではないが、彼の語りの効果を鑑みると正確な事実の正確な真偽はひとまず保留するのがよいだろう。それゆえ当事者たちだけが知ることができ、また互いの立場により別の言葉が出てきうる「雰囲気」(ニュアンス)についての言及は避け、かわりに実質的内容だけを見ることにしよう。

黄晳暎がなぜ中上を批判したのかはとてもはっきりしているように思える。まず彼は中上が提案した企画物に入った他の韓国の作家たちと一緒にされるのを拒否している。自分の考えが彼らと違うという理由で。ここには崔仁勳《チェイヌン》*、尹興吉はもちろんのこと鮮于輝《ソヌフィ》*も入っていて、彼が言う「考えの違い」が何かはもう少し詰めなければならないが、ともかく「参加拒否」という個人的判断だけは尊重されるに値することと思える。しかし韓国で出版される前に日本語で先に出版されねばならないということに対する反応は過敏すぎるようだ。なぜならそれは韓国を無視する傲慢な姿勢というよりは、企画出版物につねにつきまとう契約条件のひとつにすぎないからである。

つまり、その企画そのものが既刊の韓国作品を選んで出版するのではなく、「書き下ろし」のかたちで出すものだとするなら、それ自体をどうこう言うことができない問題だろう。[70]ところがその企画（発想）そのものを生意気だと批判しながら、《文学というものは、自分の時代の中で自分が属している社会の中で小説を書いて、ぼくの読者、ぼくの同時代人たちとともに動くと》云々して、当時の日韓の文化交流を一概にけなすのはオーバーだと言わざるをえない。また彼は中上健次の『鳳仙花』と尹興吉の『母《エミ》〔49〕』のあいだに存在した文学的交流も頭から否定する。同じテーマでふたりが自分なりの小説を書くという発想そのものがなぜ間違いなのか理解できないが[71]、厳密な意味でこの二作品は企画小説ではない。つまり、『鳳仙花』は中上が自分の創作プランにもとづいて独自に書いたものであり[72]、『母』はまさにこの作品に対する応答のかたちで書かれたものであるからだ。

では黄晳暎のこのような批判に対する中上健次の反応はどうだったのか。個人的に彼がどのように思ったのかはよくわからないが、少なくともそんなふうにはねつけられたことを残念に思ったのは明らかである。たとえば、彼はそれから三年後、柄谷との対談で——当時論争のあったサルマン・ラシュディ事件についての話の途中で——、そのときのことについて次のように言及している。

中上　〔…〕最近、韓国から突然、北朝鮮に三人の反体制の指導者たちが飛んでいった。その中に黄晳暎という作家がいる。その黄晳暎が日本に来て、李恢成と対談したときに〔…〕、僕のことを帝国主義的だって、メチャメチャ悪口を言ってる。あれこそ新植民地主義者だとかね。たまたま角川で、現代韓国作家の書き下ろしシリーズというのがあって、それで僕に仲に立ってくれというから、黄皙暎が日本に来たときに会った。日本の出版社があなたの書き下ろしを出したいと言っているから、ぜひ協力してくださいと頼んだわけよ。それでその後、忙しかったから酒も飲む暇もなくて。そうすると突然、李恢成との対談で、俺がパッと出てきたわけよ。

柄谷　酒を飲まなかったから……。

中上　たぶん、そうだろうと思う。それはそれでいいさ。その彼は今、北朝鮮に行ってる。体制は全然それを認めてないんだよ。無許可で行っている。僕はやっぱり作家として、すごく関心がある。ちょっと奇妙にねじくれた思いだけど、黄皙暎という作家の行動の自由は、支持はしたいんだよ。彼を捕まえて投獄するなんてことを、認めるわけにはいかないと思う。(73)

中上は黄皙暎《ファンソギョン》の批判を互いに腹を割って話さなかった結果のせいにしながら、黄皙暎の行動を体制（国家）が抑圧してはいけないと言っている。むろん、だからといって彼が黄皙暎の行動そのものを全的に肯定しているようには思えない。あくまでも同じ仕事をしている者として、「作家の自由」を擁護しているだけだ。両国を代表するふたりの作家の出会いはこのようになんの得るところもなく終ってしまう。見方によっては両者は最初から出会わなければよかった間柄であったのかもしれない。黄皙暎の中上健次に対する否定的な意識が未だに一貫して続いているという点でなおさらである。実のところこのような一貫性は何よりも黄晳暎自身をもっとも阻害している。なぜならもし彼の判断が本当に正しいのなら（つまり中上が新植民地主義者なら）、彼を積極的に擁護する柄谷もやはりそのような非難を免れることができず、そうなれば当然韓国と関連して提起された柄谷の発言（近代文学の終焉）は完全に差し出がましいことになるだけでなく、またそれにのせられた韓国の文学者たちもやはり知らぬうちに新植民地主義的侵略に同調したことになり、黄晳暎自身がまさに彼らによって国民作家に祀り上げられていることになるからである。

一四　語りから批評へ——黄晳暎と柄谷行人

いままでふたつの観点から「黄晳暎」という問題にアプローチしてきた。第一に黄晳暎の後期小説を論じて『客人《ソンニム》』、『沈清《シムチョン》』、『パリデギ』を主にとりあげた。ここで注目したのは、何よりも彼が伝統物語（巫祭《クッ》や巫歌《ムガ》または伝《ジョン》）を積極的に取り入れ近代小説の限界を超えようとした点である。私はそれがひとまずそれほどうまくいかなかったと評価した。その理由はそのような伝統物語がどれほど本来的なもののように見えようと、結局西欧的なものに対する反作用から出てきた以上、西欧的なものを内在化しているものであるからである。しかしそれは「外来的なもの対本来的なもの」という区分を固守しながらその過程で生じる小説的な粗さを「新しい形式実験」だと言って擁護する。「詩的物語」のような概念が問題となるのはまさにこの地点である。しかし真の「黄晳暎という問題」はそのような欠陥とゴリ押しにもかかわらず彼の小説が商業的に成功しているというところにある。

その理由としていくつかあげたのだが、ここではひとまずふたつだけ、もう一度取りあげることにしよう。第一に文学外的なものとして、歪曲された出版市場のなかでなされた出版資本からの積極的支援であり、第二に文学内的なものとして「癒しの道具」という小説観である。このふたつのうち後者のほうが問題なのは当然だが、事実コエーリョと村上春樹が大衆的に大きく成功したのもこれと密接な関係があるからである。むろん、黄晳暎《ファンソギョン》は彼らを大衆作家だと批判するが、実のところ彼と彼らのあいだの距離はそれほど遠くない。「癒しとしての小説」は基本的に「自分探し」または「受難記」の形態をおびており、そこで歴史はつねに他の何かに置き換えられうる風景としてのみ登場している。したがって後者はつねに前者の舞台装置としてのみ機能し、前者は後者の媒介程度としてのみ与えられるのである。このように彼は小説からアイロニーを軽やかに追放している。このような後期黄晳暎の本質を語り物化（口承化）と表現できるのだが、これは黄晳暎の個人技（？）とは無関係なものではないが、それよりはアイロニー物語（小説）という様式が口承物語（または寓話）へと退行していることを意味する。

ではなぜ黄晳暎は無理にそんな方法を使っているのだろうか。それは記録されない世界、すなわち話し言葉のみからなる世界を、書かれたもの以前に存在する「根源的な物語」とみるからである。ところがそのような根源的な物語がいつも「解消《プリ》」という完結された形態を指向すると言うとき、「癒し」という解決を求めてゆく小説が小説的構成よりは口承的形態をとるのは、もしかすると当然であるかもしれない。黄晳暎にとって伝統文化（我が文化）とは、つねに口承文学

──『沈清伝』もまた基本的には口承文学である──であるのはまさにそのせいである。しかしこれは人工的なもの（二次的なもの）と自然的なもの（一次的なもの）を区別して後者をより根源的と考える音声中心主義の端的な例にすぎない。他人の言葉より自分の耳をふさいだとき聞こえる自分の声のほうに魅せられること、見方によっては語りの本質はまさにそのようなものであるかもしれない。それは「根底」という幻想に魅せられているときにのみ可能なものである。

第二にこのような語りの大家である黄皙暎が「近代文学の終焉」に関して行なった発言に対してである。彼はこのテーゼそのものを、韓国とは無縁な日本だけの問題だと釘を刺し、それを笑うべきこととみなしているのだが、本章ではこれに関して黄皙暎の日本観と柄谷行人（中上健次）の韓国観を詳しく分析した。そしてこれを通じて確認できたのは、語りの論理と批評の論理のあいだに存在する差異であった。語りは客観性を強調するが、実は脱‐自己中心的な姿を示す。言い換えれば、語りは自分と他人をはっきり区別できると考えるが──なぜならそうしてこそひとつの世界の完結性を構成してゆくことができるから──批評はいつも「他人を理解することは不可能だ」と主張するものである。後者の立場に立つとき、我々が他人を通して理解するようになるのはつねに我々自身である。したがって語りにおいては「大きな差異」が重要な反面、批評ではとても「小さな差異」が重要に扱われる。

最近韓国では、一国の文学を超えて東アジア文学についての議論がかまびすしい。そしていまそれが机上の空論の問題ではないのは、いくつかの証拠をみても明らかなようだ。これは「近代文学の終焉」が単に日本文学だけの問題として取りあげられていないことだけをみても明らかである。そしていま韓国文学はいやでも日本文学と競争せざるをえなくなった。この現象について生半可な価値評価を下すよりはいっそ積極的に真の「東アジア文学」が誕生しうる条件が整ったと主張しなければならない。「東アジア文学」が各国を代表する作家何名かが会って親交を深めた程度で可能ではないことを、我々はすでに充分に学習した。だとすれば真の行為の主体は作家ではなく読者であるのかもしれない。

つまりもし東アジア文学というものが本当に可能ならば、それは読者が自国の文学を「国文学」ではなく、いくつかの文学のひとつとして自然に受け入れるときである。[74] そしてもしそうなれば、「国民作家」という月桂冠ももはや公正な評価に対する防護膜となりえないだろうし、楽しい語りもまた力を失うだろう。韓国で「近代文学の終焉」が笑うべきものとばかり考えていられないのはそのせいである。巫堂《ムーダン》の語りは我々を癒《プリ》すかもしれないが、小説の精神は、それが不可能であることを止むことなく示し、批評家の批判はその癒されぬ苦痛を通して我々が健康であるかどうかを確認させてくれるだろう。

原註、訳註

日本語版序文

原註

(1) 最近韓国のフェミニズム文学が日本の出版界で注目されているという話を耳にした〔たとえばチョ・ナムジュの『82年生まれ、キム・ジヨン』(斎藤真理子訳、筑摩書房、二〇一八)は二〇一九年七月現在発行部数が一三万部を突破した〕。だがそのような関心が継続し新たな流れを作り出せるかどうかは疑問だ。韓国では日本の出版界で韓流ブームが始まったと盛り上がってはいるが。

(2) 竹内好「時勢の要求を満たすもの――『現代韓国文学選集』について」『竹内好全集』第五巻、筑摩書房、一九八一、二四三－二四四頁。傍点は引用者。

(3) 竹内が韓国の地を踏んだのは大学生時代の一九三二年の中国旅行のときに一週間程度滞在したのがすべてである。その意味で夏目漱石の満韓旅行における韓国滞在と似ている。

(4) 一九七八年から韓国を訪れるようになった中上は、一九八一年には半年間暮らし、一九八四年には四回も訪韓した。

(5) 同書は中上健次の小説と荒木経惟の写真によって構成されているのだが、ちなみに中上は同小説の主人公チャンギルは金芝河《キムジハ》を念頭に置いた人物だと明かしたことがある〔青木冨貴子「適切なレンズ」『諸君!』一九八四年九月号、一六一頁参照〕。

（6）柄谷行人は一九九六－二〇一一年に韓国の文学研究者がもっとも多く言及した外国人だという統計結果が発表されたことがある［黄鎬徳《ファンホドク》（成均館大学教授）「外部からの撃発、固有な研究の地政学について――韓国現代文学研究と理論、予備的考察あるいはグラフ・地図・樹形図」『尚虚学報』第二五号、二〇一二、七四－七五頁参照］。

訳註

［1］『偶像の黄昏／アンチクリスト』西尾幹二訳、白水社、九八頁。

［2］山崎章甫・高橋重臣訳、岩波文庫、一九九二、一二頁。

［3］林和《イムファ》「雨傘さす横浜の埠頭」。

［4］中上健次のエッセイ「謎の香港」（『スパニッシュ・キャラバンを捜して』新潮社、一九八六所収）で言及されている。

［5］黄皙暎《ファンソギョン》を指す。本書第五章一三節参照。

［6］『創作と批評』、『文学と社会（知性）』、『文学トンネ』。

第一章

原註

（1）柄谷行人『近代文学の終り』インスクプリト、二〇〇五、四〇－四一頁。

（2）むろん、これについてはもっと議論する必要がある。世界的にもその由来を探るのが困難なほど早い「文学創作の制度化」が韓国で「なぜ」そして「どのように」なされたのか。戦後文学を論じるにあたってこれは決して見逃せない事項である。最初の文芸創作科が徐羅伐《ソラボル》芸術大学に創設されたのは一九五三年であり、半世紀を越える歴史を誇っている。

（3）これを知るには韓国語に翻訳された数多くの日本人作家の略歴を見るだけでも充分である。

（4）小説家だけを例にとるならば、次のようになる。趙世熙《チョセヒ》、朴常隆《パクサンニュン》、金周栄《キムジュヨン》、李文求《イムング》、韓勝源《ハンスンウォン》、金源一《キムウォニル》、李東河《イドンハ》、宋基元《ソンギウォン》、呉貞姫《オジョンヒ》、ハ・イルジなど。

（5）柄谷行人『近代文学の終り』前掲書、四一－四二頁。

（6）同書、四二頁。

（7）柄谷行人「漱石の多様性」『言葉と悲劇』第三文明社、一九八九。『柄谷行人講演集成 1985－1988 言葉と悲劇』ちくま学芸文庫、二〇一七参照。

（8）柄谷行人『近代文学の終り』前掲書、七九頁。

（9）柄谷行人が近代文学の終焉を論じながら、現在の文学のことはまったく語らないのに、突然明治文学だけをとりあげると批判する者もいるが、これは柄谷が言う「終焉」の意味を誤解したためになされる主張である。端的に柄谷は「終焉」について次のように言っている。《私の考えでは、「終焉」は歴史における「反復」の一過程でしかない》（柄谷行人「あとがき」『定本柄谷行人集5　歴史と反復』岩波書店、二〇〇四、二七五頁）。

（10）Alvin Kernan, *The Death of Literature*, Yale University Press, 1990, p. 5.［引用部日本語訳は訳者による］

（11）その点で、最近の『創作と批評』は、文学分野だけを見たとき、『文学トンネ』より文学トンネ的である。うわべは正論的な論文も継続的に掲載されており、大きな変化はないようにみえるが、そのような論文が創作と何の関係もないという点で一種のアリバイにすぎない。最近、白楽晴《ペクナクチョン》は『統一時代の韓国文学の価値=甲斐《ボラム》——民族文学と世界文学Ⅳ』という本を出し、それを契機に行なわれた黄鍾淵《ファンジョンヨン》との対談（『創作と批評』二〇〇六年春号）で、質問者より文学トンネ的な態度（「私は文学主義者である」）を示すことで、黄鍾淵を当惑させた。おそらく、質問者は白楽晴から別の話を聞きたかったのだろう。自分の世代に同調する「元老的柔軟性」よりは、現世代を困らせる大家的なこだわりのようなものを。「終焉」か「価値=甲斐《ボラム》」か。これは文学を「反復」するか否かの問題なのだが、それは根本的に不安に耐えるか否かの問題でもある。

（12）徐栄彩《ソヨンチェ》「二〇〇四年冬号編集後記」『文学トンネ』二〇〇四年冬号、二五頁、傍点は引用者。

（13）文学権力という問題が、特定の陣営を標的になされる場合、ヘゲモニー争いに終る公算が高い。また、同じ文学雑誌を作っている編集委員たちのあいだにも意見の違いがかなりあるため、ひとくちに批判するのが難しい部分がある。実際、『近代文学の終り』に収められているインタビューで、柄谷行人は『文学トンネ』編集委員のひとりだと思われる者と「文学の危機」について共感を分かち合ったとも言っている［関井光男によるインタビュー「イロニーなき終焉」『近代文学の終り』前掲書、一九四頁参照］。

（14）『ドストエーフスキイ全集』第一五巻、米川正夫訳、河出書房新社、一九七〇、二八頁。

（15）柄谷行人「政治、あるいは批評としての広告」『柄谷行人講演集成 1985―1988』前掲書、二三一頁。

（16）T・S・エリオット「批評の限界」『文芸批評論』矢本貞幹訳、岩波文庫、一九六二、八二頁。傍点は引用者。

（17）しかし、逆に見れば、読者は小説を一冊買うとき、否応なく解説の原稿料（広告料）まで支払っていることになる。

（18）このことは消費生活で広告中毒や商品情報中毒がもたらす転倒に似ている。

（19）宮本陽吉訳。『作家の秘密』宮本陽吉・辻邦生・高松雄一訳、新潮社、一九六四、一八一頁。傍点は引用者。

（20）小林秀雄「様々なる意匠」『Xへの手紙・私小説論』新潮文庫、一九六二、九四頁。

訳註

［1］J・P・サルトル『文学とは何か』加藤周一・白井健三郎・海老坂武訳、人文書院、一九五二、一五一頁。

［2］一九九四年から二〇一五年まで編集委員を務めた。

［3］ゴールドマンは「存在の前衛（アヴァンギャルド）」で、ヌーヴォーロマンの作家たちを現代社会の気分としての「不在」を最も「前衛」的に表現する者として讃えている『アンテルナシオナル・シチュアシオニスト』第8号（一九六三年一月）訳者解題。シチュアシオニスト・オンライン文庫、https://situationniste.hatenablog.com/entry/20110121/p1 より。

［4］下士官は兵士の統率や実務的な仕事（補給や輸送、兵站）を担当し、将校は専門的な戦略戦術や指揮を担当

するというふうな役割分担がある。韓国では部隊長までは一般兵卒（兵長）、部隊を併せた小隊以上はすべて将校（小隊長は少尉）で、下士官が部隊や小隊を指揮するのはきわめて例外的なケース（特殊部隊のような場合）という。

［5］元士は曹長に相等し、下士官の中で最高の階級。

［6］韓国学術振興財団。

［7］同番組の録画資料は以下のサイトで入手できる。https://www.nl.go.kr/nl/search/SearchDetail.nl?service=KOLIS&vdkvgwkey=5825925&colltype=DAN_AV。

［8］ここでいう「純粋批評」とは、普遍性に背を向けてもっぱらネーションという特殊性の中に自足しつつ自家生産をする批評のことをいう。したがって「純粋」とは本来の性質を具現するという意味よりは、外部から目を背けてもっぱら内部だけに視線を向けるというネガティブな意味で使われている。

［9］一九五三年にパリで創刊され、後にニューヨークに拠点を移した季刊文芸誌。その“Writers at Work”シリーズにはフォークナーはじめ多くの作家が登場した。

［10］このボラム（보람）という語は、白楽晴《ペクナクチョン》の主著『통일시대 한국문학의 보람 민족문학과 세계문학 Ⅳ』（『統一時代の韓国文学の価値――民族文学と世界文学Ⅳ』）の題名から来ているのだが、「価値」に相等する韓国語としては「가치」という漢語由来の語が存在し、보람は主として「（やり）甲斐」という意味で使われる。それ故ここでは白楽晴が「가치」ではなくあえて「보람」という語を使った意図を鑑み、「価値＝甲斐《ボラム》」と訳出することにした。

第二章

原註

（1）ウィリアム・マルクスのインタビュー「文学――告別の時代」李忠勳《イチュンフン》訳『西江大学院新聞』二〇〇六年四月号、傍点は引用者［同インタビューの韓国語訳は以下のサイトで読むことができる。https://rienyoung.tistory.com/224］。

（2）李章旭《イジャンウク》「柄谷行人と近代文学の〈終焉〉」『創批週刊論評』二〇〇六年五月二日。傍点は引用者［同記

事は以下のサイトで読むことができる。https://magazine.changbi.com/카라따니-코오진과-근대문학의-종언-이장우/?cat=476]。

(3) 白楽晴《ペクナクチョン》『統一時代の韓国文学の価値《ボラム》＝甲斐——民族文学と世界文学Ⅳ』創批、二〇〇六年［未邦訳］、七頁。傍点は引用者。

(4) このように柄谷を読んでいる者たちは意外と多い。しかし、このような読みは柄谷が提起した問題をとても常套的な方法で迂回するにすぎない。

(5) 白楽晴、黄鍾淵《ファンジョンヨン》「韓国文学の価値について」『創作と批評』二〇〇六年春号、二九三頁。傍点は引用者［同対談は以下のサイトで読むことができる。http://magazine.changbi.com/jp/archives/88891?cat=2476］。

(6) 金衍洙《キムヨンス》・平野啓一郎「文学には〈韓流〉がなく〈日流〉のみ——残念な皮相的交流」『ハンギョレ』二〇〇五年一〇月三〇日付。傍点は引用者［同対談は以下のサイトで読むことができる。http://www.hani.co.kr/kisa/section-005001000/2005/10/005001000200510301756770.html］。

(7) 実際日本の批評家の多くはそのようにしている。

(8) 蓮實重彦・柄谷行人「闘争のエチカ」『柄谷行人蓮實重彦全対話』講談社文芸文庫、二〇一三、二九五－二九六頁。傍点は引用者。

(9) むろん、韓国では批評家の力が依然として強いのだが、それはあくまでも文学関連の公的支援金（そして文学賞）審査権と文芸誌での原稿依頼権を握っているからであって、本当に彼らの権威を認めているからではない。大部分の作家が批評家に対して敬して遠ざける態度をとるのもまさにそのためである。

(10) 柄谷行人『定本柄谷行人集5　歴史と反復』前掲書、一五一頁。

訳註

［1］邦訳は、清水健次・清水威能子訳、法政大学出版局、二〇〇一。

［2］確認はできなかったが、一八九九年生まれのボルヘスが二〇世紀初めに講演を行なったとは考えにくいので、

何かの間違い（平野の勘違いまたは誤植）であると思われる。ちなみにそれに似た趣旨の発言は以下の講演集に出てきはする。『ボルヘス、文学を語る』鼓直訳、岩波書店、二〇〇二、七四―七五頁。

［3］『定本柄谷行人集5　歴史と反復』前掲書、一六二頁。

［4］特に朴玟奎《パクミンギュ》の場合、それが顕著であるように思える。例えば、『三美スーパースターズ　最後のファンクラブ』の第一章の題は「とにもかくにも一九八二年のベースボール」である。

［5］ドストエフスキー『カラマーゾフの兄弟Ⅱ』米川正夫訳、河出世界文学大系40、一九七〇、四九三頁。

［6］『創作と批評』のこと。出版社名でもある。

第三章

原註

（1）むろん、最近数年間でこのような事情は大きく変わった。村上春樹の後を継いでの吉本ばなな、江國香織、奥田英朗、宮部みゆき、恩田陸、東野圭吾など日本人作家たちの韓国への進出成功は、実際に彼らほど売れていない韓国文学を批評する者にとって、無視できない時代的徴候である。しかも、韓流の核心といえる「映画」のほうでさえ、実際には韓国文学より日本文学がより多くのコンテンツを提供しているという点を考えれば、なおさらである。

（2）すでに予想されているだろうが、故意に無視した状況があまりに似かよって現実として実現される場合、デジャヴを感じるようになる。強烈な忘却が抑圧行為そのものを隠蔽することにより、目の前のものに過剰反応するようになるのである。

（3）黄鍾淵「文学の黙示録以後――柄谷行人の『近代文学の終り』を読んで」『現代文学』二〇〇六年八月号。以後この論文に対する言及では頁数のみ表記する。

（4）柄谷行人『近代文学の終り』前掲書、一九四頁参照。

（5）蓮實重彥『凡庸な芸術家の肖像』（上）、ちくま学芸文庫、一九九五、一一二―一一三頁。

(6) ヘーゲル『美学講義』(中)、長谷川宏訳、作品社、一九九六、二〇二頁。傍点は引用者。

(7) 「柄谷とヘーゲル」との関係は「柄谷とカント」との関係に負けず劣らず重要である。特に『歴史と反復』は著作そのものがヘーゲルとの対決をなしている。

(8) 李守炯《イスヒョン》が指摘するように『日本近代文学の起源』さえもヘーゲル的な著作として読むことができる(李守炯「「私」の欲望と「汝と我」の想像力」『世界の文学』二〇〇六年冬号参照)。

(9) Peter Szondi, „Hegels Lehre von der Dichtung", in *Poetik und Geschichtsphilosophie I: Antike und Moderne in der Aesthetik der Goethezeit*, Suhrkamp Verlag GmbH; Nachdruck-version, 2001, S. 461. [引用部日本語訳は訳者による]

(10) ヘーゲル、前掲書、一八八―一八九頁。傍点は引用者。

(11) 見方によってはヘーゲル哲学そのもの(特に『精神現象学』)が(教養)小説的でもある。

(12) ミハイル・バフチン「教養小説とそのリアリズム史上の意義」佐々木寛訳、『ミハイル・バフチン全著作〈第五巻〉小説における時間と時空間の諸形式他――一九三〇年代以降の小説ジャンル論』水声社、二〇〇一年、一〇〇頁。傍点は引用者。

(13) ヘーゲル、前掲書、一九一頁。傍点は引用者。

(14) 一九六四年四月、ステーブル画廊で開かれた彫刻作品展『いろいろな箱』で〈ブリロ・ボックス〉を見て衝撃を受けたアーサー・ダントーは、それに対する応答で八〇年代にふたたび「芸術の終焉」を持ち出すのであるが、そのときの彼も芸術は一九六〇年代に終りを告げたと主張していた。ちなみに、アーサー・ダントーにとって「芸術の終焉」は「マニュフェストの時代の終焉」を意味するので、「終焉のあとの芸術」は肯定的な意味で自律性を確保したものとして高く評価されている。実のところ、これは黄鍾淵《ファンジョンヨン》の立場と大差ない。しかし、後で見るつもりであるが、黄鍾淵はアーサー・ダントーより悲観的なビジョンをもっている[アーサー・ダントーの「終焉」に関しては以下を参照。アーサー・C・ダントー『芸術の終焉のあと――現代芸術と歴史の境界』山田忠彰他訳、三元社、二〇一七]。

(15) フレドリック・ジェイムスン『カルチュラル・ターン』合庭惇・河野真太郎・秦邦生訳、作品社、二〇〇六年、一一八頁。

(16) コジェーヴ『ヘーゲル読解入門』上妻精・今野雅方訳、国文社、一九八七、二四五—二四七頁参照。

(17) 柄谷行人『近代文学の終り』前掲書、六七頁。

(18) フレドリック・ジェイムスン、前掲書、一二一頁。

(19) 「芸術の終焉」についてのハイデッガーの留保もこれに似ている。《ヘーゲルの美学が最後に一八二八・二九年の冬にベルリン大学で講義されて以来、われわれは多くのそして新たな芸術作品と芸術の流派とが生ずるのを見た。このことが確認されても、それによってヘーゲルがこれらの文章で下した判決（引用者注・芸術の終焉）から逃れられるわけではない。そのような可能性をヘーゲルはけっして否定しようとはしなかった。しかし、いまでも芸術は、われわれの歴史的な現存在にとって決定的な真理が生起する本質的で、また必然的な仕方であるのか、あるいはもはや芸術はもはやそのようなものでないとすれば、なぜそうなのか、という問いが依然として残っている。ヘーゲルの判決についての決定はいまだ下されていない》［ハイデッガー『芸術作品の根源』関口宏訳　平凡社ライブラリー、二〇〇八、一三三頁］。

(20) ジェイムスンが「空間的ジレンマ」と呼ぶこのような状況は、世界がまったく新たな局面を迎えているということを意味する。例えば、かつてF・J・ターナーは「外部」が消えたアメリカ的状況に対して次のように言っている。《ほとんど三世紀に汎ってアメリカ人の生活に見られた優勢な事実は、拡張であった。太平洋岸の植民と、自由な土地の専有と共に、この運動は行きづまった。［…］自由な土地は消失し、大陸は横断されて、この突進と精力のすべては、騒動の水路へと向かいつつある。［…］西部は借入金で建設されたので、長期支払いの基準としての金の安定性の問題は、負債者である西部によって盛んに論議されている。西部は其に敵対する産業の状態にひどい不満をいだき［…］》［F・J・ターナー『アメリカ史における辺境《フロンティア》』松本政治・嶋忠正訳、北星堂書店、一九七三、二三七—二三八頁］。

(21) 黄鍾淵の最大の貧しさは問題の核心に批判的に接近するかわりに、信念と未練（「放棄しないならば、見出され促進されねばならない」）でそれを防御し実体化するのに全力を尽くしているという点だ。

(22) ヘーゲル『精神現象学』長谷川宏訳、作品社、一九九六、二一頁。

(23) 柄谷行人「安吾その可能性の中心」『言葉と悲劇』前掲書。『柄谷行人講演集成 1985－1988 言葉と悲劇』前掲書参照。

(24) 『日本近代文学の起源』の受容に関するそれまでの事情については『近代文学の終り』第三部に収録されている関井光男によるインタビューを参照。

(25) ちなみに、白楽晴《ペクナクチョン》は韓国文学で「批評の大家」を云々するのは時期尚早だと言っている（白楽晴『統一時代の韓国文学の価値＝甲斐《ボラム》――民族文学と世界文学Ⅳ』前掲書、四六五頁）。しかし、他人はそんな彼を「大家」と呼ぶ。

(26) 金亨中《キムヒョンジュン》はある対談でこの批評の孤立がかえって多彩な批評を可能にする自律性をあたえるという興味深い主張をしている。ここに黄鍾淵《ファンジョンヨン》の主張する「芸術の終焉＝芸術の自律性確保」との類似性を見出せるのも自然である（李光鎬《イグァンホ》、金亨中《キムヒョンジュン》、金永賛《キムヨンチャン》、柳潽善《リュボソン》「「文学の時代」以後の文学批評」『文学トンネ』二〇〇六年秋号、一四九頁参照）。

(27) むろん、まったくないというわけではない。国家的支援の存廃は今日韓国文学の息の根を止める力を確実に握っている。

(28) 黄鍾淵の批評の成果と限界を指摘する論文としては次のものがある。
朴性昌《パクソンチャン》「批評と真実」『我々の文学の新たな座標を探して』新しい波、二〇〇三［未邦訳］。

権晟右《クォンソンウ》「衒学と過剰、そして「批判の監獄」」『主礼辞批評をこえて』韓国出版マーケティング研究所、二〇〇二［未邦訳。主礼辞は結婚式のスピーチのこと］。

(29) 実のところ、これは黄鍾淵ひとりで引き受けなければならない問題ではない。今日批評家という肩書きをもって作品解説を書いたり、依頼原稿を書いたり、文学賞の審査員を務めている者たちなら、必ず果さなければならない課題でもある。

(30) 黄鍾淵『卑しいもののカーニバル』文学トンネ、二〇〇一［未邦訳］、六頁。

（31）李光鎬、金亨中、金永賛、柳潽善「「文学の時代」以後の文学批評」前掲書。

（32）情熱の動揺（不安）は基本的に抽象化された対象に対する執着からくる。

（33）最近、朴馨瑞《パクヒョンソ》の『自浄のフィクション』［文学と知性社、二〇〇六。未邦訳］をめぐるいくつかの言説が一様に証明しているのは、いま、批評は無用であるということである。小説が批評のかわりに暁に飛びたちつつあるというわけだ。批評は娯楽の前で無力であるほかない。なぜなら、批評は本質的に賭けであるからである。何も賭けずにするゲームは賭けではなく、単なるもうひとつの娯楽にすぎない。

訳註

［1］『境界を越えて書くこと』金禹昌《キムウチャン》他、民音社、二〇〇一［未邦訳］に所収。

［2］『現代文学』二〇〇六年八月号二〇三頁からの引用文の直後で、黄鍾淵は次のように述べている。

芸術の哲学的問題に関してヘーゲル主義的観点を堅持している批評家の一人であるアーサー・ダントーは、芸術がそれ自体の歴史を内面化する時点、つまり芸術それ自体の歴史に対する芸術の意識が芸術の本質をなす時点で芸術は終ると考える。芸術の終焉は、芸術が宗教ならびに哲学とともに参与する歴史の中ではなく、芸術そのものの歴史の中で到達した絶対知の境地であるというわけだ。そのような境地において《芸術は絶対的な自由を持っているので、芸術というものはそれに固有な概念を用いて繰り広げる無限の戯れの名称にすぎないように見える》。このように極限に到達した芸術の自由は、西洋モダニズム芸術とそれ以後見いだされる革新の源泉でありながら、芸術を規範のない混乱へ陥れる要因でもある。ダントーは芸術がその終焉とともに確保した自由を戯画化しつつ、マルクスをもじって《朝には抽象美術家、昼にはスーパーリアリスト、夜には最小限のミニマリストであることができる》と述べている。自律的な芸術は、芸術を定義すべき基準を自ら作るが、他方ではどんな定義も不安定にさせる。芸術の名において何をしてもいいという状態は、何もできない状態と同一である。自律的な芸術のアイロニーは、芸術を芸術として維持するためには、芸術ではない何かと結びつけねばならないというところにある［引用部分は Arthur C. Danto, *The Philosophical Disenfranchisement of Art*, Columbia University Press, 2004, p.114, p.209 による］。

［3］アレクサンドル・コジェーヴ『ヘーゲル読解入門』上妻精・今野雅方訳、国文社、一九八七、二四七頁。

［4］フレドリック・ジェイムスン『時間の種子――ポストモダンと冷戦以後のユートピア』青土社、一九九八、一七八－一七九頁。

［5］カール・ローゼンクランツ『ヘーゲル伝』中野肇訳、みすず書房、一九八三、四四頁参照。

第四章

原註

（1）崔元植《チェウォンシク》「大山《テサン》文学賞評論部門審査評」『創作と批評』二〇〇七年春号、五一九頁。

（2）ヘーゲル『精神哲学』長谷川宏訳、作品社、二〇〇六、九五頁。傍点は引用者。

（3）イマヌエル・ウォーラーステイン、白楽晴《ペクナクチョン》「二一世紀の試練と歴史的選択」『ユートピスティック』一九九九、創批［未邦訳］、一八六－一八七頁。

（4）李明元《イミョンウォン》『波紋』セウム、二〇〇三［未邦訳］、三〇八－三一〇頁。傍点は引用者。

（5）イマヌエル・ウォーラーステイン、白楽晴「二一世紀の試練と歴史的選択」前掲書、一八九－一九〇頁。

（6）金炯洙《キムヒョンス》インタビュー「民族を超えて世界と連帯する」『ハンギョレ21』二〇〇七年二月六日付［同記事は以下のサイトで読むことができる。https://news.naver.com/main/read.nhn?oid=036&aid=0000014039］。

（7）最近、文学芸術委員会の（作家個人に対する支援はできるだけ減らすという方針下になされた）文学関連の予算削減に対して文学芸術委員会文学委員長李時英《イシヨン》は、これは「ひとりで仕事をする文学ジャンルの特性」を無視するものであると遺憾の意を表したという。

（8）関川夏央「怒濤のごとき日々」『すばる』一九九六年四月号、集英社、一三五頁。

（9）『文学と社会』は日韓文学シンポジウムの参加記録を掲載し続けているのだが、第一回だけは掲載しなかった。

（10）第三回にはじめて参加した李光鎬《イグァンホ》はそのとき起ったことについて次のように間接的に伝えている。「第二回日韓文学シンポジウムですでに日韓両国の過去の歴史問題で若干緊張とハプニングが演出されたことを、私は伝え聞いていた。その事件はもしかするとハプニング以上であるかもしれない。韓国と日本が近代史の出発期にあったその気詰まりな因縁と来歴から自由であることはできない以上、その緊張が完全に解消されるということは不可能であるかもしれない」（李光鎬「日韓文学の交流と他者の視線」『文学と社会』一九九六年春号、三九一頁）。問題は礼儀正しいシンポジウムの席上でそのような緊張をもたらした者が日本側の柄谷行人であったという点だ。

（11）むろん、注意深い読者ならすでに金允植《キムユンシク》の著書［『韓国近代小説史研究』乙酉文化社、一九八六。ちなみに同書は李明元によって柄谷行人の『日本近代文学の起源』の盗作であると批難された］の片隅に柄谷行人という漢字表記を見つけていただろう。

（12）不定期的に開かれた第二－六回シンポジウムについての参加記録はすべて『文学と社会』に掲載されている。それを一括して羅列すると次のようになる。

第二回　権五龍《クオンオリョン》「日韓両国の文学における進歩の問題に関する断想」『文学と社会』一九九三年冬号。

第三回　李光鎬「日韓文学の交流と他者の視線」『文学と社会』一九九六年春号。

第四回　成民燁《ソンミニョプ》「対話と独白のあいだ」『文学と社会』一九九八年春号。

第五回　星野智幸「世界が動き出した二〇〇〇年六月」『文学と社会』二〇〇〇年秋号。

第六回　趙京蘭《チョギョンナン》「出会いと疎通の時間」『文学と社会』二〇〇二年冬号。

（13）今から問題にする「韓国と日本の文学」というこの講演は、むろん当時行なわれた講演を加筆修正したものである。そこにははっきりとした違いがあるだろうが、その違いが決定的だとは思わない。

（14）柄谷行人「韓国と日本の文学」『〈戦前〉の思考』文藝春秋、一九九四年、二〇六頁。講談社学術文庫、二〇〇一年、二一二頁。以下、引用は学術文庫に拠る。

（15）同論文は後に『歴史と反復』（定本柄谷行人集5、前掲書）に収録された。

(16) 同講演は後に次の本の一部になる（柄谷行人「責任の四つの区別と根本的形而上性」『倫理21』平凡社、二〇〇〇年。後に平凡社ライブラリー、二〇〇三）。
(17) 同抜粋はもともと一九九二年法政大学で行なった講演であり、後に『〈戦前〉の思考』に収録される。
(18) 柄谷行人「韓国と日本の文学」前掲書、二一七―二一八頁。
(19) 黄鍾淵《ファンジョンヨン》「文学の黙示録以後――柄谷行人の『日本近代文学の起源』を読んで」前掲書、二一一頁（同論文に対する詳細な分析は第三章を参照）。傍点は引用者。
(20) 白楽晴《ペクナクチョン》「文学的なるものと人間的なるもの」『白楽晴評論選集(1)』李順愛《イスネ》訳、同時代社、一九九二、四九―五〇頁。傍点は引用者。
(21) 四・一九世代の批評家（特に白楽晴と金禹昌《キムウチャン》）の批評がハイデッガーの圧倒的な影響下にあるということはしばしば見過ごされていることなのだが、それが単なる影響関係をこえて彼らの批評を本質的に規定しているという点で、本格的に議論する必要がある。
(22) 白楽晴「文学的なるものと人間的なるもの」前掲書、五〇頁。傍点は引用者。
(23) テオドール・W・アドルノ『本来性という隠語――ドイツ的なイデオロギーについて』笠原賢介訳、未來社、一九九二、参照。
(24) 明示的に表現されてはいないが、以下の対談でそのような印象を受けた。（白楽晴・黄鍾淵「韓国文学の価値＝甲斐《ボラム》について」『創作と批評』二〇〇六年春号（http://magazine.changbi.com/jp/archives/88891?cat=2476)。
(25) 柄谷行人、「韓国と日本の文学」前掲書、二二八頁。
(26) たとえば、第三回シンポジウム時になされた対談をみると、国内では政治や歴史に特に関心を見せない申《シン》京《ギョン》淑《スク》までも韓国文学の歴史的特殊性を強く打ち出している（島田雅彦・リービ英雄・庾河《ユハ》・申京淑・川村湊「座談会――母なる言葉を越えて」『すばる』一九九六年四月号、集英社、一〇二―一〇九頁参照）。
(27) ANY会議で柄谷行人は「建築と地震」〔『柄谷行人講演集成 1995–2015 思想的地震』（ちくま学芸文庫、二〇一七）に「地震とカント」として収録されている」を、白楽晴は「都市の連続性と変形」を発表した。（『ANYWISE――建築の挑戦』建築図書出版公社、一九九八参照。

(28) 柄谷行人・金禹昌「日韓の批判的知性の出会い」『ポエティカ』一九九七年秋号。

(29) 柄谷行人「美学の効用――『オリエンタリズム』以後」、『定本柄谷行人集4 ネーションと美学』、岩波書店、二〇〇四。

(30) 共同討議が行なわれた当時、柄谷行人はすでに日本語に翻訳された白楽晴と崔元植《チェウォンシク》の評論集を読んでいた。

(31) 崔元植「ヤヌスのふたつの顔、日本と韓国の近代――柄谷行人の『日本近代文学の起源』を読んで」『現代思想』臨時増刊号「総特集　柄谷行人」真田博子訳、青土社、一九九八年七月。同論文は後に評論集『文学の帰還』（創批、二〇〇一［未邦訳］）に再録される。

(32) 白楽晴・崔元植・鵜飼哲・柄谷行人「韓国の批評空間」『批評空間』（II－17）、太田出版、一九九八。

(33) 実のところ、『文学と知性』側も（〈参加記録〉を除けば）柄谷行人について特に関心を抱かなかった。

(34) 第四回日韓文学シンポジウムの主題は「世紀末――変化する時代の文学」であった。

(35) 金炳翼《キムビョンイク》「共通性と差異点についての共通の関心――第四回「日韓文学シンポジウム」を執り行って」『東西文学』一九九八年春号、三八〇頁。傍点は引用者。

(36) 同書、三八二頁。

(37) 白楽晴・崔元植・鵜飼哲・柄谷行人「韓国の批評空間」前掲書、八頁。

(38) 同書、九頁。

(39) 同書、一九頁。

(40) 同書、一九頁。

(41) 柄谷行人「韓国と日本の文学」前掲書、二一八－二一九頁。

(42) 権五龍《クォンオリョン》の参加記録にはこれに関する言及がまったくないのみならず、そもそも柄谷についての言及においても多少消極的にみえる。これは李光鎬《イグァンホ》、成民燁《ソンミニョプ》の論文と比較してもすぐわかる。

(43) 白楽晴・崔元植・鵜飼哲・柄谷行人「韓国の批評空間」前掲書、一九－二〇頁。

(44) これについては本書第三章「批評の運命――黄鍾淵と柄谷行人」を参照。

(45) 崔元植が言う「リアリズム」と「モダニズム」の会通＝出会いとは、一言で言うと空虚な批評言説から抜け出して作品に帰還しようというものである（崔元植《チェウォンシク》「〈リアリズム〉と〈モダニズム〉の会通＝出会い」『現代韓国文学百年』民音社、一九九九［未邦訳］、六三四頁参照）。この会通＝出会い論が再収録された評論集のタイトルが『文学の帰還』（創作と批評社、二〇〇一［未邦訳］）であるのはまさにそのためだろう。なぜなら、「最良の」作品の前ではそのような二分法が無意味であるからだ。ここで、彼が「会通＝出会い論」を主張しつつも絶えず使用する「最良の」という語に注意することにしよう。ところで、重要なのは、最良の作品をどうやって評価するのかではなく、どの作品が最良の作品であるかではないか。むろん、このときなされねばならないのは「批評の帰還」である。したがって、「最良の」という表現をアポリアとする会通＝出会い論はともすれば党派性の放棄を意味するにとどまりうる。

(46) 柄谷行人「韓国と日本の文学」『〈戦前〉の思考』前掲書、二二八－二二九頁。

(47) 白楽晴《ペクナクチョン》・崔元植・鵜飼哲・柄谷行人「韓国の批評空間」前掲書、一九九八、二二一頁。

(48) 白楽晴『民衆文化運動の状況と論理』滝沢秀樹訳、お茶ノ水書房、一九八五年、viii－ix頁。傍点は引用者。

(49) 白楽晴・崔元植・鵜飼哲・柄谷行人「韓国の批評空間」前掲書、一九九八、一五頁、傍点は引用者。

(50) 同書、一九九八、二二二頁。傍点は引用者。

(51) 一九八〇年代中盤までは概ね友好的な関係を保ってきたが（加藤が柄谷の書いたものに長文の書評を書いたり、対談をしたりなど）、ある時点からふたりは別々の道を歩き始める。ここでは二人がなぜ袂を分かったのかを問うより、その分岐点を指摘しておくことにする。第一に政治的分岐点として、加藤が発表した「敗戦後論」という論文に触発された「歴史主体論争」で、互いにとった立場である。第二に、文学的分岐点として、日本現代文学（特に村上春樹）をめぐる評価の問題である。加藤は、村上春樹の積極的な擁護者のひとりだ。むろん、このふたつの分岐点の間には非常に密接な関係がある。

ちなみに、加藤典洋は白楽晴が強調する「本来の任務」（これについてはすぐあとで言及することにする）

に非常に忠実な批評家でもある。彼が二〇〇四年に同時刊行した二冊は「近代文学の終焉」についての彼なりの答えとして読むことができる（加藤典洋『テクストから遠く離れて』講談社、二〇〇四／加藤典洋『小説の未来』朝日新聞社、二〇〇四）。一言で言えば、文学は依然として健在だというのだ。

(52) すでに気づいた人もいるだろうが、加藤の論理は白楽晴の「分断体制論」ととてもよく似ている。白楽晴が加藤に共感を表すようになったのも、これと無縁ではないだろう。ちなみに、崔元植が「〈リアリズム〉と〈モダニズム〉の会通＝出会い」という論文の題詞とした、次のような文句がある。

此有故彼有此起故彼起、（出典＝雑阿含）

(53) 「なぜ日本は、日本政府は、速やかに戦後責任をまっとうしないのか。その理由は愚劣なものを含め、多々あるが、その根源に、わたしは、戦後日本社会における「国民」の基体の不在、わたし達「戦後日本人」の人格分裂があると考える。」（加藤典洋『敗戦後論』ちくま学芸文庫、二〇一五、六七頁）

(54) 特に憲法第九条をめぐる論争は今日も日本の知識人の間で議論の的である。これに関しては伊藤成彦の著書を参照できる。彼は憲法第九条が、保守派学者の言うように連合軍司令部の押しつけによってなされたのではなく、日本側の自発的意思によってなされたものだと言っているのだが、様々な証拠を参照して見たとき、それが事実に近いと言える（伊藤成彦『物語　日本国憲法第九条——戦争と軍隊のない世界へ』影書房、二〇〇一年参照）。そしてこの歴史的な分析とは別に、柄谷は憲法第九条問題にフロイトとカントの立場から理論的にアプローチした論文を発表したことがある（柄谷行人「死とナショナリズム」『定本柄谷行人集4　ネーションと美学』前掲書参照）。

(55) 代表的な人物としては、柄谷に与する者たちはもちろんのこと、高橋哲哉、小森陽一、上野千鶴子、李孝徳、大越愛子、米山リサなどがおり、彼らの著作はすべて韓国語で読むことができる。
高橋哲哉、小森陽一『ナショナル・ヒストリーを超えて』東京大学出版会、一九九八。
上野千鶴子『ナショナリズムとジェンダー』岩波現代文庫、二〇一二。
高橋哲哉『戦後責任論』講談社学術文庫、二〇〇五。

(56)白楽晴《ペクナクチョン》・崔元植《チェウォンシク》・鵜飼哲・柄谷行人「韓国の批評空間」前掲書、一二一―一二三頁。傍点は引用者。

(57)少し前に論議を呼んだ彼の朴正熙《パクチョンヒ》再評価〔「朴正熙時代をどう考えるか」『創作と批評』二〇〇五年夏号。同論文に対する反応は以下のサイトで読むことができる。http://www.pressian.com/news/article/?no=30359 ／https://news.naver.com/main/read.nhn?mode=LSD&mid=sec&sid1=103&oid=002&aid=0000019855〕もこれと無縁ではないだろう。

(58)いま日本の国粋主義者は主に（一）日本国民もまた戦争の被害者であり、（二）日本は一日も早くアメリカの支配から抜け出なければならないなどと主張しているのであって、韓国人が考えるように闇雲に国益を追求するとか、新しい大東亜共栄圏を構想するといったものではない。

(59)小森陽一「韓国語版序文」高橋哲哉・小森陽一『ナショナル・ヒストリーを超えて』李圭洙《イギュス》訳、三仁《サミン》、一九九九参照。

(60)小森陽一「韓国語版序文」前掲書、一三―一四頁。傍点は引用者。

(61)今まで柄谷の著作は一〇冊あまり翻訳されたが、文学と知性社や創作と批評社からは一冊も出なかったし、まともに議論の対象になったこともない。

(62)これは筆者が二〇〇六年五月一九日に『創作と批評』陣営の勉強会である細橋《セギョ》フォーラムで「近代文学の終焉」に関して発表（本書第二章）をしたとき感じたことでもある。年配者の側は柄谷の宣言そのものがもつ論理性のほころびと飛躍を主に指摘したのに反して、若者側は（そのような面があるかもしれないが）柄谷が提起した問題は時宜適切であり、将来文学をするのに必ず「思惟される」必要があると主張した。

(63)白楽晴『分断体制――変革を学ぶ道』創作と批評社、一九九四〔未邦訳〕、三頁。

(64)白楽晴『統一時代の韓国文学の価値=甲斐《ボラム》――民族文学と世界文学Ⅳ』前掲書、四六八頁。

(65)同書、四六九頁。傍点は引用者。

(66)金永贇《キムヨンチャン》が以下の対談で使用した表現。李光鎬《イグァンホ》、柳潽善《リュボソン》、金亨中《キムヒョンジュン》、金永贇《キムヨンチャン》「〈文学の時代〉以後の文学批評」前掲書、一五四頁参照。

(67)白楽晴・黄鍾淵《ファンジョンヨン》の対談「韓国文学の価値=甲斐《ボラム》について」『創作と批評』前掲誌、一九三頁。

（68）金禹昌《キムウチャン》もまた自分がいわゆる専攻とは距離があるもの（文学を越えた文学）を書くことができたのは、義務的に埋め合わさねばならない論文本数や再任用のような制度がなかった時期に大学にいたためだと言っている。事実、これは文学生産の場にもあてはまる話である（金禹昌他『行動と思惟』考えの木、二〇〇四［未邦訳］参照）。

（69）白楽晴は最近、自分と関連してなされている朴玫奎《パクミンギュ》批判に対してまともな作品分析のない（本来の任務をおろそかにした）批評が多いと批判したのだが（「「朴正熙の郷愁」はひどい後遺症、業績も認めてこそ治癒できる」『オーマイニュース』二〇〇七年四月九日付。http://www.ohmynews.com/NWS_Web/View/at_pg.aspx?CNTN_CD=A0000402825）、この発言そのものがもつ公正性も問題だが（なぜならそれもまた朴玫奎、金愛蘭《キムエラン》、金衍洙《キムヨンス》について本来の任務に忠実でないまま、まず価値評価を下したため）、「基本」を強調することにより事態の本質を糊塗しているという感じがする。また、批評において「本来の任務」（基本）に対する強調はT・S・エリオットの指摘のように文学教育システムの成立と密接な関係にある。

（70）白楽晴は次のように言う。「柄谷行人は個人的な親交もあるのだが、とてもすぐれた哲学者だと思う。しかし、「近代文学の終焉」という彼の論文は柄谷のもののなかでうまく書けているとは言い難い。そのうえ、韓国文学に対する診断は本人も認めるように特別な知識があるわけではなく、彼が誰かから聞いたと言っている話は、私が見るにガセネタをつかまされたようだ。そのような人が韓国文学も終ったと一言言うので我も我もと柄谷をおだてるのだが、私は正直悲哀を感じる。我々がこの程度なのかと思い、［…］韓国文学に問題も多いが、文学の終焉とか、またはもっと狭めて柄谷が言う近代文学の終焉とかいう主張は不当な話だと見る。参考にはなるし、日本文学についての話は面白い。しかし、論理の飛躍と概念の錯綜が多い。しかも、韓国文学についての話はまったく的外れだ。そして、文章そのものが柄谷の書いたもののなかでもあまりいいものとは思えない。」（「「朴正熙《パクチョンヒ》の郷愁」はひどい後遺症、業績も認めてこそ治癒できる」前掲紙。傍点は引用者）。

白楽晴のこのような発言は「近代文学の終焉」に対する彼の立場をよく示しているのだが、ここで第一に注目すべきは、彼が柄谷を「とてもすぐれた哲学者」と称しているという点だ。しかし、この表現は賞賛というより「しかし文芸批評家としてはそれほどでもない」という意味が含まれている。これは柄谷の主張を正面から批判するというより、「韓国の事情に疎い」とか「文章そのものがよくない」というような側面攻撃を通して「不当な主張」という結論にいたることと無縁ではない。一言で「本来の任務」に忠実な主張ではないというのだ。しかし、このような質問を投げかけることもできる。彼が柄谷の日本文学に対する言及が面白いと言ったとき、その面白さはまた別の「ガセネタ」によるものではないかと。そして、韓国文壇が柄谷の主張に振り回されるのを見て「私は正直悲哀を感じる。我々がこの程度に過ぎないのか」と言ったときの「我々」は当然知恵が不足した者たちを言う。危機感は批評の老年では感じられないようだ。

(71) 柄谷行人「韓国と日本の文学」『〈戦前〉の思考』前掲書、二二九頁。

(72) 李光鎬《イグァンホ》「〈ゼロ年代の文学論争〉を越えて」／金亨中《キムヒョンジュン》「不在の原因、更新されたリアリズム」『文学と社会』二〇〇七年春号。

(73) ところで興味深いのは、「にもかかわらず」当該の若手批評家たちが「創批という垣根」の内にいるということをとても誇らしく思い、その中に自足しているという点だ。したがって、彼らの批判とは、外部からの批判を意識して自らあらかじめ行なった予防接種のようなものだと言える。すなわち、彼らは創批が保有している自己免疫システムの一部にすぎない。

(74) むろん、李光鎬、金亨中が批判するのは白楽晴《ペクナクチョン》というよりは韓淇皓《ハンギホ》、林奎燦《イムギュチャン》などのような第二世代の創批批評家であるが、それが一種の「代理戦争」の性格をもっているということは否定できないだろう。

(75) ちなみに、柄谷行人は、自分が主宰していた雑誌『批評空間』を二〇〇二年に解体し、彼が主導した市民運動団体であるＮＡＭもあまりにも自分を中心に回っている（ファンクラブ化している）のを見て二〇〇三年に解散した。

訳註

[1]「貼り紙禁止!」中「批評家の技術十三カ条Ⅱ」。「一方通行路」『ベンヤミン・コレクション3　記憶への旅』久保哲司訳、ちくま学芸文庫、一九九七、六二頁。

[2]韓国では宝くじの収益の一部が作家の創作支援金にあてられている。

[3]柄谷行人は第一回から第四回（一九九八）まで参加している。

[4]一九六〇年三月に行なわれた第四代大統領選挙における不正に反発した学生や市民が蜂起したデモを主導した世代を四・一九世代と呼ぶ。

[5]柄谷行人「韓国と日本の文学」前掲書、二一八頁。

[6]最近になって韓国の小説を特集した『文藝』二〇一九年秋号が同誌史上八六年ぶりに三刷がかかるなど、若干の変化は生じつつあるようだ。

[7]序文でも触れられているように、二〇〇八年に「東アジア文学フォーラム」に形を変えて復活し、二〇一八年にはソウルにて第四回が開催された。

[8]白楽晴《ペクナクチョン》「はしがき」『民衆文化運動の状況と論理』前掲書。

[9]この副題は朴玟奎《パクミンギュ》の小説『三美スーパースターズ　最後のファンクラブ』（斎藤真理子訳、晶文社、二〇一七）のパロディである。

第五章

原註

（1）「特集：新人文学者意識調査⑴調査結果報告」『教授新聞』二〇〇六年九月二三日付。同記事は以下のサイトで読むことができる（http://www.kyosu.net/news/articleView.html?idxno=10878）。

（2）これについて黄晳暎《ファンソギョン》は「詩的物語」という言葉で彼なりに防御をするのだが、これについてはあとでふたたび触れることにする。

（3）むろん、この違いは重要である。これについては続けて取りあげるつもりだ。

（4）〈作家ファイル――アラジンが出会った作家たち――黄晳暎《ファンソギョン》編〉インターネット書店アラジン、二〇〇七年七月一八日付［同記事は以下のサイトで読むことができる。https://www.aladin.co.kr/artist/wmeet.aspx?pn=20070718_hwangseokyoung］。

（5）ノースロップ・フライ『批評の解剖』海老根宏・中村健二・出淵博・山内久明訳、法政大学出版局、一九八〇、二六九頁、四三三頁。

（6）黄晳暎「専業の苦痛で耐えうる文学の本領」『創作と批評』二〇〇七年夏号、一八四―一八五頁。番号と傍点は引用者。

（7）文学においてこのような「信念」がもつ問題に対しては、すでに柳宗鎬《ユジョンホ》、黄鍾淵《ファンジョンヨン》、白楽晴《ペクナクチョン》の例を挙げて批判したことがある（柳宗鎬に関しては拙著『韓国文学とその敵』（b-books、二〇〇九）「第一章　批評の貧困――柳宗鎬と村上春樹」を参照）。

（8）黄晳暎「専業の苦痛で耐えうる文学の本領」前掲書、一八四頁。

（9）黄晳暎・大江健三郎「文学と東アジアを語る」〈ハンギョレ〉、二〇〇五年八月一五日付。同記事は以下のサイトで読むことができる（https://blog.naver.com/keelin/60017538932）。

（10）これ以外にも講談社は、〈講談社学術文庫〉を創刊し、高価な学術書籍を大部分千円程度で販売している。

（11）拙著『韓国文学とその敵』「第二章　批判と反復――韓国文学とその敵Ⅰ」前掲書参照。

（12）黄晳暎「専業の苦痛で耐えうる文学の本領」前掲書、一八五頁。

（13）『パリデギ』新聞広告には「四、五カ国語への翻訳刊行契約済み！」という宣伝文句が入っている。ちなみに、『ディー・ウォーズ』も、ソニーと第二次著作権契約を締結したという。

（14）韓淇皓《ハンギホ》「黄晳暎がつくる韓国文学の希望」〈ハンギョレ〉、二〇〇七年八月三一日付［同記事は以下のサイトで読むことができる。http://blog.daum.net/steppingstone77/12868812］。ちなみに、韓淇皓はさらにもちあげて『パリデギ』が黄晳暎の代表作になるだろうとさえ述べている。

（15）柳潽善《リュボソン》「母性の時間、あるいはモダニティの鏡」黄皙暎『沈清《シムチョン》』（下）、文学トンネ、二〇〇三［未邦訳］、三一一頁。
（16）黄皙暎、沈真卿《シムジンギョン》「韓国文学は生きている」『創作と批評』二〇〇七年秋号、二三九－二四〇頁、渡辺直紀訳。傍点は引用者［同記事は以下のサイトで読むことができる。http://magazine.chanbi.com/jp/archives/8893?cat=2476］。
（17）黄皙暎、沈真卿、前掲書、二四〇－二四一頁。傍点は引用者。
（18）同書、二四五－二四六頁。
（19）同書、二四七頁。傍点は引用者。
（20）同書、二四八頁。
（21）同書、二四九－二五〇頁。
（22）どこかで彼は自分の小説はすべて「映画的」だと言ったことがある。しかしここで彼が言う「演劇的様式」とは、西欧リアリズム劇とは無縁な、あくまでも出来事の連鎖がゆるい韓国の伝統劇と関連がある。
（23）黄皙暎対談「文学の地平にタブーはない」『文学の文学』二〇〇七年創刊号、三三五－三三六頁。
（24）黄皙暎・崔元植《チェウォンシク》「黄皙暎の生と文学」崔元植・林洪培《イムホンベ》編『黄皙暎文学の世界』創批、二〇〇三［未邦訳］、二二一－二二三頁。ちなみに同対談で崔元植は黄皙暎のこのような見解に対してラテンアメリカ文学が世界的な注目を浴びるようになったのは西洋文学の植民地的拡大の一環でありうると言って、彼と距離を置いている。
（25）黄皙暎対談「文学の地平にタブーはない」前掲書、三三六頁。
（26）黄皙暎「韓国文学は生きている」前掲書、二五一頁。
（27）教養小説の場合、それは成功談のかたちをとるが、このとき成功するのは個人（自我）ではなく制度（世界）である。
（28）黄皙暎は『パリデギ』のパリが「巫堂《ムーダン》」にほかならず、小説家は巫堂（シャーマン）にならねばならないと言っているのだが、これは彼の意図が形式上小説の巫歌《ムガ》化ないし探偵小説化にあるということを意味する（インターネット書店アラジン〈作家ファイル――アラジンが出会った作家たち――黄哲暎《ファンソギョン》編〉前掲サイト参照）。

(29) 黄哲暎、沈真卿《シムジンギョン》、前掲書、二七二―二七三頁。

(30) 同書、二七四頁。傍点は引用者。

(31) 同書、二七五頁。傍点は引用者。

(32) 一九八〇年代の日韓の文学交流で必ず検討しなければならないものがあるのだが、それこそが『韓国文藝』［一九七五年創刊。同誌については舘野晳「季刊誌『韓国文藝』について」『出版ニュース』出版ニュース社、二〇一七年九月号、二六―二七頁参照］という雑誌である。同誌は韓国文学を日本に紹介するために日本語で発刊されたのだが、中上健次が尹興吉《ユンフンギル》の「長雨」を読んだのも、また柄谷行人と「根底の不在」をめぐって公開書簡をやりとりしたのも同誌を通じてであった（この意味で柄谷が韓国国内にはじめて紹介されたのは一九八一年であるとさえ言える）。そのうえ中上健次は韓国に来ると当時『韓国文藝』の編集長であった全《チョン》玉淑《オクスク》に世話になったと言っているのだが、当時の日韓の文学交流を理解するために、この全玉淑という人物についてすこし見てみる必要がある。彼女は映画界では一九六四年に夫であるホン・ウィソンとともに「大韓連合映画株式会社」を設立し活発な活動を繰り広げた女性プロデューサーとして有名だが、当時もっとも影響力のある日本通かつ――彼女は朝日テレビソウル支局長を務めただけでなく、『世界』の編集長であった安江良介とも相当に親しかったという――金泳三《キムヨンサン》、金大中《キムデジュン》とも気安くつきあえる政治文化界の女王であったと言う（彼女はチョー・ヨンピルの歌『生命』の作詞者でもある）。

彼女が当時どのような存在だったのかについて、南載熙《ナムジェヒ》の次のような証言を直接聞いてみよう。《全女史のおかげで豪華な酒の席にたくさん顔を出したが、そのなかで変わっていたのは江南《カンナム》のサロンでペティ・キムとイタリア人の夫、チェ・ジヒさんとその恋人であるジャニー・ユンさんなどと相席した酒の席だ。最高の酒の席だった。わたしも李《イ》甲用《ガビョン》民主労総委員長や権寧吉《クオンヨンギル》民主労働党委員長との酒の席に全会長（引用者注――全玉淑はかつて「シネテル」という会社の会長でもあった）と舞踏家である人間文化財の李《リ》愛珠《エジュ》ソウル大教授を招いたのだが、全会長のレベルは彼らを上回るようであった。その話題の豊富さ［…］欠くべからざる話が全会長の忘年会、十年以上毎年盛大な忘年会を開いている。近年には弘大前《ホンデ》「東村《トンチョン》」でよく集まった。政治家である孫世一《ソンセイル》さんとわたしが常連客で金芝河《キムジハ》、朴範信《パクボムシン》などの文学者、張壹淳《チャンイルスン》、金錫元《キムソグォン》双龍会長、金晋《キムジン》均《ギュ》ソウル大教授など百名余りが参加した》（南載熙『言論・政治風俗史』民音社、二〇〇四［未邦訳］、九四－九五頁）。

　一人の言論人にして政治家の回想をあえて引用したのは、政治文化界の風俗が窺えるからというよりは、当時の日韓文化交流がどんな人物たちによってなされていたのかを説明するためである。黄皙暎《ファンソギョン》が批判する日韓交流が具体的にどのようなものを指すのか明らかでないが、文脈上その批判には『韓国文藝』をめぐる交流もまた含まれていた可能性が高く、もしそうだったならこれは漠然とした個人的印象で裁断できる単純な問題ではない。たとえば全玉淑はたしかに政府とコネがある人物だったが、反政府的な人物たちともとても親しかったし、ときには率先して彼らの便宜をはかりもした。のみならず彼女は自分がプロデュースした映画『休日』（李晩熙《イマニ》監督、一九六八）に対する検閲に抗議して公開そのものを拒否し、キリング・フィールドとして悪名が高かったカンボジアに入国して総理に直接インタビューする気丈さを発揮した。ちなみに映画監督ホン・サンス［一九六〇年生れ。『自由が丘で』（二〇一四）など］は彼女の息子である。

（33）日本やヨーロッパには、第三世界知識人とのこのような接触を通じて自分たちの政治的正当性を確保する知識人がかなり存在する。

（34）小森陽一「戦争の記憶、記憶の戦争――『武器の影』と『懐かしの庭』を中心に」崔元植《チェウォンシク》・林洪培《イムホンベ》編『黄皙暎文学の世界』前掲書。

（35）黄皙暎、沈真卿「韓国文学は生きている」前掲書、二七六頁。

（36）同書、二七六頁。

（37）彼は韓国で（物故した者を含め）ノーベル文学賞を受けるに値する者が二〇人程度存在するという、いわゆる「ノーベル文学賞二〇人説」を主張している（黄皙暎対談「文学の地平にタブーはない」前掲書、四五頁）。

（38）黄皙暎、沈真卿「韓国文学は生きている」前掲書、二七七頁。

(39) 先述したように黄皙暎の『パリデギ』もこのようにして作られたベストセラーのひとつである。
(40) 『三国志』と黄皙暎の出会いは事実今回がはじめてではない。彼は一九八六年に中国系の日本作家陳舜臣の『秘本三国志』［一九七四年から七七年まで『文藝春秋』に連載。後に中公文庫にて全六巻で刊行］を「監訳」というかたちで出したことがある。
(41) 黄皙暎《ファンソギョン》、沈真卿《シムジンギョン》、前掲書、二七三頁。
(42) 特に朴正熙《パクチョンヒ》、全斗煥《チョンドファン》政権の独裁政治と光州事件を知らしめるのに大きく貢献した。
(43) 池明観《チミョングァン》『境界線を超える旅』岩波書店、二〇〇五。
(44) 当時『思想界』社長だった張俊河《チャンジュナ》は日韓協定反対の先鋒に立ったが、協定締結が確実視されるや日本を知らねばならないと考え、池明観を派遣した。そしてこのときの日本での経験がその後池明観をして日本留学を決心せしめるきっかけとなる。
(45) 周知のとおり文藝春秋は芥川賞、直木賞、菊池寛賞を主幹する出版社だが、長らく南京大虐殺と従軍慰安婦の強制連行はなかったと主張してきた出版社でもある。さらには一九九五年自社が発行する雑誌『マルコ・ポーロ』を通じて「アウシュビッツはなかった。すべてでっち上げだ」という論説を載せ、それによって国内外から数多くの批判を受けるようになり、結局広告主が広告掲載を拒否し廃刊にいたった。
(46) 本多勝一『大江健三郎の人生――貧困なる精神X集』毎日新聞社、一九九五、一〇一一一頁。
(47) 「第三世界文学」主張者である白楽晴《ペクナクチョン》もまた良いものは良いというふうに（韓国文学発展に役立ってこそ……）彼らの受賞可能性そのものを肯定的に見ている。
(48) 金允植《キムユンシク》「尹興吉と中上健次」（一九八三）、『地上のパンと天上のパン』ソル［未邦訳］、一九九五参照。
(49) 当時の日本側の書評は同じ年に出た次の本に大部分翻訳されている。金炳翼《キムビョンイク》・金炫《キムヒョン》編『尹興吉――我らの時代の作家研究叢書』ノマドブック、一九七九、参照。
(50) 黄皙暎《ファンソギョン》対談「文学の地平にタブーはない」前掲書、四六頁。
(51) 李文烈《イムニョル》の小説のうち一部は黄皙暎よりはやく海外市場に進出した点も指摘しておく。

(52) 事実黄晳暎や趙世熙《チョセヒ》の小説はすべて「長雨」の系統というよりは「九足の靴を残した男」の系統に属する小説だという点を考えるとき、彼らが日本で注目されなかったのは当然だと言える。

(53) 中上健次・尹興吉《ユンフンギル》『東洋に位置する』作品社、一九八一、二二一－二二三頁。傍点は引用者。

(54) 同書、二四－二六頁。傍点は引用者。

(55) 実際柄谷は『日本近代文学の起源』が刊行された年に、韓国に来て「近代文学の終焉」について発言したことがある。詳しい内容は本書第三章を参照。

(56) 秋山駿「現実の重さと軽さ」金炳翼・金炫編『尹興吉――我らの時代の作家研究叢書』前掲書、一九八一－二〇一頁に収録。ちなみに韓国側の文献に「村上春樹」が登場したのはこれが最初ではないかと思う。むろん当時には誰も彼の名前に注目しなかったであろうが。［秋山駿『生の磁場　文芸時評一九七七－一九八二』小沢書店、一九八二、二〇二－二〇五頁に所収］。

(57) 秋山駿、『生の磁場　文芸時評一九七七－一九八二』前掲書、二〇三頁。

(58) 同書、二〇四－二〇五頁。

(59) これに関して付け加えるべきなのは、日本の小説家の場合、晩年に自国の古典に戻り『源氏物語』のような作品の現代語訳を試みる者が少なくないのに反して、韓国の場合は一様に中国の『三国志』や『水滸伝』を翻訳するのに時間を浪費しているということである。

(60) ちなみに中上は、まさにそのせいで韓国で真の大作家が出る可能性があると述べている［中上健次・尹興吉『東洋に位置する』前掲書、二八－二九頁］。

(61) 南真祐《ナムジヌ》「〈危機〉論と〈終焉〉論を超えて」『文学トンネ』二〇〇七年秋号。

(62) 柄谷行人「根底の不在――尹興吉『長雨』について」『批評とポスト・モダン』福武書店、一九八五、一一八頁。

(63) 中上健次・尹興吉『東洋に位置する』前掲書、二〇頁。

(64) 柄谷行人「根底の不在――尹興吉『長雨』について」前掲書、一一九－一二〇頁。

(65) 同対談は本書第三章で詳しく分析した。

(66) 白楽晴《ペクナクチョン》・崔元植《チェウォンシク》・鵜飼哲・柄谷行人「韓国の批評空間」前掲誌、七－八頁。
(67) 柄谷行人「根底の不在――尹興吉『長雨』について」前掲書、一二一頁。
(68) 韓国ではしばらくの間「他者」という用語が人文学や批評界で流行したことがあるのだが、そのときそれは「比較－不可能なもの」の認定と、「評価における相対性」の否定として理解されたりした。しかし厳密に言えば他者を認定するということは他者を歪曲しないということではなく、他者に対する認識は歪曲とともに存在せざるをえないということを認めると同時に、その歪曲に対してつねに自覚的でなければならないという意味である。にもかかわらず「他者」を云々する者たちのなかの多くが、日本に対して語るときだけは自己(あるいは韓国)とまったく無縁な何らかの客観的対象のように記述することになんの抵抗感もないということは、彼らが使う用語がただ知的操作のための便利な道具にすぎないということを意味する。
(69) 黄皙暎《ファンソギョン》・李恢成対談「故郷喪失と民族文学」『時代と人間の運命　対論篇』(李恢成著、同時代社、一九九六)一四〇－一四一頁。
(70) 実のところこのような企画出版は日本に独特なものではない。西欧の多くの出版社がそのような企画で小説を出版しており、『パリデギ』もやはり最初はそのような企画物の一部として構想されたという。むろん、以後その企画物から外れたが。当たり前の話だが、このような企画出版の背景には何よりも「出版権確保」という目的がある。すなわち、韓国の作家が韓国語で書いた作品だとしても、それが日本で先に出版されたら、ふつうその本の出版権は日本の出版社がもつようになる。しかし一般的にそうだからといってすべてがそうだとはかぎらない。結局はどのように契約を結ぶのかによって変わってくるのである。
(71) たとえば、これと似た企画小説は韓国の新聞の主導で辻仁成と孔枝泳《コンジヨン》によって書かれた。ところで困ったことに孔枝泳は黄皙暎が目にかけている女性作家のひとりである。当然孔枝泳も『パリデギ』が出ると激賞を惜しまなかった。韓国の文学市場を二分しているふたりの作家の「幸福な出会い」である。
(72) 『鳳仙花』は『岬』『枯木灘』『地の果て 至上の時』などとともに、紀州サーガと呼ばれる作品のひとつである。
(73) 柄谷行人・中上健次「批評的確認――昭和をこえて」『柄谷行人中上健次全対話』講談社文芸文庫、二〇一一、一四六－一四七頁。

(74) むろん、これに対するネーション－内－作家やネーション－内－批評家たちの反発がしばらくの間かなり強まるだろう。

訳註

[1] 青柳優子訳、岩波書店、二〇〇八。

[2] 保守政党であるハンナラ党（現在の第一野党である自由韓国党の前々名称）をからかって言うときの呼び名。「他の国の党」という意味。

[3] 『根源の彼方に──グラマトロジーについて』（下）足立和浩訳、現代思潮社、一九七七、三六頁。

[4] いずれも左派の日刊紙。

[5] 保守系の日刊紙。韓国三大紙のひとつ。

[6] 上下巻。青柳優子訳、岩波書店、二〇〇一。

[7] 上下巻、文学トンネ、二〇〇三［未邦訳］。

[8] 鄭敬謨《チョンキョンモ》訳、岩波書店、二〇〇四。

[9] 全三巻、民音社、二〇〇六、未邦訳。

[10] 朝鮮のシャーマンである巫堂《ムーダン》が神を憑依させお告げを行なう祭儀のこと。

[11] 物語様式に属する巫歌《ムガ》。

[12] 朝鮮時代中期の文臣であり、陽明学者であった許筠《ホギュン》の手になる、ハングルで書かれた最古の小説とされる『洪吉童伝《ホンギルトン》』（一六〇七年頃）のような、人物を中心としたフィクション。

[13] 金薫《キムフン》の歴史小説。学古斎、二〇〇七［未邦訳］。二〇一七年にファン・ドンヒョク監督により『天命の城』というタイトルで映画化された。

[14] シム・ヒョンネ監督、二〇〇七。アメリカの俳優をキャスティングして北米でも公開された。

［15］キム・ジフン監督、二〇〇七。

［16］自らの人生をドラマのようだと考える態度を指す。

［17］一九七六年生。元プロ野球選手。NPBの千葉ロッテマリーンズ、読売ジャイアンツ、オリックス・バッファローズにも所属していた。

［18］かつて映画会社や映画館が多く集まっていたせいで、現在でも韓国映画界の代名詞となっている街。

［19］高崎宗司訳、岩波書店、一九八六。

［20］上下巻、高崎宗司・林裔・佐藤久訳、岩波書店、一九八九。

［21］鄭敬謨《チョンキョンモ》訳、シアレヒム社、一九九五。

［22］金允植《キムユンシク》『書くことの矛盾に陥った作家たちへ』江出版、一九九六［未邦訳］参照。

［23］死霊を極楽に導くための巫女の儀式。

［24］芸人。

［25］一八世紀頃にハングルで書かれた作者不詳の小説。口承の民話をもとにしているとされる。

［26］『創作と批評』二〇〇七年秋号。

［27］李箕永《イギヨン》の号。

［28］韓国固有の音楽で、農村で働く人の士気を高めるために演奏された音楽。

［29］韓国の伝説に出てくる想像上の動物の名。

［30］二〇〇字詰原稿用紙に換算して五〇〇～七〇〇枚の小説を一〇〇〇枚以上の長篇小説と区別するために、韓国で使われる用語。

［31］一九七九年から一九八五年にかけて行われた聞き取り調査をもとに、一九八〇－一九九二年に韓国精神文化研究院から刊行された口承物語集（資料集全八二巻、附録三巻）。

［32］Ernest Mandel, *Delightful Murder: A Social History of the Crime Story*, Univ of Minnesota Pr., 1985 参照。

［33］一九七四年に「日本の対韓政策をただし、韓国民主化闘争に連帯する日本連絡会議」として結成され、のち

に「日韓連帯委員会」に改称・再発足した。

［34］全四巻、河出書房新社、一九七三―一九七四。

［35］現状では暗黙裡にタブー視される傾向も見られる。

［36］買い留めは韓国の出版界の根深い悪習で、ベストセラーを作るために出版社が自社の本を書店で買い戻す行為を言う。

［37］現在では日本でも「町の本屋」が姿を消しつつあるのは周知の通りである。

［38］チョン・スラの『ああ！　大韓民国』（一九八三）を指す。作詞は朴建浩《パクコノ》。

［39］後にT・K生名義で岩波新書四分冊が刊行された。

［40］一九五三年に創刊され一九七〇年に終刊。

［41］それぞれが『愛のあとにくるもの』という題で小説を書くというコラボレーションを行なった。孔枝泳《コンジヨン》版はきむふな訳で幻冬舎よりより単行本が出ており（二〇〇六）、辻仁成版は幻冬舎文庫（二〇〇九）で読むことができる。

［42］津島佑子・申京淑『山のある家　井戸のある家――東京ソウル往復書簡』きむふな訳、集英社、二〇〇七。

［43］姜舜《カンスン》訳、東京新聞出版部、一九七九。

［44］いずれも『客地ほか五篇』高崎宗司訳、岩波書店、一九八六に収録。

［45］パンソリに必要な音色や発声技巧を体得すること。のどを一度つぶして血を吐いて声を整える（『東洋に位置する』二〇四頁参照）。

［46］秋山駿『生の磁場　文芸時評一九七七―一九八一』前掲書、二〇五頁。

［47］柄谷行人「根底の不在――尹興吉『長雨』について」前掲書、一二一頁。

［48］ここでいう「出来のよい《チャルパジン》」は「ウェルメイドな」という意味であり、韓国において文学・芸術分野で使われるときは若干否定的なニュアンスがある。

［49］安宇植《アンウシク》訳、新潮社、一九八二。

文学者等一覧

『緑色評論』　一九九一年に創刊された、伝統的左派とは異なる視角で資本主義に対する急進的批判を展開する雑誌。

金鍾哲《キムジョンチョル》　一九四七年生。文芸評論家。ソウル大学英語英文学科博士課程修了。『緑色評論』を創刊した。

『文学トンネ』　韓国の文芸誌。一九九四年創刊。発行元である文学トンネは村上春樹の書籍を多数翻訳出版していることでも知られている。トンネとは「町内、隣近所」のこと。

徐栄彩《ソヨンチェ》　一九六一年生。文芸評論家。ソウル大学国文科教授。元『文学トンネ』編集委員。著書に『ミメーシスの力』（二〇一二、文学トンネ。未邦訳）など。

『文学手帖』　韓国の文芸誌。二〇〇三年創刊。二〇〇九年まで全二八巻発行された。

権晟右《クォンソンウ》　一九六三年生。文芸評論家。淑明女子大学教授。文学権力に対する批判的言説で知られる。著書に『浪漫的亡命』（二〇〇八、昭明出版。未邦訳）など。

李光洙《イグァンス》　一八九二－一九五〇。「朝鮮近代文学の祖」とも言われる小説家。作品に『無情』（波田野節子訳、平凡社、二〇〇五）など。

金東仁《キムドンイン》　一九〇〇－一九五一。小説家。『朝鮮短篇小説選集』（大学書林、一九八一）に青山秀夫訳「さつまいも」が収録されている。

金南天《キムナムチョン》　一九一一－一九五三。作家。一九四五年に林和らとともに朝鮮文化建設中央協議会を結成した。

林和《イムファ》　一九〇八－五三。詩人。韓国近代文学は日本近代文学を移植することにより成立したという韓国文学移植説を主張した。松本清張の小説『北の詩人』（一九六四、中央公論社）にその半生が描かれている。

黄晳暎《ファンソギョン》　一九四三年生。小説家。崇実大学哲学科卒。作品に『客人《ソンニム》』（鄭敬謨《チョンギョンモ》訳、岩波書店、二〇〇四）など。

李文烈《イムニョル》　一九四八年生。小説家。作品に『我らの歪んだ英雄』（藤本敏和訳、情報センター出版局、一九九二）など。

白楽晴《ペクナクチョン》　一九三八年生。文芸評論家。ソウル大学名誉教授。韓国を代表する文芸誌『創作と批評』の創始者。著書に『民族文学運動の状況と論理』（滝沢秀樹監訳、お茶の水書房、一九八五）など。

金禹昌《キムウチャン》　一九三七年生。文芸評論家。高麗大学名誉教授。ソウル国際文学フォーラム組織委員会委員長を歴任。

黄芝雨《ファンジウ》　一九五二年生。詩人。韓国芸術総合学校演劇院劇作科教授。一九八〇年に文芸誌『文学と知性』掲載の「答えのない日のために」でデビューした。

高銀《コウン》　一九三三年生。詩人。韓神大学文学部名誉博士。作品に『いま、君に詩が来たのか——高銀詩選集』（青柳優子訳、藤原書店、二〇〇七）など。

千雲寧《チョンウニョン》　一九七一年生。小説家。高麗大学大学院国文学科卒。作品に『生姜《センガン》』（橋本智保訳、新幹社、二〇一六）など。

金英夏《キムヨンハ》　一九六八年生。小説家。延世大学経営学部修士課程修了。作品に『光の帝国』（宋美沙訳、二見書房、二〇〇八）など。

成碩済《ソンソクジェ》　一九六一年生。小説家。延世大学法学部博士課程修了。『いま、私たちの隣りに誰がいるのか』（安宇植訳、作品社、二〇〇六）に「夾竹桃の陰に」が収録されている。

金琸桓《キムタククァン》　一九六八年生。小説家。ソウル大学大学院国文学博士課程修了。作品に『愛より残酷ロシアン珈琲』（中野宜子訳、かんよう出版、二〇一三）など。

殷熙耕《ウンヒギョン》　一九五九年生。小説家。中央大学文芸創作科招聘教授。作品に『愛が僕をさげすむ』（呉永雅訳、クオン、二〇一四）など。

裵琇亞《ペスア》　一九六五年生。小説家。梨花女子大学化学博士。作品に『蛇と水』（文学トンネ、二〇一七。未邦訳）など。

呉貞姫《オジョンヒ》　一九四七年生。小説家。徐羅伐《ソラボル》芸術大学文芸創作科博士。作品に『金色の鯉の夢』（波多野節子訳、段々社、一九九七）など。

金衍洙《キムヨンス》　一九七〇年生。小説家。成均館大学英語英米文学科博士課程修了。作品に『ワンダーボーイ』（きむふな訳、クオン、二〇一六）など。

河成蘭《ハソンナン》　一九六七年生。小説家。ソウル芸術大学文芸創作科卒。作品に『あの夏の修辞法』（牧瀬暁子訳、クオン、二〇一八）など。

李章旭《イジャンウク》　一九六八年生。詩人。東国大学教授。『創作と批評』編集委員。

朴玟奎《パクミンギュ》　一九六八年生。小説家。中央大学文芸創作科博士課程修了。作品に『三美スーパースターズ　最後のファンクラブ』（晶文社、斎藤真理子訳、二〇一七）など。

金愛蘭《キムエラン》　一九八〇年生。小説家。韓国芸術総合学校演劇院劇作科卒。作品に『外は夏』（古川綾子訳、亜紀書房、二〇一九）など。

金永贊《キムヨンチャン》　一九六五年生。文芸評論家。啓明大学副教授。文芸誌『文芸中央』編集委員。著書に『文学の仕事』（創批、二〇一八。未邦訳）など。

崔元植《チェウォンシク》　一九四九年生。文芸評論家。仁荷大学名誉教授。『創作と批評』主管などを歴任した。

黄鍾淵《ファンジョンヨン》　一九六一年生。文芸評論家。東国大学教授。元『文学トンネ』編集委員。

金炯洙《キムヒョンス》　一九五九年生。詩人。瑞江情報大学卒。作品に『文益煥《ムンイックァン》評伝』（茶山冊房、二〇一八。未邦訳）など。

金炳翼《キムビョンイク》　一九三八年生。批評家。仁荷大学招聘教授。文学と知性社常任顧問。

李晟馥《イソンボク》　一九五二年生。詩人、啓明大学名誉教授、著書に『そしてまた霧がかかった』（李考心・宋喜復訳、書肆侃侃房、二〇一四）など。

金源祐《キムウォヌ》　一九四七年生。小説家。啓明大学教授。著書に『日本耽読』（クルハンアリ、二〇一四、未邦訳）など。

河在鳳《ハジェボン》　一九七五年生。詩人、小説家、映画評論家。東西大学教授。著書に『発電所』（民音社、二〇〇七、未邦訳）など。

朴裕河《パクユハ》　一九五七年生まれ。世宗大学教授。早稲田大学大学院日本文学博士課程修了。著書に『和解のために』（平凡社、二〇〇六）、『帝国の慰安婦』（朝日新聞出版、二〇一四）など

『現代文学』　韓国の文芸誌。一九五五年創刊。あとがき参照。

『文学思想』　韓国の文芸誌。一九七二年創刊。あとがき参照。

申京淑《シンギョンスク》　一九六三年生。小説家。ソウル芸術専門大学文芸創作科卒。白楽晴《ペクナクチョン》の秘蔵っ子と言われる。作品に『母をお願い』（安宇《アンウ》植《シク》訳、集英社文庫、二〇一一）など。

李光鎬《イグァンホ》　一九六三年生。文芸評論家。ソウル芸術大学文芸創作科教授。文学と知性社代表。著書に『眼差しの文学史』（文学と知性社、二〇一五、未邦訳）など。

金亨中《キムヒョンジュン》　一九六八年生。文芸評論家。朝鮮大学教授。文学と社会編集同人。著書に『ただ一冊の本』（文学と知性社、二〇〇八、未邦訳）など。

金薫《キムフン》　一九四八年生。小説家。高麗大学英文学科中退。元ハンギョレ新聞記者。作品に『孤将』（蓮池薫訳、新潮社、二〇〇五）など。

鄭梨賢《チョンイヒョン》　一九七二年生。小説家。ソウル芸術大学文芸創作科卒。作品に『マイスイートソウル』（清水由希子訳、講談社、二〇〇七）など。

姜由楨《カンユジョン》　一九七五年生。大衆文化評論家。江南大学グローバル人材部韓英文化コンテンツ学科教授。

金允植《キムユンシク》　一九三六－二〇一八。文芸評論家。ソウル大学大学院国語国文科博士課程修了。著書に『李炳注文学の歴史と社会意識』（バイブックス、二〇一七、未邦訳）など。

沈真卿《シムジンギョン》　一九六八年生。文芸評論家。西江大学国文科大学院博士課程修了。『子音と母音』編集委員。作品に『韓国文学とセクシュアリティ』（昭明出版、二〇〇六。未邦訳）。

尹伊桑《ユンイサン》　一九一七―一九九五。作曲家。

李箕永《イギヨン》　一八九五―一九八四。小説家。作品に『故郷』（大村益夫訳、平凡社、二〇一七）など。

李文求《イムング》　一九四一―二〇〇三。小説家。徐羅伐《ソラボル》芸術大学文芸創作科卒。作品に『冠村随筆』（安宇《アンウ》植《シク》訳、インパクト出版会、二〇一六）など。

金芝河《キムジハ》　一九四一年生。詩人。軍事政権下における抵抗運動で知られる。作品に『傷痕に咲いた花』（金内鎮訳、毎日新聞社、二〇〇四）など。

尹漢琫《ユンハンボン》　一九四七―二〇〇七。学生運動家。光州事件で指名手配され、一九八一年に貨物船で密航してアメリカに亡命した。

金史良《キムサリャン》　一九一四―一九五〇。小説家。作品に『光の中に――金史良作品集』（講談社、一九九四）など。

安宇植《アンウシク》　一九三二―二〇一〇。在日の評論家、翻訳家。作品に『金史良　その抵抗の生涯』（岩波新書、一九七二）など。

池明観《チミョングァン》　一九二四年生。作品に『境界線を超える旅』（岩波書店、二〇〇五）など。

尹興吉《ユンフンギル》　一九四二年生。小説家。作品に『長雨』（姜舜訳、東京新聞出版部、一九七九）、『黄昏の家』（安宇植訳、東京新聞出版局、一九八〇）、『母《エミ》』（安宇植訳、新潮社、一九八二）など。中上健次との共著に『東洋に位置する』（作品社、一九八一）がある。韓瑞大学教授。

趙世熙《チョセヒ》
一九四二年生。小説家。徐羅伐芸術大学文芸創作科卒。元慶熙大学大学院兼任教授。著書に『こびとが打ち上げた小さなボール』（斎藤真理子訳、河出書房新社、二〇一六）など。

孔枝泳《コンジヨン》
一九六三年生。小説家。延世大学英語英文学博士課程修了。作品に『トガニ　幼き瞳の告発』（蓮池薫訳、新潮社、二〇一二）。同作品は二〇一一年にファン・ドンヒョク監督により映画化された）など。

金東里《キムドンニ》
一九一三－一九九五。小説家。『韓国短篇小説選』（岩波書店、一九八八）に長璋吉訳「興南撤収」が収録されている。

廉想渉《ヨムサンソプ》
一八九七－一九六三。作品に『驟雨』（白川豊訳、書肆侃侃房、二〇一九）など。

李箱《イサン》
一九一〇－一九三七。詩人。作品に『李箱作品集成』（崔真碩訳、作品社、二〇〇六）など。

南真祐《ナムジヌ》
一九六〇年生。詩人。明知大学教授。作品に『午前三時のライオン一匹』（文学と知性社、二〇〇六。未邦訳）など。

姜舜《カンスン》
一九一八－一九八七。詩人。翻訳家。訳書に『金芝河詩集』（青木書店、一九七四）など。

李御寧《イオリョン》
一九三四年生。文芸評論家。中央日報顧問。著書に『縮み志向の日本人』（学生社、一九八二）など。

『文芸中央』
一九七八年創刊。中央日報が発行する文芸誌。

崔仁勳《チェイヌン》
一九三六－二〇一八。小説家。作品に『広場』（吉川凪訳、クオン、二〇一九）など。

鮮于煇《ソヌフィ》
一九二二－一九八六。小説家。作品に『火花――鮮于煇翻訳集』（猪飼野で鮮于煇作品を読む会訳、白帝社、二〇〇四）など。

訳者あとがき

本書は韓国の文芸批評家、ジョ・ヨンイル（曺泳日）の第一評論集『柄谷行人と韓国文学』の日本語訳である。すでに二〇一六年に岩波書店より『世界文学の構造――韓国から見た日本近代文学の起源』（拙訳）が出ているとはいえ、同書には訳者あとがきがないので、ここでまず著者の経歴を簡単に紹介しておくことにしよう。

ジョ・ヨンイルは、大学では韓国文学を専攻したものの、修士課程時に韓国文学を理解する鍵は日本文学にあるということに気づいて日本語を学び始め、最終的には翻訳家レベルにまで到達する非凡さを発揮する。その一方で、批評家としても在学中の二〇〇〇年にオンラインコミュニティ〈批評高原〉（http://cafe.daum.net/9876）を立ち上げ、後に学界や文学分野で活躍するようになる有能な若手批評家や研究者とともに活発な批評活動を繰り広げた（会員数は一万名を超えていた）。批評家としてのデビュー作とされる「批評の貧困――柳宗鎬と村上春樹」も元は同コミュニティに書いたものが加筆修正を経て文芸誌『文芸中央』に転載されたものである。その後は同コミュニティに発表したものをまとめた『柄谷行人と韓国文学』（本書）を皮切りに、『韓国文学とその敵』（二〇〇九）を刊行し、韓国文学批判を繰り広げる。二〇一一年には「韓国には近代文学はなかった」

という大胆な観点から近代文学の成立を国民戦争の経験の有無とからめて論じた『世界文学の構造』を発表した。

二〇一五年に博士課程（博士論文は「学徒兵研究」）を修了した後は、『太宰治全集』、『現代哲学事典』、『明智小五郎の事件手帖』シリーズなどの企画、出版に携わる一方で、マックス・ヴェーバーの仕事を念頭に置いた『職業としての文学』を二〇一七年に上梓した（同書についてはK－BOOK振興会から出ている『日本語で読みたい韓国の本――おすすめ50選』第7号にその紹介文（拙稿）が掲載されている）。現在は大学で教養科目の講義を受け持つ傍ら、自ら出版社VIGOを立ち上げ、日本の思想と文学をバランスよく紹介することにより、日韓の幅広い対話の場を作ろうと努めている。

経歴紹介はこのくらいにとどめ、本書の内容に移ろうと思うが、その前に日本の読者のために、補助線として、五〇年代以降の韓国文学の状況について簡単に触れておくほうがよいだろう。

近代韓国文学は同人誌とともに始まり、その発展と軌を一にしているといっても過言ではない。一九五〇～六〇年代にもっとも権威があったのは趙演鉉《チョヨニョン》（一九二〇年生）が一九五五年に創刊し、植民地時代を知る世代が主導した『現代文学』だった。それより少し後の世代、すなわち幼年期に日本文化に触れた李御寧《イオリョン》（一九三四年生）の主導で作られたのが『文学思想』（一九七二年創刊）である。両月刊誌は純文学（文学主義）志向が強く、保守的で当時の政権に対しても友好的だった。それに反抗する形で、旧世代を清算し新時代を切り開こうとしたのが四・一九世代に属する白楽《ペクナク》晴《チョン》の作った『創作と批評』（一九六六年創刊）と、彼と同世代の金炳翼《キムビュンイク》、金治洙《キムチス》、金炫《キムヒョン》が立ち上げた『文学と知性』（一九七〇年創刊、八八年からは雑誌名を『文学と社会』へと変更）であった。前者が文学による社会参加を強調し、作家を教導する批評が多かったのに対して、西欧の文学思想を取り入れた後者の批評方法は作品をありのままに受け入れ、共感するという形をとった。七〇年代以降は両季刊誌が文壇を主導したと言っても過言ではないのだが、そのような四・一九世代が支配的な文壇を揺るがしたのが、いわゆる386世代（一九九〇年代に三〇代で、八〇年代の民主化運動に関わった六〇年代生まれの者を指す）が主導する『文学トンネ』（一九九四年創刊）だった。同雑誌は文学主義を打ち出しているという点で『現代文学』と性格が似ているが、商業性と知的流行も重要視しているという点で『創作と批評』や『文学と社会（知性）』の影響も窺える。

現在は『創作と批評』と『文学と社会』の二極対立に『文学トンネ』が割って入り、ヘゲモニー争いをしている状況なのだが、ここで重要なのは、三誌とも近代文学が社会に及ぼす影響力については疑っていないという点だ。

それゆえ、柄谷行人の「近代文学の終り」が『文学トンネ』に掲載されたときに韓国の文学者に多大なるショックを与えたのは当然と言えるのだが、実際のところそれは実作者よりもむしろ批評家にとって深刻なものと受け取られた。なぜならば批評家の多くが大学に職を得て学生に文学を教えることで生計を立てている韓国の状況では、教育の対象である文学が終ってしまうと生活に困るからである（第一章）。そこで彼らは何とかしてその危機を切り抜けようとした。例えば李章旭《イジャンウク》は文学そのものに大きな意味を与え直そうとし、白楽晴は「文学らしい文学」と「文学らしくない文学」を分けて、後者は終ったかもしれないが前者は残るだろうと述べ、その具体的な例として朴玟奎《パクミンギュ》などの若手作家の名前を挙げた。

しかしジョは、それら若手作家たちの多くは村上春樹の影響下に登場した者たちであり、柄谷によればその村上春樹の登場こそが近代文学の終りの証拠であるので、そのような反論は意味をなさないと言う（第二章）。さらに第三章ではそのような批評家側からのもうひとつの抵抗の例として、柄谷のかつての教え子だった黄鍾淵《ファンジョンヨン》による反論がとりあげられる。彼はいったんは柄谷のテーゼを受け入れながら、後に「近代文学が終った後にも文学が存在する理由を考えるのが批評家のなすべき仕事である」と、一種の態度変更を行なったのだが、実はそれさえも柄谷のテーゼから見れば反論とはなりえないことがジョによって示される。そして第四章では、柄谷側からのアプローチの努力にもかかわらず『批評空間』と『創作と批評』という日韓の季刊誌の出会いが結局すれ違いに終った理由が探られるのだが、その過程で韓国の文壇で絶対的な権力を握っていると言っても過言ではない『創作と批評』はもはやその文学史的使命を終えたので解散すべきであるという過激な主張がなされる。第五章ではそのような日韓の「すれ違い」のもう一つの例と言える、韓国を代表する作家である黄晳暎《ファンソギョン》と中上健次の不幸な出会い（それと対立項をなすものとして中上と尹興吉《ユンフンギル》の幸福な出会いがとりあげられる）がいかにしてなされたかを見ることを通して、黄晳暎の柄谷批判が的外れであることを示し、彼の後期小説群に見られる近代小説の限界を超えようとした試みも結局はうまくいっていないことが、逆説的に柄谷の説を裏づけていることが明らかにされる。

長幼の序が重要視される儒教社会である韓国で「上の人」にたてつくことはそれだけで物議を

醸さざるを得ないのだが、なかでも特に「韓国文学のエース」、「国民作家」である黄晳暎に牙をむいた第五章については反響が大きかったようだ。その批判の対象が四〇万部のベストセラーで、批評家も他の小説家も示し合せたかのように絶賛した『パリデギ——脱北少女の物語』（青柳優子訳、岩波書店、二〇〇八）だっただけになおさらである。ジョの歯に衣着せぬ批判に影響されたのか、それまで沈黙していた若手批評家たちも声を上げ始め、その批判の矛先はこれまで事実上アンタッチャブルであった白楽晴《ペクナクチョン》や金炫《キムヒョン》の批評にも向けられるという事態にまで至った（イ・オソン「黄晳暎、白楽晴、金炫を打ち上げたこびとたち」『時事ＩＮ』、二〇〇八年一一月一一日付。https://www.sisain.co.kr/news/articleView.html?idxno=3241）。

ここで注目すべきなのは、ジョが、他ならぬ黄晳暎がその形成に関わったとも言える——文学者への創作支援金制度を作ったのは黄晳暎自身である（『韓国文学とその敵』第四章六節参照）——韓国の三位一体の文学システム（国家による創作支援—教授となった作家による大学の文芸創作科での作家養成—一部大手出版社による作家の囲い込みと共有ならびに図書定価制を無視した割引による有名作家の優遇）を理論的に批判するだけでなく、自ら出版界に飛び込んで実践も始めたということだ。本書でもジョがやり玉にあげているが、大学教授のポストに収まり、文芸誌の編集委員という立場から安穏として作品分析をするのみである他の批評家と比べると、彼の試みがいかに挑戦的であるかがわかるだろう。

外交面では戦後最悪と言われる日韓関係とは裏腹に、日本の読者の間で韓国小説が若手作家を中心に徐々に人気を得つつあるとはいえ、中には韓国文学翻訳院から助成金をもらって出版されているものが少なくないという現状である。そのような状況にジョ・ヨンイルによる批判と実践が風穴を開けてくれることを、韓国文学の読者のひとりとして願ってやまない。

参考までにジョの主要著作をあげておく。題名を見ただけでも彼の多様な批評活動の一端が窺えるだろう（『批評高原10』と「柄谷行人――交換様式Xとしての世界共和国」を除き、すべて拙訳あり）。

（単著）

『柄谷行人と韓国文学』b-books、二〇〇八（本書）

『韓国文学とその敵』b-books、二〇〇九

『世界文学の構造』b-books、二〇一一（高井修訳、岩波書店、二〇一六）

『職業としての文学』b-books、二〇一七

（共著）

『現代政治哲学の冒険』乱場、二〇一〇（「柄谷行人――交換様式Xとしての世界共和国」所収）

『批評高原10』b-books、二〇一〇（批評高原一〇周年を記念して刊行された）

『世界文学の端で』玄岩社、二〇一四（「韓国文学と村上春樹と世界文学」所収）

（評論　単行本未収録）（カッコ内の数字は四〇〇字詰原稿用紙に換算した枚数）

〈作家論〉

①村上春樹論
「村上春樹の韓国受容三〇年史」(257)
「韓国文学と村上春樹と世界文学」(71)
「春樹の卵」(27)
②松本清張論
「青春の不在――清張の半生」(20)
「文学の奇跡・文学の起源――松本清張の登場」(13)
③ミラン・クンデラ論
「万物の疲労について――ミラン・クンデラ、文学の起源」(32)
「小説とリスト」(20)
④金允植《キムユンシク》論
「金允植とその時代」(91)
⑤朴玟奎《パクミンギュ》論
「朴玟奎は韓国を慰撫するディルドである」(27)
⑥金薫《キムフン》論
「自然史の構造――金薫の小説の構成原理A面、理論編」(26)
「自然史の構造――金薫の小説の構成原理B面、実践編」(46)

〈作品論〉

「天安艦と漱石――『こころ』について」（32）

「村上春樹とツルゲーネフ――『世界の終りとハードボイルド・ワンダーランド』について」（28）

「地震とは何か――村上春樹『神の子どもたちはみな踊る』について」（21）

「小説家の殺人術――金英夏《キムヨンハ》『殺人者の記憶術』について」（28）

「人間とは何か――トーマス・マン『ヨセフとその兄弟』について」（40）

「恋愛小説あるいは成長小説――『ノルウェイの森』について」（22）

「治療から翻訳へ――ジャック・デリダ『法の力』について」（18）

「近代文学の終焉、第2ラウンド――東浩紀『ゲーム的リアリズムの誕生』について」（36）

「エチカの没落――黄貞殷《ファンジョンウン》『百の影』について」（30）

「申京淑《シンギョンスク》コード」（60）

〈文学論〉

「翻訳をめぐる諸問題」（32）

「韓国文学とストーリーテリング」（46）

「韓国のジャンル文学の行方」（90）

「『世界文学の構造』講義」（74）

「幸福な時代の文学――ドン・キホーテと文学少女」（48）

「国文学からK文学まで――韓国文学にとって世界文学とは何か」（38）

〈その他〉

「柄谷行人との対話２０１０」（35）

「乗り換え」（14）

「賭けについて」（16）

翻訳では、柄谷行人の著作の韓国語訳を多数刊行しているが、ここでは省いた。他に、先にも触れた博士論文「学徒兵研究」二〇一四（236）がある。

巻末に付した、本書に登場する韓国文学者一覧については、ネイバーなどのサイトでなるべく最新の経歴を記載したつもりだが、間違いがあるかもしれない。ご教授いただければと思う。

最後に、翻訳に関する質問に丁寧に答えてくださったジョ・ヨンイル氏、細かく訳文に目を通したうえで助言をいただいた在日コリアン文学研究者の櫻井信栄氏、韓国の資料を入手するにあたって力を貸してくださった河《ハ》昇延《スンヨン》氏、そしてジョ・ヨンイル氏と私を引き合わせてくださった金智《キムチ》恵《エ》氏には、ひとかたならぬ支援と協力をいただいた。ここに記して感謝の意を表したい。

訳者解説

原著の初出は以下のとおりである。

第一章　「「文学の終焉」と若干の躊躇い――柄谷行人『近代文学の終り』」b-books、二〇〇六、

第二章　「「文学の終焉」をどう耐えるか」「西橋《ソギョ》研究所」セミナー、二〇〇六年五月一九日発表文

第三章「批評の運命——柄谷行人と黄鍾淵」『作家世界』二〇〇七年春号
第四章「批評の老年——柄谷行人と白楽晴」『今日の文芸批評』二〇〇七年夏号
第五章「語り対批評——柄谷行人と黄晳暎」『ACT』二〇〇七年ゼロ号
なお、底本には二〇〇八年一〇月二八日に도서출판 b（b-books）より刊行された『가라타니 고진과 한국문학』（ISBN 978-89-91706-15-6）を使用した。

二〇一九年一〇月

【著者】

조영일（ジョ・ヨンイル　曺泳日　Cho young-il）

1973年生まれ，文芸評論家．

著書に、本書の他『韓国文学とその敵』『世界文学の構造── 韓国から見た日本近代文学の起源』（高井修訳、岩波書店、2016）『職業としての文学』など．

日本語からの訳書に『言葉と悲劇』『近代文学の終り』『歴史と反復』『ネーションと美学』『世界史の構造』『倫理 21』（以上，柄谷行人著），『存在論的，郵便的』（東浩紀著），『ショパンを嗜む』（平野啓一郎著）などがある．

【訳者】
高井修（Takai, Osamu）
1963年，大阪生まれ．翻訳家，コラムニスト．
訳書に、曺泳日（ジョ・ヨンイル）著『世界文学の構造── 韓国から見た日本近代文学の起源』，ジュ・ヨンミン著『仮想は現実だ』（https://ageofvirtualization.com/?lang=jp）．他に googleplay のパズルゲーム『Moving Day』（Villette）の日本語版翻訳も手がけた．

柄谷行人と韓国文学

ジョ・ヨンイル

訳 者　高井　修

2019年11月30日　初版第1刷発行

発行者　丸山哲郎
装　幀　間村俊一
写　真　港　千尋

発行所　株式会社インスクリプト
〒101-0051 東京都千代田区神田神保町1-14
tel: 03-5217-4686　fax: 03-5217-4715
info@inscript.co.jp
http://www.inscript.co.jp

印刷・製本　中央精版印刷株式会社
ISBN978-4-900997-68-4
Printed in Japan